你在，就心安

丁立梅◎著

四川人民出版社

图书在版编目（CIP）数据

你在，就心安 / 丁立梅著. —成都：四川人民出版社，2016.10（2017.5 重印）

ISBN 978—7—220—09969—4

Ⅰ. ①你…　Ⅱ. ①丁…　Ⅲ. ①散文集—中国—当代
Ⅳ. ①I267

中国版本图书馆 CIP 数据核字（2016）第 255914 号

NIZAI，JIU XINAN

你在，就心安

丁立梅　著

特约策划	凌　翔
责任编辑	刘姣娇
封面设计	尚书堂
版式设计	张迪茗
责任印制	祝　健
出版发行	四川人民出版社（成都槐树街 2 号）
网　　址	http://www.scpph.com
E-mail	scrmcbs@sina.com
新浪微博	@四川人民出版社
微信公众号	四川人民出版社
发行部业务电话	（028）86259624　86259453
防盗版举报电话	（028）86259624
照　　排	四川胜翔数码印务设计有限公司
印　　刷	四川华龙印务有限公司
成品尺寸	142mm×210mm
印　　张	10.5
字　　数	250 千
版　　次	2017 年 1 月第 1 版
印　　次	2017 年 5 月第 3 次印刷
书　　号	ISBN 978—7—220—09969—4
定　　价	29.80 元

本书若出现印装质量问题，请与我社发行部联系调换
电话：（028）86259453

目录

第一辑　初　心

世间坚守一段生命容易，坚守一段初心，却难。

第二辑　你在，就心安

原来，幸福不过是这样的，你在，就心安。粗茶淡饭有什么要紧？年华老去有什么要紧？只要你在，幸福就在。

第三辑　萝卜花

一根再普通不过的胡萝卜，眨眼之间，竟能开出一小朵一小朵的花来。

第四辑　爱与哀愁

爱一个人，原是爱到七分就够了，还有三分要留着爱自己。爱太满了，对他而言不是幸福，而是负担。

第五辑　云水禅心

云水，这个词真是绝妙！云是天上的水，水是地上的云。

它们到底谁是谁呢？

第一辑

初心

世间坚守一段生命容易，坚守一段初心，却难。

初 心

初心是什么?

是春天的第一棵嫩芽，刚刚钻出土来；是秋天的第一滴晨露，栖落在花蕊间；是夏天的青荷，送出第一缕香；是冬天的飘雪，在大地上印上初吻。

是大敞特敞的门户，热切地拥抱一切。哪怕风雨雷电。哪怕毒蛇猛兽。

初心里，哪有什么风雨雷电呢！哪有什么毒蛇猛兽呢！是相信这个世界的所有。相信鲜花。相信彩虹。相信笑容。相信温柔。相信纯真和善良。相信承诺。哪怕是谎言，哪怕是欺骗，也是坚信不疑的。

是那样竭尽全力想对一个人好，想爱这个世界，想与之天长地久。

是看不得悲伤、眼泪和疼痛。

是没有得失恩怨。没有猜忌、不安和阴谋。

是毫不设防。

是随时随刻，准备倾囊相赠。

花好月圆。日日都是人间四月天。

羡慕小孩子。

每个小孩，都有一颗初心。

看两个陌生的小孩初相见，是颇有意思的。

根本不用大人引荐，他们早已从对方身上，嗅出同类的气味。像两只小狗相遇，就那么好奇地、专注地，打量着对方，仿佛在打量另一个自己。

然后，一个突然不好意思地跑开去，把一张小凳子搬来搬去，弄出很大的响声。甚至不顾大人的阻挠和斥责，故意把沙子撒到吃饭的碗里。其实哪里是玩，只不过用这种方式，吸引另一个注意。眼神清清楚楚地是朝着另一个的，那里面在热切地无声地说，你也来呀，你也来呀。

另一个立即读懂，欢快地跑过去，跟着玩起来。

笑是他们最好的语言。他们挨在一起，一个笑，咯咯咯。另一个笑，咯咯咯。也没什么好笑的，但他们就是望着对方，笑个不停。

他们一笑，全世界的花儿都开了。

也只一盏茶的工夫，他们俨然已成旧相识，到哪里都手牵着手的。他奔跑，她也奔跑。她跳跃，他也跳跃。她绕着一棵树转圈，他也绕着。他叫她，佳佳妹妹。她喊他，阳阳哥哥。是两支小溪流相遇，欢欢喜喜地汇聚到一起，心里倒映着一个蓝天。

告别时，已变得难分难舍，总要哭闹好久。

是真心的舍不得舍不得呀。全世界所有的玩具都拿来，也不敌眼前的这个哥哥和这个妹妹呀。

大人们只觉得好笑，以为小孩健忘着呢，对他们这小小的初心，哪会当真。只是哄骗着，明天还会再来玩的呀。

他们破涕为笑，信以为真。哪里知道，人生有些相遇，只是偶尔的路过，再回不了头的。

过了小半年，他和她，玩着玩着，忽然丢下玩具，出一回神，嘴里碎碎念道，我想佳佳妹妹了，我想阳阳哥哥了。

是一朵花和另一朵花相遇，稍稍点一点头，就有无限的好意。初心晶莹，无关江山，无关风月，只关乎一个他，只关乎一个她，只想在一起，在一起。

不忘初心。有几人能做到不忘呢？

初相见，他对她说，我会一辈子对你好。眼神清亮，誓言叮当，地老天荒。

然一辈子太长了，走着走着，也就走岔了道。他不是他了，她亦不是她。陌上相逢，只剩陌生。

林黛玉说，早知今日，何必当初。

傻姑娘她不知道的是，今日哪能和当初相比，当初捧出的是颗初心哪！是天也透亮，地也透亮。

人越长大，离初心就越远。

世间坚守一段生命容易，坚守一段初心，却难。

我们都把初心给弄丢了。

年少时再多的疼痛，都云淡风轻了。唯有感激，感激上苍，让我们曾在青春的路上相逢，照见彼此的悲喜。

我们曾在青春的路上相逢

大眼睛，双眼皮，一笑嘴边现出两个深深的酒窝，那是蕾。她家住老街上，那儿，清一色的粉墙黛瓦房，一幢连着一幢。细砖铺成的巷道，一直延伸到深深处。人家的天井里，探出半枝或一枝花来，蔷薇或是凌霄，点缀着巷道的上空，巷道便很是风情起来。

初夏的天，太阳还没有完全没下去，老街上的居民，就早早地洗好澡，穿洗得发白的睡裤，搬把躺椅躺到院门前，慢慢地摇着一把蒲扇。那时，我的父母亲，多半还在地里面。玉米要追肥了。棉花要掐枝了。水稻该插秧了。——这些农活，我都懂。

蕾不懂。蕾是城里的孩子。城里的孩子不知道水稻与大米的关系，不知道花生是结在地底下的。蕾跟我去乡下，看见一只大母鸡，她惊叫着扑过去。对我能叫出很多野花野草的名字，她报以惊奇。我的村人们都停下钉耙锄头看蕾，蕾长得好看是一方面，还有一方面，是蕾身上的城市味——整日不经风吹，不被日晒，面皮捂得白白的。又衣着时髦，手指甲干净。乡下的孩子有几个皮肤不是黝黑黝黑的？指甲里积满了厚厚的垢。我的村人们啧啧叹，这就是城里的孩子啊。

这让我自卑。我很少再带蕾去我的乡下了，尽管后来她一再要求再去。那个时候，我们一起念高中。两层的教学楼，红砖，红瓦，窗外长高大的泡桐树。蕾爱玩，不爱读书，她常旷了课，和几个男生去看电影。偶尔也拉我一起去，我去过一次，不再去了。在一帮衣着鲜亮的城里孩子中间，我是卑微的小草一棵，实在有些格格不入。

蕾谈恋爱了，这是学校严令禁止的。班主任在课堂上旁敲侧击，予以警告。大家心照不宣地看着蕾笑。蕾脸上飞起一片红霞，她用钢笔重重敲打着桌子，以示对班主任的不满。课桌上，一本作业本的下面，压着男孩子写给她的情书。

蕾后来被班主任抓了个现行，她和一男孩子手牵手在逛街，样子亲密。班主任去蕾的家告了一状。蕾的母亲来到学校，在蕾的面前声泪俱下，要蕾交出跟她谈恋爱的那个男孩子。我们看着蕾的母亲，异常吃惊，她太苍老了，满脸皱褶，完全不像蕾的母亲，倒像是蕾的祖母。

蕾清寒不堪的家境，裸露到众人跟前。蕾的母亲，是在四十多岁改嫁之后生下蕾的，所嫁之人，是个瘫子。蕾的上面，还有三个哥哥、两个姐姐。大哥是个傻子。二姐跟人跑了。蕾的母亲在街上摆摊摊煎饼，维持一家人的生计。

大家看蕾的眼神，就有了异样。蕾变得沉默了，常常的，她的眼睛盯着窗外，一看就是大半天。窗外的桐花，开过又落了，我们要高考了。

蕾没考上，她早早进了一家纱厂做女工。我去外地念大学，渐渐与她失了联系。多年后的一天，突然接到蕾的电话，蕾在电话里问，知道我是谁吗？我脱口而出，你是蕾。曾经的青春岁月，一直都在记忆里深藏着。

我们聊起往昔，两层的教学楼，门前长泡桐树。我在那些往昔里，哽咽。那时，一帮同学在聊将来的职业，一男同学突然指着我说，你当厨娘最合适了。那之前，学校组织我们看过一部外国电影，里面有厨娘，胖，且笨。大家看着我，都哄笑起来。那些笑声，如同锋利的刀子，刀刀刺在我心上，以至于好长一段时间，我都忧郁且激愤着。

高中同学聚会，我遇到了当年的那个男生，他全然不记得说我做厨娘的事了，而是满脸惊喜地叫道，是你啊！有遇见的欢喜。

年少时再多的疼痛，都云淡风轻了。唯有感激，感激上苍，让我们曾在青春的路上相逢，照见彼此的悲喜。

我花苞苞一样的心，在那个初冬，幽幽地，一点一点绽开。

穿过我的黑发你的手

初冬的小镇，阳光长了细绒毛

窄小的街道。青石板铺就的路。初冬的小镇，阳光长了细绒毛，淡淡地，飘在空中，落在人家的房屋顶上。

街两边，是那种入得水墨画的房。青砖黛瓦。木板门。早上一扇门一扇门移开来，晚上一扇门一扇门插上去。这是古镇，有六七百年的历史呢。里面的居民，骨子里，都透着古。他们开爿小店，做着小生意。门前一把旧藤椅，常有老妇人或是老先生在上面躺着，夏纳凉，冬取阳。他们看街景，一年四季地看。街景有什么可看的呢？无非是看路过的人，东家的故事，西家的故事，他们知道得很多。日子悠闲。

那个初冬，我披着一身阳光的细绒毛，怀里抱着几册课本，走在青石板上。十六岁，我在镇上中学念高中。我穿棉布的衣、棉布的鞋，头发扎成一束马尾巴。我看见陌生人会脸红。喜欢坐在教室窗前发呆。喜欢看窗外树上的鸟。我交了一些笔友，在遥远的他方。我们常有书信往来，谈一些所谓的人生理想。其实，那个时候，我哪里懂得什么人生理想，我的理想，乱七八糟。我甚至想过，不读书了，去跟镇上一瘸腿女人后面学裁缝。

做剃头匠的父亲责骂我，没出息！他扫起地上一圈一圈的黑发，把它们装进角落里的麻袋里，说，以后考不上大学，你就只能干这个。他的生意，总是做得不咸不淡。常对我们说的是，养活你们容易吗？

我埋下头来读书，心里有莫名的忧伤。我给远方的笔友写信，给他们描绘古老的镇，窗外总是开着一些紫薇花，永远的一树粉红，或一树浅白。我说我期盼着到远方去。笔友回信，对我所在的古镇，充满向往。这让我感到没劲，有不被理解的怅惘。

我在这样的怅惘里，走过那条每天必走三个来回的街道。午后，小街静静的，只有阳光飞落的声音，轻得像叹息。我是在偶然间一抬头，望见彭成飞的。那时，他正站在一家店门前，对着对街的房屋顶看。细长的眉毛，细长的个子，白色的风衣。他的肩上，落满了阳光的细绒毛。他的身边，有两个工人模样的人，正在拆卸门板。

他的目光，是突然收回的，突然落在我的身上，只淡淡扫了一眼，仿若蜻蜓的翅，掠过水面，复又飞上半空去了。可我的心里，却涟漪暗起。我的脸红了，像被人偷窥了秘密似的，我匆匆越过他身边，逃也似的走远。

那天夜里，我做了一个梦，梦见郊外，开满蒲公英。阳光浅淡，一朵一朵盛开在空中，像开好的蒲公英。彭成飞站在一片蒲公英的花丛中，冲我笑，叫着我的小名：小蕊，小蕊。

我花苞苞一样的心，在那个初冬，幽幽地，一点一点绽开。

这个外省来的青年，仿佛从天而降

小镇终日无新闻。所以，一点的小事，都可能成为新闻。

何况是关于彭成飞的呢？这个外省来的青年，仿佛从天而降。他整日一袭白衣的打扮；他细长的眉毛；他像糯米一样的口音；他大刀阔斧改装了他姑姑的老房子，把它装修得像个水晶球……这一切，无不成了小镇人茶余饭后的谈资。

我的父亲，阴沉着一张脸，坐在理发店里。自从彭成飞到来后，他理发店的生意，越发地凋落下来。来理发的，只剩下一些老主顾，年轻一代的，都被彭成飞吸引去了。彭成飞在小镇上开了首家发廊，彩色的字打出的广告语，牵人魂魄——美丽，从头开始。

小镇上的女孩，开始蝶恋花似的，往彭成飞那儿飞，她们恨不得一天一个发型。她们兴奋地讨论着彭成飞的种种，艺校毕业的呢，声音多绵软啊，眼睛多好看啊，手指抚在发上，多温柔啊……更让她们兴奋的是，他还不曾谈对象。有女孩开始为他失眠。

我每天，都从彭成飞的发廊门口过。我用七步走过去，再用七步走过来，七步的距离，我走过他门前。

彭成飞在忙碌，他微侧着脸，细长的眉毛，飞着，脸上在笑。他给顾客做头发，十指修长，洁净得很好看。他的姑姑—— 一个上了年纪的老妇人，偶尔在店里坐。他就一边帮客人做头发，一边跟她说话。他的声音，听上去，真软，软得让人想伸手握住。

有时，店里面会传出音乐声，流水一样地流出来。一段时期，他喜欢放萨克斯的《回家》，千转万回。我听得每个音符都会哼了，彭成飞对我，却还是陌生着。他不知道，他的门前，每日里走着一个女孩，那个女孩花苞苞一样的心，虔诚地朝向他，一点一点，幽幽绽放。

我从没踏进彭成飞的发廊一步。十六岁的这个初冬，我开始学会伪装，每次路过他门口，我都装作若无其事地走着自己的路。一步，一步，一直走完七步。我脑后的马尾巴，一蹦一跳。

我要穿着小红靴，从白雪地里，走向他

同桌阿水，拨弄着一头细碎的黄发，问我她理什么样的发型才好看时，季节已到深冬了。

我陪着阿水去理发。我知道阿水，其实是想去看彭成飞。

彭成飞看看阿水，看看我，问，你们两个都理发吗？

阿水拼命点头，复又摇头，她慌张得全晕了头了，眼睛只顾盯着彭成飞看，一句话也说不出。

我脸红红地说，我不理发，她理。

彭成飞细细的眉毛向上飞起来，他笑了。他问，你们还是学生吧？又对着我看，说，你的头发发质很好，如果理个碎发，会很好看的。

阿水扯我的衣襟，那么，小蕊，你也理吧？

我回，不。彭成飞就又笑了，他让阿水坐到理发椅上，他修长的指，轻轻抚过她的发。阿水仰了头问，我理什么发型好看呢？彭成飞说，你放心，我会让你满意的。阿水听了，就很乖巧地笑。

彭成飞一边帮阿水理发，一边跟阿水聊天。阿水竹筒倒豆子似的，恨不得把所有的都告诉彭成飞。她说她十六岁了，过了年就十七岁了。她说她和我同桌，读高一。她说她叫林阿水，我叫秦蕊。阿水说到我的名字时，彭成飞抬头看了我一眼，冲我笑了一下，说，很好听的名字啊。

又聊到功课念得怎么样。阿水不好意思地说，我们都念得一般般啦。彭成飞哦了声，说，要好好念书呀，争取考个好大学呀。

我转过脸去，看墙上的画。画只一幅，白雪的大地上，一穿红靴的女子，披一头浓密的黑发，黑发瀑布一样地，倾泻。白与红与黑，色彩对比强烈，美得惊心动魄。

阿水的发理好了，可爱的童花头。相貌平平的阿水，看上去，漂亮极了。彭成飞看着镜子里的阿水，问阿水，满意吗？阿水迭声答，满意满意。

回去的路上，阿水兴奋得呱呱呱，每句话里，蹦出的都是彭成飞。我听得漫不经心，我想的是，我要留长发，我要攒钱买一双小红靴。我要穿着小红靴，从白雪地里，走向他。

穿过我的黑发你的手

一年的时间，我的发，已长至腰部。黑而亮，瀑布般的。

父亲看不惯我的长头发。他的剪刀，几次要落到我的发上，都被我拼死护住。

我把长发，细心地编成两条小辫子。我只想，为一个人抖落。

我还穿棉布的衣、棉布的鞋，走在窄窄的街道上，走过彭成飞的发廊前。一步，一步，走过去七步，走过来，依然七步。七步的距离里，我装作若无其事，心却渴盼得憔悴，我多想他能朝外望一眼，望见走过他门前的那个女孩，花苞苞一样的心，虔诚地朝着他，幽幽地，一点一点绽放。

然他一次也没有看过我，哪怕蜻蜓点水式的也没有。

这期间，我又陪阿水去过两次彭成飞的发廊。彭成飞每次都陌生地看着我们，笑问，你们两个都理发吗？

阿水叫，我是阿水啊，上次到你这儿来理过发的。

彭成飞就低了头想，嘴里疑惑，阿水？

阿水又拖过我去，这是秦蕊啊，上次也是我们两个一起来的。

彭成飞"哦"一声，扫我一眼，笑，你这名字很好听。

我脸红了，掉头去看墙上画。那幅画还在，穿小红靴的女人，站在雪地里，一头的黑发如瀑。

理完发出来，阿水表现得很伤心，阿水说，人家一点也记不住咱们。

那个冬天奇冷，却不下雪。

寒假很快到来。雪终于在小镇上空飘得像模像样了，只一盏茶的工夫，外面的世界，已一片银白。我拿出新买的小红靴，穿上。正在炉上煮萝卜汤的母亲，抬头看我一眼，说，不是要留着过年穿的吗？我撒谎，张老师约我去她家呢。我说的张老师，母亲知道，就住在小镇上。母亲没再说什么，我很顺利地出了门。

我出门的第一件事，就是解散了我的两条小辫子，我的黑发，如瀑地披下来。我走在雪地里，脚上的小红靴，像两朵开放的花。有路人说，这姑娘的红靴子，多漂亮啊。我笑，心里说，这可是我积攒了一年多的零花钱买的呢。

我一步一步，走向彭成飞。像雪地里的一只红狐狸。

我远远看到的却是，彭成飞和一个眉眼盈盈的女孩子，正在发廊门前堆雪人。

我还是，走了过去，径直走到彭成飞眼前，我说，我要理发。

彭成飞讶异地看着我，说，好。他转身关照那个女孩，新雅，等我一下，我一会儿就好的。女孩子点头，冲我笑，说，这么长的头发，怎么舍得剪掉？

彭成飞这才注意地看了看我，犹豫地站住问，这么长的头发，你舍得剪掉吗？

我坐到理发椅上，我说，给我理个碎发吧。彭成飞说，好。他修长的指，终于落到我的发上面，指尖微凉，穿过我黑黑的发。

我的发，一绺一绺，委身地上。我听见彭成飞在笑问，你叫什么名字？

我答，秦蕊。

属于我的如花年华，才刚刚开始

新年过后，我十八岁了，我开始用功读书。父亲喜得不住唠叨，小蕊，你如果考上大学，家里就是砸锅卖铁，也让你去念。父亲的理发生意，越发的萧条了，他不得不做点其他生意，摆小摊儿，卖臭豆腐。

彭成飞依然是小镇的一道风景，他恋爱了，他快结婚了。他的姑姑无儿无女，祖上的家产，悉数给了他。

我每天还从彭成飞门前过，七步走过来，七步走过去。我的心，疼着，却坚韧着，我要做优秀的女孩，优秀得让彭成飞，某一天会后悔，后悔他当初错失了我。

我如愿地考上了大学。

这个时候，彭成飞却宣布结婚。发廊门口，挂上了大红的灯笼，贴着大红的喜字。

小镇上的紫薇树，又开一树一树的花，开得密密匝匝。数不清的疼痛的心事。我整天歪在家里的旧沙发上看书，父亲都看不下去了，父亲说，小蕊，你咋不出去找同学玩玩？我答，我喜欢待家里。

我离开小镇，是在九月的一个清晨，彭成飞发廊的门，还未开。我轻轻走过他门前，我的身后，是帮我拖着行李的父亲，父亲说，小蕊，在外要好好照顾自己呀，陌生人跟你说话，你不要搭腔。

我回头，拥抱了父亲。

小镇渐渐地，落在我的身后。彭成飞渐渐地，离我远了。大学里，我快忘了彭成飞时，突然于一群男生中，听到一口糯米腔，我的心，很疼地跳了一下，我想起说一口糯米腔的彭成飞。宿舍的灯下，我给他写了生平第一封也是最后一封信，我说，彭成飞，我曾虔诚地喜欢过你。你的手，曾穿过我长长的黑发。我没有署名，也没有落地址。那是我青涩年代的一个秘密，它抵达了它该抵达的地方。我突然轻松起来，我笑着答应了一个男孩的约会。属于我的如花年华，才刚刚开始。

我想，那里，一定有一棵葵花正在开放，开在祖母的心窝里。

祖母的葵花

我总是要想到葵花，一排一排，种在小院门口。

是祖母种的。祖母侍弄土地，就像她在鞋面上绣花一样，一针下去，绿的是叶，再一针下去，黄的是花。

记忆里的黄花总也开不败。

丝瓜、黄瓜是搭在架子上长的。扁扁的绿叶在风中婆娑，那些小黄花，就开在叶间，很妖娆地笑着。南瓜多数是趴在地上长的，长长的蔓，会牵引得很远很远。像对遥远的他方怀了无限向往，蓄着劲儿要追寻了去，在一路的追寻中，绽放大朵大朵黄花。黄得很浓艳，是化不开的情。

还有一种植物，被祖母称作“乌子”的。它像爬山虎似的，顺着墙角往上爬，枝枝蔓蔓都是绿绿的，一直把整座房子包裹住了才作罢。忽一日，哗啦啦花都开了，远远看去，房子插了满头黄花呀，美得让人心醉。

最突出的，还是葵花。它们挺立着，情绪饱满，斗志昂扬，迎着太阳的方向，把头颅昂起，再昂起。小时候我曾奇怪于它怎么总迎着太阳转呢，伸了小手，拼命拉扯那大盘的花，不让它看太阳，但我手一松，它弹跳一下，头颅又昂上去了，永不可折弯的样子。

凡·高在1888年的《向日葵》里，用大把金黄来渲染葵花。画中，一朵一朵葵花，在阳光下怒放，仿佛是“背景上迸发出的燃烧的火焰”。凡·高说，那是爱的最强光。在颇多失意颇多彷徨的日子里，那大朵的葵花，给他幽暗沉郁的心，注入最后的温暖。

我的祖母不知道凡·高，不懂得爱的最强光，但她喜欢种葵花。在那些缺衣少吃的岁月里，院门前那一排排葵花，在我们心头，投下最明艳的色彩。葵花开了，就快有香香的瓜子嗑了。这是一种香香的等待，这样的等待很幸福。

葵花结籽，亦有另一种风韵。沉甸甸的，望得见日月风光在里头喧闹。这个时候，它的头颅开始低垂，有些含羞，有些深沉，但腰杆仍是挺直的。一颗一颗的瓜子，一日一日成形，饱满，吸足阳光和花香。葵花成熟起来，蜂窝一般的。祖母摘下它们，轻轻敲，一颗一颗的瓜子就落到祖母预先放好的匾子里。放在阳光下晒，会闻见花朵的香气。一颗瓜子，原来是一朵花的魂啊！

瓜子晒干，祖母会用文火炒熟，这个孩子口袋里装一把，那个孩子口袋里装一把。我们的童年就这样香香地过来了。

如今，祖母老了，老得连葵花也种不动了。老家屋前，一片空落的寂静。七月的天空下，祖母坐在老屋院门口，坐在老槐树底下，不错眼地盯着一个方向看。我想，那里，一定有一棵葵花正在开放，开在祖母的心窝里。

世上所谓美好的事物，大抵都如此，只安静地住在自己的美好里，这才保存了它们的本性，留住了这个世界，最原始的天真。

住在自己的美好里

一只鸟，蹲在楼后的杉树上。我在水池边洗碗的时候，听见它在唱歌。我在洗衣间洗衣的时候，听见它在唱歌。我泡了一杯茶，捧在手上恍惚的时候，听见它在唱歌。它唱得欢快极了，一会儿变换一种腔调，长曲更短曲。我问他，“什么鸟呢？”那人探头窗外，看一眼，说：“野鹦鹉吧。”

春天，杉树的绿来得晚，其他植物早已绿得蓬勃，叶在风中招惹得春风醉。杉树们还是一副大睡未醒的样子，沉在自己的梦境里，光秃秃的枝丫上，春光了无痕。这只鸟才不管这些呢，它自管自地蹲在杉树上，把日子唱得一派明媚。偶有过路的鸟雀来，花喜鹊，或是小麻雀，它们都是耐不住寂寞的，叽叽喳喳一番，就又飞到更热闹的地方去了。唯独它，仿佛负了某项使命似的，守着这些杉树，不停地唱啊唱，一定要把杉树唤醒。

那些杉树，都有五六层楼房高，主干笔直地指向天空。据说当年栽植它们的，是一个学校的校长，他领了一批孩子来，把树苗一棵一棵栽下去。一年又一年，春去春又回，杉树长高了、长粗了。校长却老了，走了。这里的建筑拆掉一批，又重建一批，竟没有人碰过它们，它们完好无损地，生长着。

我走过那些杉树旁，会想一想那个校长的样子。我没见过他，连照片也没有。我在心里勾画着他的形象：清瘦，矍铄，戴金边眼镜，文质彬彬。过去的文人，大抵这个模样。我在碧蓝的天空下微笑，在鸟的欢叫声中微笑。一些人走远了，却把气息留下来，你自觉也好，不自觉也好，你会处处感觉到他的存在。

鸟从这棵杉树上，跳到那棵杉树上。楼后有老妇人，一边洗着一个咸菜坛子，一边仰了脸冲树顶说话，“你叫什么叫呀，乐什么呢!”鸟不理她，继续它的欢唱。老妇人再仰头看，独自笑了。

一天，我看见她在一架扁豆花下读书，书摊在膝上，她读得很吃力，用手指着书，一字一字往前挪，念念有声。那样的画面，安宁、静谧。夕阳无限好。

后来，听人在我耳边私语，说这个老妇人神经有些不正常。“不信，你走近了瞧，她的书，十有八九是倒着拿的，她根本不识字。不过，她死掉的老头子，以前倒是很有学问的人。”

听了，有些诧异。再看见她时，我不由得放缓脚步，多打量她几眼。她衣着整洁，举止安详。灰白的头发，被她编成两根小辫子，搭在肩上。她埋头做着她的事，看书，或在空地上，打理一些花草。

我蹲下去看她的花草。一排的鸢尾花，开得像紫蝴蝶。而在那一大丛鸢尾花下，我惊奇地发现了一种小野花，不过米粒大小。它们安静地盛放着，粉蓝粉蓝的，模样动人。我想起一句话来，你知道它时，它在开着花，你不知道它时，它依然开着花。

世上所谓美好的事物，大抵都如此，只安静地住在自己的美好里，这才保存了它们的本性，留住了这个世界，最原始的天真。

孩子有本心。即便是肃杀的秋风，他们也给它镶上童话的金边，从中窥见生命的可亲和可爱。

孩子和秋风

我和几个孩子站在一片园子里，感受秋天的风。园子里长几棵高大的梧桐树，我们的脚底下，铺一层厚厚的梧桐叶。叶枯黄，脚踩在上面，嘎吱嘎吱，脆响。风还在一个劲儿地刮，吹打着树上可怜的几片叶子，那上面，就快成光秃秃的了。

我给孩子们上写作课，让孩子们描摹这秋天的风。以为他们一定会说寒冷、残酷和荒凉之类的，结果却出乎我的意料。

一个孩子说，秋天的风，像把大剪刀，它剪呀剪的，就把树上的叶子全剪光了。

我赞许了这个比喻。有二月春风似剪刀之说，秋天的风，何尝不是一把剪刀呢？只不过，它剪出来的不是花红叶绿，而是败柳残荷。

剪完了，它让阳光来住，这个孩子突然接着说一句。他仰向我的小脸，被风吹着，像只通红的小苹果。我怔住，抬头看树，那上面，果真的，爬满阳光啊，每根枝条上都是。失与得，从来都是如此均衡，树在失去叶子的同时，却承接了满树的阳光。

一个孩子说，秋天的风，像个魔术师，它会变出好多好吃的，菱角呀，花生呀，苹果呀，葡萄呀。还有桂花，可以做桂花糕。我昨天吃了桂花糕，妈妈说，是风变出来的。

我笑了。小可爱，经你这么一说，秋天的风，还真是香的。我和孩子们一起嗅，似乎就闻见了风的味道，像块蒸得热气腾腾的桂花糕。

一个孩子说，秋天的风，像个调皮的娃娃，他把树上的叶子，扯得东一片西一片的，那是在跟大树闹着玩呢。

哦，原来如此。秋天的风一路呼啸而下，原是藏着笑的，它是活泼的、热闹的，是在逗着我们玩的。孩子们伸出小手，跟风相握，他们把童年的笑声，丢在风里。

走出园子，风继续在刮。院墙边一丛黄菊花，开得肆意流畅，一朵一朵，像新剥开的橘子瓣似的，瓣瓣舒展，颜色浓烈饱满。一个孩子跳过去，弯下腰嗅，突然快乐地冲我说，老师，我知道秋天的风还像什么了。

像什么呢？我微笑地看她。她的小脸蛋，真像一朵小菊花。

秋天的风，像一个小仙女，她走到菊花旁，轻轻吹一口气，菊花就开了。这个孩子被自己的想象激动着，脸上洇着兴奋的红晕。

我简直感动了。可不是，秋天的风，多像一个小仙女啊！她走到田野边，轻轻吹一口气，满田的稻子就黄了。她走到果园边，轻轻吹一口气，满树的果实就熟了，橙黄橘绿。还有小红灯笼似的柿子。还有青中带红的大枣，和胖娃娃一样的石榴。她走到旷野边，轻轻吹一口气，一地的草便都睡去了，做着柔软的金黄的梦。小野花们还在开着，星星点点，红的、白的、紫的，朵朵灿烂。在秋风里，在越来越高远澄清的天空下。

孩子有本心。即便是肃杀的秋风，他们也给它镶上童话的金边，从中窥见生命的可亲和可爱。

我愿意把我生命的三分之一匀出来，交给光阴，只为听听风吹，看看花开。

光阴如绣，蔓草生香

一

买来的生姜，忘了吃它，它兀自在塑料袋子里，长出芽来。哦，不，不对，那不是芽了，它有枝有叶，绿意盈盈，简直就是一株植物的模样了。

我把它移到花盆里，对它说，亲爱的姜，你长吧，按你自己的心意，长成你想要的样子。

我听见它的欢笑。

是的，生命中，能按自己的心意生长，是件多么愉快的事！

同样这样长着的，还有红薯。还有绿豆。还有葱。

亦是忘了吃它们。它们就悄悄地退到一边，发芽，抽茎，长叶，端出一捧的绿来给我看。

时光大度而宽容，足够一个小生命，编织出属于它自己的梦。

二

早起，去看昨天开着的那朵扶桑。只一朵红，缀在我的窗台上，明艳得像红唇。楼下走过的人，抬头，都能看得见。

他们问，什么花啊，那么红！

我欢喜地答，扶桑啊。

现在，它已萎了。

生命的灿烂也只是一日工夫。但我知道，灿烂不在时间的长短。我已记住了它的模样。昨天的风也记住了。云也记住了。鸟也记住了。

昨天的云，落满窗。一只鸟儿，停在我的花旁，啁啾了大半天。

三

紫薇的花开得茂盛极了。小城的路边都是，或红或紫，或蓝或白。一撮一撮，拼尽颜色，不藏不掖，有着傻傻的热情。看着它们，本是清素的心，也变得灼热起来，想笑，想爱，想对这个世界好。

还有木芙蓉和木槿，也是赶着趟儿地开。

还有合欢。已是秋了，它们居然还在开着花，柔情不减。

我在合欢树下走。我踮着脚尖，朝它们的花朵伸出鼻子去。旁边有人不解，看我。我说，香。那人也把鼻子凑过去，脸上有了笑意。

合欢的香，是小儿女的体香，那种浅淡的甜。让人的心发软。

还有一种树的叶子也极好闻，像薄荷。我每每走过它身边，都会去摘上两片叶子，放口袋里。

四

喜欢在黄昏时，出门去。

这个时候，万物都着上了温柔色，无一不是好的。

天上的云，开始手忙脚乱地换装，在太阳离去夜幕降临前，它们总要来一场大型演出。赤橙黄绿青蓝紫——云的演出服，可真是多得数不清。

换好装的云，疯跑起来。不过眨眼工夫，它们就都汇聚到天边。天边的色彩变得繁复起来，斑驳得如同堆满了油画。又是奢华的、变幻莫测的。云的舞姿，实在太出神入化，曼妙得叫夕阳都融化了。

人不知道，他是多么有福分，每天都能欣赏到这样一场隆重的演出，且是免费的！人总是急急地往前赶、往前赶，硬生生错过了多少这样绚烂的黄昏。

我不急。我遇见了，必停下脚步，把它们看个够。

生命中的遇见，如此有限，这个黄昏走了，也便永远走了，不可再相见。然浮世的追逐，却是无限的，得失名利，哪有尽头？用有限，去换无限，那是顶不划算的事。我不愿意。

我愿意把我生命的三分之一匀出来，交给光阴，只为听听风吹，看看花开。只为在这样的黄昏底下，携一袖清风，看看云的演出。

五

想在白云垛上种点什么。

那真是一垛一垛的白云垛，它们一个挨着一个，随意而又散漫地席蓝天而坐。像丰收过后，晒场上蹲着的棉花垛。又像小时的我们，托着下巴，在田埂上坐着，等着谁给讲故事。

谁给它们讲故事呢？又会讲一个怎样的故事呢？

——我多想知道。

是不是关于小花和小蚂蚁的？是不是关于青草和羊群的？是不是关于溪水和小鱼的？

我想在那白云垛上，种上草。嫩绿的、翠绿的、青绿的、碧绿的草，配上这样的白，多么相称。风撑着青草的长篙，以云为舟，自由来去。真个是光阴如绣，蔓草生香。

总以为有挥霍不尽的好光阴，哪知青春变白首，也不过是一下子的事。

一壶春水浸桃花

三月里桃花开。所以一进三月，我嘴里就一直念念着，看桃花去吧，看桃花去吧。

哪里看去？自然是乡下。乡下的桃花，是追着春风开的。那会儿，桃树上的叶还未长全呢，花朵儿却迫不及待地，一朵挨着一朵开了。呼啦啦，是一树花满头。小脸儿粉粉的，红晕浸染。如情窦初开的女子。

树不是特意栽种，像风丢过来的种子，河边或屋后，就那么随意地长着一两棵。普通得不能再普通。却不防，一朝花开，惹来满场惊艳：呀，原来不是乡下小姑娘啊，是仙子落凡尘的。

记忆里，有桃花点点，在小院里，还有屋后。花开得好的时候，褐黑的茅草屋，也被映得水粉水粉的，有了许多妩媚在里头。只是那时年少，玩性大，飞奔的脚步，哪肯停下来好好欣赏桃花？根本不知道花什么时候开的，又什么时候落了，就那样辜负了大好春光。现在想想，那时丢掉的何止是大好春光？总以为有挥霍不尽的好光阴，哪知青春变白首，也不过是一下子的事。

读大学时，许多女生曾结伴去看桃花，浩浩荡荡。郊外有桃园，花盛开的时候，是浅粉的海洋。一车子全是女生，叽叽喳喳着。等到跳进那花的海洋里，全都变成一朵朵桃花了。粉色的心，唯春风怜惜。

在花树下欢跳着东奔西跑，不期然的，遇到本班一个男生。那男生的目光一直尾随着一个女生，痴痴的。他是爱她的。他看她的目光，就有了千朵万朵桃花在漾。她却毫不知觉，只管在一树一树的花下穿行、欢叫。我在一旁看得感动，暗恋原是这般花影飘摇，迷离生动。我替那个女生急，我在心里叫，你快回头看看他呀、看看他呀。多年后得知，他并不曾携她的手。毕业后，他们各奔东西，他有了他的日子，她有了她的岁月。

唐朝崔护有首很著名的诗："去年今日此门中，人面桃花相映红。人面不知何处去，桃花依旧笑春风。"诗人以桃花作了整首诗的底子，像白的宣纸上，泼了一团水粉，热闹着，又寂寞着。真叫人惆怅不已。花仍在，人却非。世间的缘分，原是这样的可遇不可求。

却记着那年那日，那人送我一枝桃花。桃花开在乡下的河边，他有事路过，禁不住那一树粉红的诱惑，趁人不备，去树上攀下一枝。百十里的路，他宝贝样的带给我，眼里汪着一整个春天。我于一刹那间爱上，从此义无反顾。那个春天，我的书桌上，有了一壶春水漫桃花。

这是他给予我的最浪漫的事。偶尔说起，我们已不乏当年青春的心里，会蒙上一层迷醉。一枝桃花的感动，竟是终身的，谁能想到呢？

有时候，你以为你已走到山穷水尽了，其实不然，奇迹就等在下一秒。

我想养一座山

去南京参加一个会，有幸入住山中。山的名头很响，叫紫金山，又名钟山。它三峰相连，绵延三十余公里，形似巨龙腾飞，因而自古就有“钟山龙蟠，石城虎踞”之称。

会议结束得早，我有大把时间，可以把山看个究竟。为此，我特地跑去宾馆前台买一双布鞋，换掉脚上的高跟鞋。

我向着紫金山的纵深处去，也无目的地，也不担心迷路。我只管跟着一枚绿走。跟着一朵花走。跟着一只虫子走。跟着大山的气息走，那种清新、幽静又迷人的。

春末夏初，满山的绿，深深浅浅，搭配合宜。你仿佛看到，哪里有只手，正擎着一支巨大的狼毫，蘸着颜料在画，一笔下去，是浅绿加翠绿。再一笔下去，是葱绿加豆绿。间或再来一笔青绿和碧绿。人走进山里去，立即被众绿们淹没。哎呀——你一声惊叫尚未出口，你的心，已被绿沦陷。

这个时候，你愿意俯身就俯身，愿意张嘴就张嘴，愿意深嗅就深嗅。眼里嘴里鼻子里，无一处不是青嫩甜蜜的。浊气尽去，身体轻盈，自我感觉就倍儿奇异起来，觉得自己变成了一朵花、一棵草、一只小粉蝶、一枚背面好似敷着珍珠粉的绿叶子。

倒伏的已枯朽的树木，居然也披上了绿衣裳。我看到它的枝头有新芽爆出，亦有小草们在它身上，兀自茂密成片。我想起曾在某个古镇看到的一奇观，一棵遭雷劈火烧的银杏树，经年之后，在它枯死之处，竟又长出一棵蓊郁的银杏来。

生命的奇迹处处皆有。有时候，你以为你已走到山穷水尽了，其实不然，奇迹就等在下一秒。

我弯腰跟一些小野花打招呼。半坡上，它们在杂草丛中蹦蹦跳跳，浅白的一朵朵，像萝卜花，又形似七里香。真是惭愧，我叫不出它们的名。那也没关系的，我就叫它们山花吧。

有虫子劈面撞我一下，跑到我的眼睛里。是山风调皮了，还是虫子自个儿调皮了？我轻轻拂去那只小虫子，我不生气。这是它们的家和乐园，我才是个入侵者。

鸟的叫声，跟细碎的阳光似的，在树叶间跳跃，晶亮得很。小溪边，迎春花还残留着些许的黄，青枝绿叶之上，那些黄，像闪烁的眼睛。更像心，不肯轻易撤离这春天。

一座木桥，很轻巧地搭在小溪上。桥的这边是流水，桥的那边也是流水。水边迎春花们手臂相缠。一只黑色镶紫边的蝴蝶，翩然飞来，它停歇在木桥的栏杆上，不走了。它伏在栏杆上，认真地嗅和吮吸。

我看着它，“扑哧”笑了。想这蝴蝶真是傻，这硬邦邦的木头，有什么好吮吸的！

可我看着看着，就有了冲动，我想学它的样子，把脸也凑到栏杆上去闻一闻，深深的。山里的哪根木头上，不浸染着花草的香气，还有水的清冽甜美？蝴蝶才不傻呢，它知道哪里的味道最地道最纯真。

早蛙的叫声，在一丛青青的菖蒲下面。也就那么断续的一两声，像试嗓子似的。满山的绿，因这活泼的一两声，轻轻地抖了抖。天空倾下半个身子来倾听。没有谁知道，天空已偷偷用这大山的绿，洗了一把脸，望上去，又洁净又碧青。

一老人从山上下来，健步如飞。想来他常年在这山上走着，脚上的功夫了得。他走过我身边，笑笑地看我一眼，矍铄的眼神，跟蚕豆花似的。而后，远走，身影很快没到一堆绿后头，清风拂波一般。

日头还早，我倚着山，坐下来，幸福地发呆。突然的，我想养一座山，一座小小的山。有树木环绕。有溪水奔流。花草满山随意溜达，它们喜欢哪儿，就在哪儿扎根。还有数不清的虫子，自由出没，互相串门儿玩。有蝴蝶翩翩然。当然，不能离了鸟叫和蛙鸣。

我们每个人的心中，都可以养上这样一座山的吧，适时地避开车马喧闹世事纷争，还自己些许清宁明澈。

人活的，原不是年纪，而是心态。只要心态不老，你就永远不会老。

不要让心长出皱纹

一帮中年人聚会，一女人盯着我细看，冷不丁来了句，你脸上怎么还没长皱纹？

去理发店。帮我洗头发的小女孩的手，鲜嫩得跟青葱似的。她在我头上弹啊弹啊，弹着弹着，突然顿了手，甜甜地问，阿姨，你的头发怎么这么黑，一根白的也没有？

跟陌生朋友见面，他们总要疑惑地，对着我上上下下，打量了又打量，问，你儿子果真那么大了吗？你看上去不像啊。

像？什么才叫像？就像小时写作文，写到母亲，必是皱纹密布的一张脸。黑发里，必是霜花点点。必是背驼腰弓，沧桑得不得了。必得有一点老态，才叫正常。仿佛到了一定年纪，非得烙上这个年纪的印记不可。涂红指甲，不可以！穿花裙子，不可以！你因一件好玩的事，忘情地跳着笑着，不可以！你还拥有好奇、激动、热血，不可以！

街上的喧腾热闹，都不带你玩了。新奇新鲜的玩意儿，都没你的份了。衣服也只能挑黑蓝紫的，质不必高，能遮身就行。出门不必装扮，因为没人注目到你身上。时尚的话题，你没一句插得上。你一边待着去吧，别碍手碍脚的，最好自个儿识趣地，搬把椅子，去太阳下打打盹。或养只小猫小狗，打发时光。你慢慢、慢慢地退到角落里去，没有人留意你的喜怒和欢悲，你被世界遗忘，你渐渐的，也被自己遗忘。

这叫什么逻辑！

我偏不！我想唱的时候，我就大声唱。我爱跳的时候，我仍忘情地跳，只要我还能跳得动。我还是爱囤积发圈、胸针、手链、挂件诸如此类的小物件。我还是好探险，喜欢跑到幽深的更幽深的地方去，因意外发现一棵开满花的老树，而万分惊喜地欢叫。对了，我还买了一堆气球放家里，没事时，吹着玩。

我堂哥，五十好几的人了，头顶已秃过半，眼角皱纹堆积。我们虽不常见面，但每次见面，我都喜欢跟他粘一起，因为他好玩。有一次，我在房间做事，他在客厅，我突然听到客厅里传来他的哈哈大笑。跑去看，他正在看动画片，动画片里，一只小老鼠把一只猫捉弄得狼狈不堪。我堂哥指着动画片叫我看，笑得上气不接下气，他说，你看，你看，你看那只小老鼠！那一刻，他可爱得让我想拥抱他。

人活的，原不是年纪，而是心态。只要心态不老，你就永远不会老。

记得我在念大学时，一老太太教我们历史。我们一帮青春娃，开始都很排斥她。等听她上了几节课后，我们却一下子都狂热地爱上她。她喜穿水粉的衫子，又描眉，又画唇，真是好看。上课时，她的肢体语言十分丰富，讲起历史典故来，眉飞色舞，引人入胜。课后，我们围住她聊天，她教我们怎么打蝴蝶结，告诉我们去哪条老街，可以淘到好看的包和鞋子。春天，她和我们一起外出踏青，在闹市口，她买一艳丽的鸡毛掸子扛着。桃红鹅黄的鸡毛，插在一根长长的竹竿上，她扛着这团艳丽，在人群里走，实在招摇。我们虽不明所以，然跟着她的这团艳丽走，满心里，竟都是说不出的快乐和好玩。等走过闹市区，她这才对我们悄语，我买这个，是想扑蝴蝶来的。

好多年过去了，每每想起她，人群中的那团艳丽，和她一脸的小天真小狡黠，我都不由得从内心底，散发出欢笑来。

我知道，有一天，我的脸上，也会长出皱纹。我的头发，也会渐渐变白。我也终将老去——时光，这把镂刻岁月的刀，我也控制不了。但我，大可以让心，不长出皱纹。像我的大学历史老师那样，永葆着一颗童心，去好奇，去发现，去欢喜，去开怀。这对自己来说，是有福的，对身边的人、对这个世界，亦是有福的。多一份童趣，少一份怨憎和暮气，多好玩啊。

这是俗世，阳光照着，日子在棉被里安好。

棉被里的日子

太阳照着，很好的晴天。这是深秋的天，有太阳的时候，天高云淡的，适合踩着落叶走，亦适合晒被子。

说起晒被子，小时的阳光，便穿云破雾而来。那个时候，人单纯得像玻璃娃娃，阳光照在身上，会发出晶莹的光。母亲把棉被，一条一条展在太阳下晒。母亲算不上是一个美丽的女人，她瘦，且黑，也没有飘逸的长头发。可晒被子的母亲，浑身像罩着七彩呢，一举手，一投足，都显得动人。

棉被的被面上，印着硕大的花，花瓣儿开得恨不得掉下来。我认不得那些花，可看着喜欢。也有喜鹊站在花枝上，尾巴拖得长长的。被面的底色，大红或大绿，耀眼得很。阳光掉在上面，"嘭"地开了花。我把小脸埋在被子里，不肯抬起来。被子软软的，阳光软软的，像母亲的手掌心。母亲叫："丫头，汗会蹭上去的呀。"不听。母亲也不当真，任由我去。有时头埋在被子上，埋着埋着，就睡着了。四野静静的。

那时乡村人家嫁女儿，嫁妆里最出彩的，要数棉被了。红红绿绿簇拥着，六条或八条，极霸气地耀人的眼。乡人们围着看，对着被子评头论足，说厚了薄了或是多了少了。整个喜气洋洋全在棉被里藏。

我结婚时，已流行丝绵被。薄薄的，轻软。母亲却说：“哪里有棉花的暖和?”执意给我缝新棉被。八床新被，四条大红，四条水绿，是我见惯的那种被面，上面开着大团的花，牡丹或芍药。也有喜鹊朝阳，拖着漂亮的长尾巴。被子艳艳地放在装嫁妆的卡车上，一路吸了很多眼光，听得路人说：“瞧，那些被子。”心里得意，我是被宠爱的女儿呢。这些被子，我一直盖到现在。

天好的时候，我会把它们捧到阳光下，像我母亲那样，把它们一一展开来，晒。被面上大团的花，就在阳光下盛开了，开得欢天喜地。朋友有次来我家，看到我晒的被子，惊讶得两眼瞪得溜圆，叫道，好乡气！我笑着不理她，乡气里缠着我小时的好，她哪里懂得。

天阴过几天，突然放晴。母亲来电话，说：“天好起来了，多晒晒被子啊。”母亲总是操着这份心，怕我不会过日子。她哪里知道，一个女人一旦走进婚姻，会无师自通学会做很多事，譬如，天好的时候，洗被子晒被子缝被子。

现在，我的大花被就在阳台上晾着。卖大米的从楼下一路叫过去。邻里的声音高高低低传过来。这是俗世，阳光照着，日子在棉被里安好。

你过着怎样的生活，有时，取决于你的内心。舍弃一些繁复与牵绊，其实并不难，难的是，你有没有真心想舍弃。

我的“瓦尔登湖”

十多年前，跟那人回他的老家，偶经过海边森林，我被那无边无际的林木，惊着了。杉树、杨树、银杏，不一而足，都是成片成林地长着的。还有大片大片的竹海。那之前，我一直以为森林离我远着的，它应该远在某座大山里，远在西双版纳那样的地方。

后来得知，这个森林，是上个世纪六十年代，下放来此的上海、苏州、无锡的知青们，开垦荒地，一锹一土给挖出来的。每一棵树、每一片叶子里，都有着从前的青春热血，和一些说不清道不明的情绪。它是属于记忆的。

从此，心里有了记挂。每隔些日子，烦躁了，郁闷了，空落了，我会对那人说，去看看森林吧。于是我们一路向着海边去，百十里的车程，也便到了。

我徜徉在那些杉树林里。枝叶筛下点点日光，水波一般，而我，是水里面快乐游弋的一条鱼。或者，穿梭在绿得像绿水晶一般的竹林里。我被绿染得青翠通透，我是绿莹莹的一个人了。那会儿，我总疑心我是到达了某个海底。

有一次，我们还意外撞到一块野葵地。无数朵野葵花，寂静无人地开着。白色的飞鸟出没其间。旁有小河静静卧着，河水缓缓流淌。河面上，野鸭几只，凫游着，亦是静静的。

还撞到一间小茅屋，在竹林的顶端。是守林人的。他在屋门前，刨着一小段木块，说是要做个灯笼。一人，一狗，几只鸡。有扁豆花兀自在茅屋顶上，开得静悄悄的。那样的静好，是前世今生，是地久天长。它让我生了贪恋，要是能住在那里就好了。当这种欲望越来越强烈时，我开始着手实现它。

我搁下手头在做的事。我不带电脑，只带着一颗心，和一本书，奔了森林去。书是木心的。木心说，文字的简练来自内心的真诚。“我十二万分地爱你”，就不如“我爱你”。多么简单有趣的一个人！我想说的是，生活的简练也来自内心的真诚。你过着怎样的生活，有时，取决于你的内心。舍弃一些繁复与牵绊，其实并不难，难的是，你有没有真心想舍弃。

梭罗因厌倦城市的混沌污浊，一口气跑到远离尘烟的瓦尔登湖，在湖畔筑小屋独居，一住就是两年多。在那两年多的时间里，他和湖水、森林对话；和飞鸟、虫子交朋友；观看小蚂蚁们打架；晨迎朝霞起，暮送夕阳归。并在他的小木屋四周，开荒种地，自给自足。完全回归到大自然，成为大自然之子。

每个人的心中，都有一个“瓦尔登湖”的。

我的“瓦尔登湖”，就是那个海边森林。它在我的东台。它在黄海之滨。

天地万物，最慷慨莫过于夕阳，每一次告别，它总要把最后一丝光最后一份暖，留给这世界。

水面里的黄昏

我遇到了黄昏，一个水里面的黄昏。

那会儿，我已穿过一个杉树林，又穿过一个杨树林，到了一片竹林里。

竹林傍着一条河。河呈东西走向，一条南北支流，在这里汇合，它们亲密地搂抱成一个较大的河湾。河湾边多苇和茅，也有树。苇花褐黄，茅花雪白，前者慈眉善目，后者娴静温婉，都是好人家的模样。树们长得茂密，像河湾天然的屏障。有一两棵看上去特别高大，如站在城墙上的卫士，长矛长戟地武装着。它们在那儿好些年了吧？秋风吹过几回，树上的叶落去不少，枝条看上去却并不萧条，反倒有疏朗之意。似乎作画时，有意的留白。

我采了一把小野花。还摘了几颗野草莓。几个妇人在竹林里挖野蒜。野蒜味儿重，风轻轻一吹，就浓浓烈烈地铺洒开来。

我走过去，站边上看，我说，这是野蒜呀。她们笑回，是啊，这是野蒜呀。

回家炖肉吃呀，她们互相说笑。

好些年没见过的野味了。小时候，去荒地里割猪草，挖一把野蒜带回。我奶奶洗洗切切，跟小鱼一起，放饭锅上蒸。那就是我们无限向往的美味了。野蒜炒鸡蛋也好吃。野蒜炖咸肉，更是美味中的美味。只是那个年代，咸肉很少见，偶尔吃上一次，会快乐很多天。

回忆里，最刻骨铭心的事，竟都是关乎吃的。想想，既心酸，又感动。活着最真实最生动的地方，原是在这低低的烟火中的。

我看了会儿妇人们挖野蒜，又观看了一只蜘蛛织网。我一直微笑着，我体会到一种发自内心的幸福。就像梭罗说的，每个毛孔都浸润着喜悦。

然后，一个黄昏向我走来。

起初也不曾有多介意，黄昏么，哪一天都有的。我照旧散我的步，看夕阳忙着在竹林里穿针引线，给竹们穿上金缕衣。天地万物，最慷慨莫过于夕阳，每一次告别，它总要把最后一丝光最后一份暖，留给这世界。

我走到了河边。我不经意地往河里看去，我惊得差点跳起来！一河的颜料，一河的斑斓！一河的！黄昏走到了水里面。

水燃烧起来了！火红的晚霞，在水里面跳舞。仿佛无数条红鲤鱼在游，它们摇头摆尾着，活蹦乱跳着，欢欣鼓舞着。简直，疯了！

乐什么呢！

乐着的不仅仅是它们，还有河岸边的草木。草木们都披上了霓裳，光华灼灼，一齐朝着水里面走来，来跟黄昏相会。天地间，好似走着一支迎新队伍，浩浩荡荡。是诗经年代的那场贵族婚礼么?“之子于归，百两御之”，场面可真够气派够奢华的。终于，草木们与黄昏在水里面相会了。大红灯笼挂起来，锣鼓喧天，鞭炮齐鸣，一场盛大的婚礼，热热闹闹地在水里面举行了!

这个时候，我，一个偶然路过的过客，除了热泪盈眶，实在没有别的事好做。

佛不语，它坐在高高的山巅之上，一日一日，守望着红尘万丈。

佛不语

去威海，是要去赤山看看佛的。

它原是住在赤山红门洞里的山神，被称作赤山明神。赤山因它成为东方神山，名扬天下。传说其法力无边，福佑大千，功德无量。在日本、韩国也备受推崇，那儿的许多寺院里，至今仍供奉着它。佛不分国界，佛光普照。

赤山山势起伏，壁立千仞。旁有大海缠绵悱恻，海水湛蓝。阳光下，海水闪着绸缎似的光泽。佛坐在高高的山巅之上，坐南朝北，面向大海，目光平和，稳重厚笃。它的左手随意搭放着，右手臂提起在胸前，手掌向下。如慈母在照看孩子。哪里的佛，都是这样的，身上罩着母性的光芒。世上母亲，原都是佛。

我们一路行去，阳光透明，反倒蒸腾起一片雾霭，如轻纱缥缈。赤山便笼在这样的轻纱里，梵宇僧楼，婉约其间。不时相遇到绿树红花，人一样的顾盼生姿。你停下，与一棵树，或是一朵花对视久了，不由得笑了。到底是神山啊，那树那花，仿佛就要开口说话。

大佛高达 58.8 米。人站在下面，小如蚂蚁。我们这群“蚂蚁”仰望着慈眉善目的大佛，心像被什么点化了似的，一时安静无语。对佛，你可以不信，但不可不敬，这也是对他人信仰的尊重。

年轻的导游小姐考我们，你们知道佛的右手掌为什么向下吗？大家说出的答案五花八门。最有趣的一个答案是，佛要伸手拿东西吃。这是烟火凡尘里的佛。大家都笑起来。

真正的答案却是，海上多风浪，佛掌向下，是为了抚平海上风浪，让出海的渔民和过往的商贾船只能安全上岸。所以，当地人逢年过节，或是出海远航，都要到佛前拜一拜的，求健康求平安。

同行中一大男人突然问，灵吗？导游小姐回眸一笑，说，当然灵，只要你心诚。

男人立即面对佛像，双手合掌，目光低垂，如此长达五分钟之久。等他拜佛完毕，大家取笑他，你也信这个？他笑了笑，没说什么。后来才听他说起，他的妻子生病不断，他拜，求的是心安。同行中一女孩，一路上，很少说话，心中似有悲痛无法化解。当我们踏上 108 级台阶，抵达佛殿，看到她正低眉敛目，跪伏在佛前。我们没有打扰她，默默绕开去，在殿外等。

许久之后，她出来，脸上现出笑容，人也变得活泼起来，主动跟我们提出，要和我们合影留念。她心中的结，一定对佛讲了。佛不会背叛，不会泄密，佛是最好的听众。

我们下山去，相遇到另外几拨人上山，他们亦是来看佛的。佛不语，它坐在高高的山巅之上，一日一日，守望着红尘万丈。你来，或者不来，它就在那里。大爱无言，大音希声，这是佛的力量。

草和天相接的地方，草就是云，云就是草。

跟着一棵草走

八月下旬去呼伦贝尔，已算不上好时节了。这个时候，大草原的风开始寒了，水开始瘦了，草场被收割了，花们也都凋谢得差不多了。对草原来说，水肥草美的好日子，似乎已翻过一页去。

但我还是决定前往。

到达海拉尔时，上午九点。天下着小雨。冷。很秋深的样子。接站的司机小张说，再过个十天半月，我们这里都该下雪了。一下雪，就得封路了。

打个寒战。把行李箱里为数不多的厚衣裳，全都翻了出来，披挂在身，还是冷得慌。不管了，咱走吧，去草原吧，我要看草去。

我们的车子，像尾鱼似的，很快滑进了草原的草波浪之中。来这儿之前，有句歌词在我脑中反复回荡："天边有一个辽阔的大草原。"唱的就是呼伦贝尔。在我，天真地以为，再辽阔的草原，也不过是多一些草地罢了。等我真的置身其中，我才知它的辽阔，远不是几顶蒙古包、几片草地、几群牛羊。一个数字足以说明，它的总面积竟达到一亿四千九百万亩。境内山峦起伏，河流纵横，湖泊星罗棋布，被人称为“北国碧玉”。

雨，不知何时已停。或许是被风吹走了。是被云吹走了。是被草吹走了。草？是的，这里是草的天下，草的王国。碱草、针茅、苜蓿……一百二十多种牧草，在这里相融共生。它们排列有序，或无序，紧密地团结着，一路向前，开天辟地，纵横千里。间或有紫的花黄的花，跳跃其间。我们看了这棵看那棵，看得眼睛疲倦。揉揉，再看。这个时候，好词好句已不顶用，只能重复地说：“好美啊。”司机小张的眼睛却不看草地，他以为没看头了，他说：“七月里来，那才叫漂亮呢，草长得好高，比人还高，牛羊都没在里头。花多不胜数，到处都开着大朵的红花白花的。”我听了笑笑，并不遗憾，我见到草的另一番模样，洗尽铅华，慈祥亲厚。

收割好的草们，被卷成了一个一个的草卷，匍匐在草地上。等完全晾干了，牧人们会把它们拖回家去。漫长的冬天，它们将把碧绿的梦，一口一口，喂进马牛羊的胃中。现在，远远望过去，它们更像一头一头的奶牛，和一只一只的肥羊，蹲在那儿。天空阔大无边。生命阔大无边。人呢？人成了误入草原的一只蚂蚁，那么渺小。

我们的车子，跟着一棵草走，从上午，走到下午，再走到黄昏。一棵草还在前面引路，它要走到哪里去呢？山坡柔软。湖泊明亮。它是要走到天上去吧？草和天相接的地方，草就是云，云就是草。

天上的“草”，被风吹动得跑起来，一棵草跑向另一棵草。

密集茂盛。在它们之间，偶尔现出一眼的蓝天来，如一眼的湖，蓝得纯粹、醇厚。天空和大地，是分不清了，天也是地，地也是天，这才叫天地一体，洪荒混沌呢。

遇到不少的羊群、牛群、马群。也不见牧人。不顾冷风吹，我下车去，追着一群羊跑，想跟它们亲近一下。羊大概不喜陌生人，一见到我们，拼命跑。牛倒是安静得很，远远瞅着我们，比草原还沉默。

我踩着草，想把自己走成呼伦贝尔大草原的一棵草。草在我的脚下，起伏。却不是温柔的，而是尖锐的长着牙齿的，蚊虫肆虐。怨不得到过这里的人都说，进草原，一定要带上清凉油和红花油，草原上的草会咬人呢，蚊虫也多。我却不以为意，结果什么也没带。我在草地上走了不过十来米远，脚脖子已被草割得生疼，蚊虫在我裸露的皮肤上，留下不少的明目张胆的记号。

原来，做一个牧人，远不是挥挥马鞭子那么轻松美好。

遇到一个牧人，年轻的。他脚蹬马靴，头戴头盔，身穿棉大衣，全副武装，正吆喝着一群马，把它们赶到另外一块草地去。我拦住他说话，我说这儿不是有草可吃么，为什么要赶它们走？他看我一眼，说："不能都啃光了，要留着一些，来年才会长得好。"马群停在另一块草地上，并不吃草，而是以相同的姿势，雕塑一样站立在寒风中，一动不动。问他："马为什么这样？"他答："马冷。"他掏出手机玩。草原上没有信号，上不了网，这不要紧，他可以玩玩游戏。他说冬天没事干，就在家喂喂马。他说再过两年，他也不喂马了，他要去城里，他哥他姐都到城里去了。

我想要去一家真正的蒙古包，喝一碗真正的奶茶，却未能如愿。蒙古包自然是有的，撑着洁白的毯房，跟一朵一朵的大蘑菇似的，开在草原上。但那都是为接待游客而搭建的，跟戏服似的，是表演。游客们在那里吃吃饭、骑骑马，纯粹的玩耍。从前的游牧民族，都不住蒙古包了，他们有了固定的住所，砖墙砖瓦地砌了房。他们的后代，能进城的，也都进城了，跑去海拉尔，或是额尔古纳，在那里买房。游牧生活对于年轻人而言，早已渐行渐远，成为古话。

我听到寂寞，“轰”的一声，在草原的骨头里弹响。

青春原是一场花开，欢乐或疼痛，都是岁月的赠予。

我与青春再见时

十六七岁的年纪，是迫不及待要远走高飞的。像一朵花苞苞，就要开了，就要开了，却总也不见开。光阴是缓慢的，缓慢得像教学楼后矮冬青树下，一只慢爬的蜗牛。早上走过时，看它在爬。中午去看，它还在爬，总也爬不到树枝上去。

心是忧伤的。对着一枚叶，看着看着，也会落下泪来。清晨醒来，宿舍还是那个宿舍，教室还是那个教室，操场还是那个操场。教学楼前，一排法国梧桐树，撑着肥圆的叶，不知疲倦地绿着。校园的围墙上，爬满小朵的红，和黄，是些野喇叭花，无比寂静地开着。围墙外，传来敲铁皮的声音。那是不远处的一家小店铺，专卖各种铁桶。赤膊的中年男人成日举着铁锤，敲啊敲，声音单调又寂寥。

我时常望着教室的窗外，发呆，天上飘着淡的蓝，或淡的白。风吹得若有似无。我希望着人生这惨淡的一页，能速速翻过去。是的，惨淡。那个时候，我进城念高中，穿着母亲纳的布鞋，背着母亲用格子头巾缝的书包，皮肤黝黑，沉默寡言，跟野地里的芨芨草似的，又卑微又渺小。城里的孩子多么不同，他们住黛瓦粉墙的四合院。他们穿时髦鲜艳的衣，从青石板铺就的小巷子里，呼啸而出。他们漂亮白净、神采飞扬，不识四时农作物，叫我们乡下来的孩子：泥腿子。

我的神经时时绷着、敏感着，怕被伤了，偏偏时时被伤着。他们一个不屑的眼神、一句轻视的话语，都足以让我手脚冰凉。我变得越发的沉默，低着头走路，低着头做事，恨不得能把头埋到泥地里去。

也总是要上他的课。彼时，他四五十岁，挺拔壮实。肤黑，黑得跟漆刷过似的。据说曾去西藏支教过几年。记得他初来上课时，刚一张口，全班都愣住了，他的声音与他的外表，实在不相称，他的声音尖，且细，跟女人似的。几秒钟后，全班哄堂大笑。城里的孩子尤其笑得厉害，他们兴奋地拍着桌子，哗啦啦，哗啦啦。他在前面怒，眼睛逡巡一遍教室，揪出后排一个张嘴在笑的男生，厉声道，你们这些乡下来的，太没教养了！

虽然他不是针对我，但这句话，却刺一样的，扎进我的心里面，再难拔去。再上他的课，我从不抬头听讲，兀自做自己的事。他上了一些课后，也终于发现我的“另类”，在课堂上当众点名批评，说出的话，如同蹦出的石子儿似的，咯得人生疼。我越发的不喜欢他了。

他后来不再过问我，甚至连作业都不批改我的。一次，他在班上闲话考大学的事，大家踊跃说着理想中的职业。有城里同学看我一眼，大笑着说，她将来适合去做厨师。一帮同学附和着笑。我看到他的眼光不经意地掠过我，又越过去，什么话也没说，一任课堂上笑声泛滥。

是从那一刻起，我在心里发着誓，我一定要考上，给看不起我的人狠狠一击，特别是他。凌晨三四点，我一个人就悄悄起了床，到教室里点灯读书。如此的日复一日，结果，高考时我考了高分，他任教的一门，我考了年级第一名。

多年后，高中同学聚会，请来当年的老师，其中有他。他早已不复当年的挺拔，身子佝偻，双鬓染霜，苍老得厉害。这让我意外，想来他也不过六十来岁，何以会如此衰老？他在一帮同学的簇拥下，站到我跟前。同学让他猜，老师，她是哪个？他看定我，笑着摇摇头。同学提醒他，老师，她是当年我们班作文写得最好的那个，叫丁立梅啊。他看着我，还是抱歉地摇摇头，眼神天真。

有同学悄悄对我耳语，老师失忆了。我一惊，突然想落泪。多年来，我极少回顾青春，以为那是我人生里的一道暗疮。可现在，我却多么愿意走回去，他还在讲台上挺拔着，我还在讲台下稚嫩着。教学楼前的梧桐树上，还有雀儿在跳得欢。

青春原是一场花开，欢乐或疼痛，都是岁月的赠予。因为经历了，我们才得以成熟，所以，感谢。我上前挽起他，我说，老师，我们合个影吧。相机上，我的笑容，映着他的笑容，当年的天空，铺排在身后。

没有谁的记忆，比风的记忆更长久。

风知道

一

长得好好的文竹，一些日子后，竟莫名其妙枯死。

我试过一盆，又试过一盆。无一例外。

百思不解。我去请教花农。

花农扫一眼我枯死的文竹，说，它不是缺水，不是缺肥，它是缺风了。

缺风？

我怔怔。这新鲜的提法，我是第一次听到。

花农解释，你一定是把它放在室内，很少通风，它是被闷死的。

哦。我看到他的小屋门前，一盆盆凤仙花，在风中，盛开着，精神抖擞，喜笑颜开。

万物生长，都离不开风的。这个常识，却被我们天长日久地忽略着。

二

我站在一座桥上，等风。

夏天的夜晚，风捎来太多的好意。草木的清香，露珠的清凉，虫子们的欢唱，还有，幽深幽深的静谧。

多年前，我还是个小小女孩时，住在乡下。每个夏天的夜晚，我们早早搬出纳凉的凳子，坐在外面，等风来。

我们在门口的晒场上等风。晒场边上，长南瓜长丝瓜长向日葵，还长青椒和茄子。不远处，稻田里的水稻们，已沸沸扬扬开着碎粉的花。蛙们齐齐演奏，如吹萨克斯。

风来，步子迈得碎碎的。摇落一些花朵、露珠，和虫子的叫声，轻且温柔的。

乡人们手把蒲扇，眼望着繁星密布的夜空，有一搭没一搭地摇着，聊着天。风拂过他们黝黑的脸庞、胳膊和腿，他们很感激地轻叹一声，多好的风啊。白天再多的劳累和不堪，也被那样的风抚平了。人与人之间，即便有过芥蒂，也都能原谅的了。

夜过半，他们满足地拍拍被风吹凉的身子，道声别，各回各的家去睡。一片风，也跟着他们走进屋子去。

真怀念那样的夏夜，风自在，人安好，岁月不惊。

三

我把从海南带回的一只贝壳风铃，挂在屋门口。

一阵风来，风铃发出欢快的鸣唱。

我出门时，它在欢唱。我进门时，它在欢唱。

风不停，它的歌声就不会停。

我走过它身边，自觉不自觉地会抬头看看它，看着看着，就微笑起来。那日的沙滩、海浪、椰子道，和邂逅到的陌生人，一一涌现。

没有谁的记忆，比风的记忆更长久。我们以为许多的经过，经过就经过了，了无痕迹。其实，风都给细细收着呢。

受伤了，不妨去风里走走。

风知道一个人的疼痛，有多深。

眼泪掉进风里面。

风默默接纳、倾听，并一一替你拭干。

哦，只要天不塌下来，就没什么大不了的。在风里静静待一会儿吧，哭一哭，就好了。

风同样知道一座山、一块石头、一堵墙、一幢老房子的秘密。

我们说，是时间削平了所有。我们在“消失”面前，惆怅，悲伤，不能自已。

这个时候，风躲在一旁窃笑。哦，这世上，哪里有真正的消失呢？所有的秘密，都悉数被它带走了。

风最后也会把我们带走。

我们从风里来，最终，都将回到风里去。

四

季节的秘密，瞒不过风。

春天，哪棵小草先发芽，风知道。秋天，哪片树叶要凋落，风知道。

风唤来雪花的时候，是很冷的冬天了。

风送走最后一朵蔷薇的时候，夏天的蛙和蝉，开始断续地叫起来。

风知道一座山的前身是什么。风知道一条河流，为什么瘦了。

风知道什么样的鸟，会唱什么样的歌。

风知道天空中的哪弯彩虹，藏在了雨的后面。

风把一粒种子从一个地方，带到另一个地方。风把岁月，从远古的洪荒年代，带到今天，且带向无限去。

岁月再久，哪里久得过风？

世界再大，哪里大得过风？

在遥远的莫尔道嘎，我对着一丛马铃兰发愣。山坡上放牛的妇人笑着对我说，只等南风一吹，这马铃兰就全开了，可好看呢。

在人迹罕至的荒野的河畔，我相遇到故乡的苇和蒲，还有枸杞和刺儿草。几千里之外，它们惹得我的眼睛，一阵阵发热。

风轻轻走过它们身边，不动声色。

人世间，最让人不能消受的，不是巨大的伤痛，而是孤独。

一个电话，十个春天

我是先认识他的文字，再认识他的人的。他的文字，都是有关草原有关风雪的。读他的文字，我不可抑制地在脑中勾勒这样的景象：黄昏。风。无垠的旷野。一棵树——就那么一棵树，孤零零的。风吹动它的每一片叶子，每一片叶子，都在骨头里作响。天高路远，是永不能抵达的模样……

后来通过一个朋友，我们真正相识了。也仅仅是在电话里。电话隔了万水千山，他的声音挟裹着风雪，挟裹着草原的莽莽苍苍，撞进我的耳里来，如暗夜里的埙。他说，谢谢你。我在电话这头就笑了，我说谢我什么呢？有什么好谢的？我只不过倾听了一下，倾听了一下而已。

故事谈不上有多曲折，是一个男人为了生计而奋斗的经历。他早先开过茶馆，在一个小城里混得有型有款的。但商海浮沉，人不过是其中的一叶扁舟，一个浪头打过来，也许就招架不住了。他不幸被浪击沉，被迫远走他乡，到了几千里外一个叫江仓的草原。那里，春天总是来得很晚很晚，冰凌好像永远也不会融化。一天到晚，唯有风吹过耳际，几百里了无人烟，风就那样无遮无挡地吹啊吹，吹得人的骨头里都浸满瑟瑟的孤独。

是的，是孤独。他说。无数的黑夜，他躺在帐篷里，听风吹，心里空空如荒野，苦难是深不见底的一口井，幸福离得很遥远。眼泪，不知不觉滑下来，在脸颊两侧凝结成冰。都说柔情似水，水这时却失了水的温柔。那种伤怀，是蚂蚁啃骨头般的。

那不是我的泪，他强调，真的，那不是我的，那是黑夜的眼泪，它根本不受我的控制，它落下来。说到这儿，他笑起来，苦涩地。

我静静听，我听见孤独，像一只流浪的小狗，呜咽着。人世间，最让人不能消受的，不是巨大的伤痛，而是孤独。

好在他并不颓废。他坚持写文字，白天做工，晚上写作。他至今还不会电脑，不会上网。所有的文字，都是一笔一画在纸上写成。那时，他把蜡烛插在泡沫板上，泡沫板放在他弓起的膝上。夜深，世界孤寂成一顶帐篷。蜡烛在流泪，一滴一滴，溅落到他的字上，凝固成冰冷的花朵。红的，白的，如敛翅的蝴蝶。

一个寻常的夜晚，我突然想起他来，想起他就拨了一个电话过去，在我，这是很轻而易举的事。他那边的反应却很强烈，是感动复感动了，连声对我道谢。他说，有朋友牵挂着，真幸福。电话搁下后不久，他发来一个信息，信息里只有八个字：一个电话，十个春天。

这下轮到我感动了，我不知道我轻易的一个举动，竟能送他十个春天。我立即找出电话簿，把久未通音讯的朋友，一个一个问候到了。朋友们很意外，高兴非常，我也很高兴，我们有着千言万语。空气中弥漫满了温馨，百合花一样地，幽幽吐芳。是的，一个电话，十个春天。滚滚红尘之中，我们都不可避免会陷入孤独，但只要人世间有爱在、有善良在、有朋友在，就会有春暖花开。

生命之弦，原有它承载的极限和底线，绷得过紧，势必弦断。

与自己和解

一只瓢虫，爬上我的书桌。我用一本书去挡它的道，它稍稍愣了会，仿佛有点纳闷。尔后它伸出触角，小心地碰了碰那本书，那本书对于小小的它来说，无异于一座山丘。

我以为它要一往无前的，然它放弃了。它果断地转身，向着别处爬去。我又用书去挡，它诧异地停下，重复先前的动作，用触角去碰那本书。等它确信，它不能推翻掉那本书时，它突然扇动翅膀，飞到近处的窗帘上。窗帘的柔软，让它觉得舒适，它稍事休息，又继续它的愉快之旅。我把窗子拉开一条缝，很快，它从那条缝隙里，爬出去了，它回到了它的自然里。

我在心里祝福了这只瓢虫，它很聪明，懂得适时放手，与自己和解。

我们人，有时却不及一只瓢虫。

认识一个叫荷的女子，才华横溢，写一手好文章，漫画也画得极有特色，是一家出版公司的图书策划编辑。出色的才干，让她很快脱颖而出，成了那家出版公司的顶梁柱。白天，她奔赴在一家又一家的图书市场，搞调研，写策划方案。晚上，她一头埋进约稿堆里，写作，画漫画。常常她的文章写完了，漫画画好了，窗外的天空，已发白。

“累，真累。”这几乎成了她的口头禅。她的日子里，仿佛覆盖着一场又一场大雾，茫茫复茫茫，无尽头。她没有时间完完整整听一首音乐，没有闲情去看一部电影。更遑论听听花开的声音，看看云飘的样子，她甚至没有时间，好好谈一场恋爱。

也知道这样的日子，过得很不是滋味，整天憔悴着一张脸，未老先衰，却不能停下奔跑的脚步，“我一天不努力，也许就被别人甩得远远的了。”她说。

重重压力之下，她变得越来越不快乐，最后，竟患上了严重的抑郁症。一天，她趁人不备，跳了楼。

惋惜！那些文章，她完全可以少写一些；那些漫画，她完全可以少画一点。生命之弦，原有它承载的极限和底线，绷得过紧，势必弦断。

朋友倩也曾是个十分要强的人。她经营一家大型超市，事必躬亲，事无巨细，常常累得人仰马翻，心情烦躁。直到有一天，四岁的女儿哭着对她说：“你不是我妈妈。”她大惊失色，忙问为什么。女儿答：“小朋友的妈妈，都陪小朋友玩，你从来没有陪我玩过。”

倩的心，像被一把锐器划过，尖利利地疼。那天，她放下手头一切工作，带女儿去逛公园，陪女儿去吃必胜客，她们一直玩到很晚才回家。月亮升起来了，皎洁圆润，她和女儿头挨头地在一起看月亮。女儿摸着她的脸，稚嫩的声音，把她的心泡软，女儿说：“妈妈，你的脸像月亮，我好喜欢呀。”倩的眼睛湿了，那一刻，她忽然明白了，她想要的生活是什么。钱永远赚不完的，而与女儿的相守，每一分每一秒，都是难能可贵不可再生的。

从此后，倩放缓了前行的脚步，主动与自己达成和解。她告诉我，现在她每天都去幼儿园接女儿。当她牵着女儿的小手，从一棵一棵的梧桐树下走过，从大朵大朵的美人蕉旁走过，小麻雀们排着队在树上唱歌，她嗅到了幸福的味道，浓烈的，花香般的。

一句话，对于说的人来说，或许如行云掠过。但对于听的人来说，有时，却能温暖其一生。

你并不是个坏孩子

一个自称叫陈小卫的人打电话给我，电话那头，他满怀激动地说："丁老师，我终于找到你了。"

他说他是我十年前的学生。我脑子迅速翻转着，十来年的教学生涯，我换过几所学校，教过无数的学生，实在记不起这个叫陈小卫的学生来。

他提醒我，"记得吗？那年你教我们初三，你穿红格子风衣，刚分配到我们学校不久。"

印象里，我是有一件红格子风衣的。那是青春好时光，我穿着它，蹦跳着走进一群孩子中间，微笑着对他们说："以后，我就是你们的老师了。"我看到孩子们的脸仰向我，饱满，热情，如阳光下的葵。

"我当时就坐在教室最北边一排啊，靠近窗口的，很调皮的那一个，经常打架，曾因打破一块窗玻璃，被你找到办公室谈话的。老师，你想起来没有？"他继续提醒我。

"是你啊！"我笑。记忆里，浮现出一个男孩子的身影来，隐约着，模糊着。他个子不高，眼睛总是半睨着看人，一副桀骜不驯的样子。经常迟到，作业不交，打架，甚至还偷偷学会抽烟。刚接他们班时，前任班主任特意对我着重谈了他的情况：父母早亡，跟着姨妈过，姨妈家孩子多，只能勉强管他吃穿。所以少教养，调皮捣蛋，无所不为。所有的老师一提到他，都头疼不已。

“老师，你记得那次玻璃事件吗？”他在电话里问。

当然记得。那是我接手他们班才一个星期，他就惹出一件事来，与同桌打架，打破窗玻璃，碎玻璃划破他的手，鲜血直流。

“你把我找去，我以为，你也和其他老师一样，会把我痛骂一顿，然后勒令我写检查，把我姨妈找来，赔玻璃。但你没有，你把我找去，先送我去医务室包扎伤口，还问我疼不疼。后来，你找我谈话，笑眯眯地看着我说，以后不要再打架了，你打了人，也会让自己受伤的对不对？那块玻璃你也没要我赔偿，是你掏钱买了一块重安上的。”他沉浸在回忆里。

我有些恍惚，旧日时光，飞花一般。隔了岁月的河流望过去，昔日的琐碎，都成了可爱。他突然说：“老师，你做的这些，我很感动，但真正震撼我的，却是你当时说的一句话。”

这令我惊奇。他让我猜是哪句话，我猜不出。

他开心地在电话那头笑，说：“老师，你对我说的是，你并不是个坏孩子哦。”

就这么简单的一句话，却让他记住了十来年。他说他现在也是一所学校的老师，他也常找调皮的孩子谈话，然后笑着轻拍一下他们的头，对他们说一句：“你并不是个坏孩子哦。”

一句话，对于说的人来说，或许如行云掠过。但对于听的人来说，有时，却能温暖其一生。

有时，无须整座花园，只要一朵栀子花。一朵，就足以美丽其一生。

一朵栀子花

从没留意过那个女孩子，是因为她太过平常了，甚至有些丑陋——皮肤黝黑，脸庞宽大，一双小眼睛老像睁不开似的。

成绩也平平，字写得东扭西歪，像被狂风吹过的小草。所有老师极少关注到她，她自己也寡言少语。以至于有一次，班里搞集体活动，老师数来数去，还差一个人。问同学们缺谁了。大家你瞪我我瞪你，就是想不起来缺了她。其时，她正一个人伏在课桌上睡觉。

她的位子，也是安排在教室最后一桌，靠近角落。她守着那个位子，仿佛守住一小片天，孤独而萧索。

某一日课堂上，我让学生们自习，而我，则在课桌间不断来回走动，以解答学生们的疑问。当我走到最后一排时，稍一低头，突然闻到一阵花香，浓稠的，蜜甜的。窗外风正轻拂，是初夏的一段和煦时光。教室门前，一排广玉兰，花都开好了，一朵一朵硕大的花，栖在枝上，白鸽似的。我以为，是那种花香。再低头闻闻，不对啊，分明是我身边的，一阵一阵，固执地绕鼻不息。

我的眼睛搜寻了去，就发现了，一朵凝脂样的小白花，白蝶似的，落在她的发里面。是栀子花呀，我最喜欢的一种花。忍不住向她低了头去，笑道："好香的花！"她当时正在纸上信笔涂鸦，一道试题，被她肢解得七零八落。闻听我的话，她显然一愣，抬了头怔怔看我。当看到我眼中一汪笑意，她的脸色，迅速潮红，不好意思地嘴一抿。那一刻，她笑得美极了。

余下的时间里，我发现她坐得端端正正，认真做着试题。中间居然还主动举手问我一个她不懂的问题，我稍一点拨，她便懂了。我在心里叹，原来，她也是个聪明的孩子呀。

隔天，我发现我的教科书里，不知什么时候多了一朵栀子花。花含苞，但香气却裹也裹不住地漫溢出来。我猜是她送的。往她座位看去，便承接住了她含笑的眼。我对她笑着一颔首，是感谢了。她脸一红，再笑，竟有着羞涩的妩媚。其他学生不知情，也跟着笑。而我不说，只对她眨眨眼，就像守着一段秘密，她知道，我知道。

在这样的秘密守候下，她发生了翻天覆地的变化，活泼多了，爱唱爱跳，同学们都喜欢上她。她的成绩也大幅度提高，让所有教她的老师，再不能忽视。老师们都惊讶地说："呀，看不出这孩子，挺有潜力的呢。"

几年后，她出人意料地考上一所名牌大学。在一次寄我的明信片上，她写上这样一段话："老师，我有个愿望，想种一棵栀子树，让它开许多许多可爱的栀子花。然后，一朵一朵，送给喜欢它的人。那么这个世界，便会变得无比芳香。"

是的是的，有时，无须整座花园，只要一朵栀子花。一朵，就足以美丽其一生。

第二辑

你在，就心安

原来，幸福不过是这样的，你在，就心安。粗茶淡饭有什么要紧？年华老去有什么要紧？只要你在，幸福就在。

你在，就心安

祖母86岁的时候，耳还不背，眼也不花，还可以在屋内眯缝着眼做针线。大她两岁的祖父却不行，一步已挪不了两寸了。他总是安静地坐在院门口晒太阳，一坐就是大半天。

两个人，不过隔着一屋远的距离，祖母却每隔十来分钟，就要大声唤一声祖父。“老头子！”祖母这样唤。有时祖父听见了，会应一声“哎”。祖母笑，仍旧低了头，做她的针线活。有时祖父不应，祖母就着急，会迈着细碎的步子，走出门去看。看到祖父好好的，正坐在太阳下打着盹呢，祖母就孩子般地笑嗔：“这个老头子，人家喊了也不睬。”

我笑她：“你也不怕烦，老这么喊来喊去做什么？”祖母抬头看我一眼，宽容地笑，说：“伢儿呀，你不懂的，知道他好好地在着呢，才心安的。”

心，在那一刻，被濡湿了，是花蕊中的一滴露。原来，幸福不过是这样的，你在，就心安。粗茶淡饭有什么要紧？年华老去有什么要紧？只要你在，幸福就在。

我想起三毛和荷西来，那对爱情神话中的人儿，曾有过让人羡慕的家居生活。那时，她在灯下写字，他在一边看书，两个人有一搭没一搭地说着话。是不是偶尔，她一抬头，叫一声：“荷西。”亲爱的那个人，会缓缓回过头来，看她一眼。也没有多话，他们只温暖地交换一下眼神。然后，她继续快乐地写字，他继续迷醉地看书。但却有厚实的东西，渐渐填满了他们的心。你在，就心安的，这是人世间最最温馨的相伴。后来荷西走了，她在灯下，再也唤不回他回眸的温暖了。尘世间再美的风景，也与她无关。她的心，是空的。十年后的某天，她终追了他去。

亦曾听一个女人，讲过这样一件事，说她老公在夜里睡觉时喜欢打呼噜，那真正是地动山摇的。旁的人奇怪，那么响的呼噜，她怎么会睡得着。然她却安之若素，每夜都枕着他的呼噜声入睡，睡得安稳踏实。偶尔她老公夜里睡觉不打呼噜，她反倒不习惯了，必三番五次醒来，伸了手去摸他，摸到他正均匀地呼吸着呢，她这才放下心来，继续睡。

初听时，以为笑话。其实，不是。人世间的爱情，莫不如此。就是亲爱的人，你必得在我眼睛看到的地方，在我耳朵听到的地方，在我手能抚到的地方，好好存活着。你在，就心安的。只要你在，整个世界，就在。

原来，生命完全可以以另一种方式，重新存活的，就像他种的一院子的花。

种　爱

认识陈家老四，缘于我婆婆。

婆婆来我家小住，不过才两天，她就跟小区的人，混熟了。我下班回家，陈家老四正站在我家院门口，跟婆婆热络地说着话。看到我，他腼腆地笑一笑，“下班啦?”我礼貌地点点头说:“是啊。”他看上去，年龄不比我小。

他走后，我问婆婆:“这谁啊?”婆婆说:“陈家老四啊。”

陈家老四是家里最小的孩子，父亲过世早，上有两个哥哥，一个姐姐，都已另立门户。他们与他感情一般，与母亲感情也一般，平常不怎么往来。只他和寡母，守着祖上传下的三间平房度日。

也没正式工作，蹬着辆破三轮，上街帮人拉货。婆婆怕跑菜市场，有时会托他带一点蔬菜回。他每次都会准时送过来。看得出，那些蔬菜，已被他重新打理过，整整齐齐干干净净的。婆婆削个水果给他吃，他推托一会儿，接下水果，憨憨地笑。路上再遇到我，他没头没脑说一句:“你婆婆是个好人。”

却得了绝症，肝癌。穷，医院是去不得的，只在家里吃点药，等死。精气神儿好的时候，他会撑着出来走走，身旁跟着他的白发老母亲。小区的人，远远望见他，都避开走，生怕他传染了什么。他坐在我家的小院子里，苦笑着说："我这病，不传染的。"我们点头说："是的，不传染的。"他得到安慰似的，长舒一口气，眼睛里，蒙上一层水雾，感激地冲我们笑。一天，他跑来跟我婆婆说："阿姨，我怕是快死了，我的肝上，积了很多水。"

我婆婆说："别瞎说，你还小呢，有得活呢。"

他笑了，说："阿姨，你别骗我，我知道我活不长的。只是扔下我妈一个人，不知她以后怎么过。"

我们都有些黯然。春天的气息，正在蓬勃。空气中，满布着新生命的奶香，叶在长，花在开。而他，却像秋天树上挂着的一枚叶，一阵风来，眼看着它就要坠下来、坠下来。

我去上班，他在半路上拦下我。那个时候，他已瘦得不成样了，脸色蜡黄蜡黄的。他腼腆地冲我笑，"老师，你可以帮我一个忙么？"我说："当然可以。"他听了很高兴，说他想在小院子里种些花。"你能帮我找些花的种子么？"他用期盼的眼神看着我。见我狐疑地盯着他，他补充道："在家闲着也无聊，想找点事做。"

我跑了一些花店，找到许多花的种子带回来，太阳花，凤仙花，虞美人，喇叭花，一串红……他小心地伸手接着，像对待小小的婴儿，眼睛里，有欢喜的波在荡。

这以后，难得见到他。婆婆说："陈家老四中了邪了，筷子都拿不动的人，却偏要在院子里种花，天天在院子里折腾，哪个劝了也不听。”

我笑笑，我的眼前，浮现出他捧着花的种子的样子。真希望他能像那些花儿一样，生命有个重新开始的机会。

一晃，春天要过去了。某天，大清早的，买菜回来的婆婆，突然哑着声说：“陈家老四死了。”

像空谷里一声绝响，让人怅怅的。我买了花圈送去，第一次踏进他家小院，以为定是灰暗与冷清的，却不，一院子的姹紫嫣红迎接了我。那些花，开得热情奔放，仿佛落了一院子的小粉蝶。他白发的老母亲，站在花旁，拉着我的手，含泪带笑地说：“这些，都是我家老四种的。”

我一时感动无言，不觉悲哀，只觉美好。原来，生命完全可以以另一种方式，重新存活的，就像他种的一院子的花。而他白发的老母亲，有了花的陪伴，日子亦不会太凄凉。

他无情地推她出门，外面天也高、地也阔，她别无牵绊，有她的人生路好走。她成了后来的女强人张幼仪，从狭小的天空，走到外面的广阔天地里，都是托他的福。

一个人的碧海蓝天

不是所有的相遇，都能相悦欢喜、温柔善待。亦不是所有的牵手，都能笑看东风、相伴到老。

他是大观园里的贾宝玉，她是温柔贤淑的薛宝钗。虽是金玉良缘，可到底，她不是他前世的一滴泪。

这年，他18岁。她15岁。

两个新式的人，举行了一场轰轰烈烈的新式婚礼，却是在两个家庭包办的前提下。

婚礼的豪华，轰动一方。徐家摆下喜宴数百桌，前来贺喜的人，络绎不绝。张家的陪嫁绵延数十里，其中有许多家具都是特地去欧洲选购的，一火车皮也装不下。

当硖石的人们，还在津津乐道徐家婚礼的奢华、新娶少奶奶嫁妆的丰厚，羡慕着这场强强联手的婚姻时，婚姻中的他和她，却早已撇下华丽丽的道具，成了熟悉的陌生人。

他不待见她，从知道要娶她的那一刻起。不管这个“她”是张幼仪，还是别的谁，哪怕就是林徽因，他也不会认同

“她”。只道“她”是封建礼教下的一个包袱，接受新式教育的他，骨子里反感着这场包办婚姻。他以为，他自由的心，从此被套上枷锁。

父亲的意志，他却无法违拗。他只得违心娶了她，早早地把她打进“冷宫”，由不得她一句辩解。

在她，多么冤枉。本也是金枝玉叶，有着显赫的家世。祖父是前清知县，父亲是富甲一方的商人，二哥张君劢是颇有影响的政治家和哲学家，四哥张嘉璈是金融界和政界名流。

从小，她备受父母及兄长的宠。三岁时裹足，因不忍她疼痛，兄长做主，扔了她的裹脚布。她便很幸运地，拥有了一双天足。然日后，这双天足并没有给她带来婚姻幸福，她不无伤感地说，对于我丈夫来说，我两只脚可以说是缠过的，因为他认为我思想守旧，又没有读过什么书。

出嫁前，她过着无忧无虑的少女生活，就读于苏州第二女子师范学校。在那里，她接受着先进教育，成绩优异。只是尚未毕业，就被家人接回家，突塞一个夫婿给她。

无法揣测她当时的心理，惶恐？害羞？期盼？惴惴？15岁的小姑娘，对着一张照片看啊看，直到把那个眉清目秀的人，印到心坎上。从此，他是她的郎。

他也看过她的照片，一句乡下土包子，从此给她定了形。无论她是何等端庄贤淑，何等聪明能干，她都入不了他的眼。任她再多努力，也敲不开，他用漠视竖起的那道门。

人都说，孩子是婚姻的纽带。有了孩子，再冷漠的婚姻，也会泛出水花来。

张幼仪盼着他们能有个孩子。

在婚后第三年，她如愿以偿，为徐家诞下一男婴。举家欢庆。

徐志摩是顶喜欢小孩的，那些日子，他脸上有了笑纹。对自己这个儿子，每每有些贪恋地看着，给他取小名阿欢。

阿欢周岁那天，徐家自是一番隆重庆贺。根据风俗，小孩子过周要“抓阄”，家人便在小阿欢面前摆了量尺、小算盘、铜钱和一支毛笔。小阿欢一把抓起父亲用过的毛笔。祖父一见，乐不可支，连连道，我们家孙子将来要用铁笔！遂给孙子取名叫积锴，希望他将来能走从政入仕之路。

这时的徐志摩，已远涉重洋，到美国留学去了。与家人也常有书信往来，念及阿欢种种，对其母却只字不提。

张幼仪那颗想靠近的心，又被拒在他漠视的门外，山重水复。她在徐志摩面前，越发的沉默寡言，生怕说错了话，惹他不开心。

1920 年夏，徐志摩为要投到偶像罗素门下读书，弃唾手可得的博士衔，一意孤行地跑到英国去了。

他的举动，让父亲徐申如十分震惊，坐立不安。原指望他学成归来，能借助张家的势力，走上仕途，有一番作为。现在，这个儿子却如脱缰的野马，追着罗素去了。徐申如始觉得，他已无法掌控这个儿子了，儿大不由爹。

在这种情形下，送媳妇出国伴读，成了上上策。有媳妇在儿子身边，儿子的行为举止有个牵绊，不至于胡来。而且媳妇是能干的，说不定能拉回他这匹脱缰的野马。且徐申如也想让儿子尽尽为人夫的义务，好使他快点成熟起来。

张家人自然十分赞同徐家的想法，小夫妻长期分居，会感情疏离，这对张家女儿来说，不是好事。于是，由张幼仪的二哥张君劢写信给徐志摩。

徐志摩是十分尊重张君劢的，接信后，他极度不情愿地同意张幼仪来英。

这年秋天，一直有着众多佣人伺候着的张家小姐、徐家少奶奶张幼仪，只身带着行李，来到了除丈夫外举目无亲的英国，从此，事无巨细，她要用柔弱的肩扛起。在她，竟是无惧的，久别胜新婚，她满怀着一腔的思念和期盼。

迎接她的，却是徐志摩的厌烦和冷漠。这兜头兜脸的一瓢冷水，让她从头凉到脚。晚年的她回忆起当时这个场面，还忍不住唏嘘：

我斜倚着尾甲板，不耐烦地等着上岸，然后看到徐志摩站在东张西望的人群里。就在这时候，我的心凉了一大截。他穿着一件瘦长的黑色毛大衣，脖子上围了条白丝巾。虽然我从没看过他穿西装的样子。可是我晓得那是他。他的态度我一眼就看得出来，不会搞错的，因为他是那堆接船的人当中唯一露出不想到那儿表情的人。

早年间看过一部电影，片名和情节全忘了，唯记得里面一个女人，泪湿衫巾，边哭边说，他纵使是一块石头，这么多年，我也该焐热他了。

那时应该是同情她的。即便铁石心肠，在一叠温柔面前，也应融化成水。事实上，这只是人们的一厢情愿，心都不在那上面了，再多的温柔相待，又有什么用？

徐志摩接来张幼仪，在英国的乡下沙士镇租了两室一厅安顿下来。

两人的身体距离近了，心的距离，却还遥遥。徐志摩虽一日三餐在家吃，却极少说话，对饭菜的好坏，从不作任何评价。让一旁的张幼仪，心伤了又伤。要知道，为使饭菜合口，她想尽办法，尝试过多遍，却得不到丈夫一句表扬，哪怕是批评也好啊。

她无法把自己的想法告诉徐志摩，她一开口，他必说她，你懂什么？你能说什么？他的鄙视，让她极度自卑，她多想也多读点书、学点英文，成为一个饱学的人。

夫妻五六年，在她记忆里留存的温暖片刻，仅有那么可怜的两次：

一次，他带她去康桥看赛舟。河里百舟争流，徐志摩和一些外国洋女人甩着帽子尖叫，她却无端地脸红了，只拘谨地看着。

一次，他带她去看范伦铁诺的电影。她回忆：

本来我们打算去看一部卓别林的电影，可是在半路上遇到徐志摩一个朋友，他说他觉得范伦铁诺的电影比较好看，徐志摩就说，哦，好吧！于是我们掉头往反方向走。徐志摩一向是这么快活又随和，他是个文人兼梦想家，而我却完全相反。我们本来要去看卓别林电影，结果去了别的地方，这件事，让我并不舒服。当范伦铁诺出现在银幕上的时候，徐志摩和他朋友都跟着观众一起鼓掌，而我只是把手搁在大腿上坐在漆黑之中。

这样的一同外出，并没有使他们距离拉近，反而更衬出他们性格的差异。他是一抹向阳的光，活活泼泼。她却是一杯安静的水，沉稳得近乎木讷。

家里的气氛始终沉闷。无数次的清晨，她倚着客厅那扇大大的落地窗，望着屋旁一条灰沙的小路。天边是雾茫茫的，风中传来教堂晓钟和缓的清音，当，当，当，把人的心都敲碎了。女人的直觉告诉她，她的丈夫，这么一早匆匆出去，一定在外面有了人，他将要娶个二太太了。

她不断安慰自己：我替他生了儿子，又服侍过他父母，我永远都是原配夫人。

她已经作好接纳二太太的准备。

事情发展的结果，远比张幼仪预料的可怕，徐志摩真的有了心上爱，且坚决地提出离婚。

古有休妻之说。但大张旗鼓提出离婚的，绝无仅有。

张幼仪一下子傻了，惊慌失措得无以复加。当时，她已有两个月身孕，徐志摩并不怜惜，反而一句，把孩子打掉。张幼仪害怕，说，我听说因为有人打胎死掉的。徐志摩冷漠地接口道，还有人因为火车事故死掉的呢，难道人家就不坐火车了吗？

之后便是长时间的冷战。对张幼仪来说，那些天，无疑是在烈火中煎熬。她找不到一个可以哭诉的人，心整天被吊在半空中，不知底下的深渊，到底有多深。

一星期后，徐志摩不辞而别，把张幼仪一个人扔在沙上镇。张幼仪成了一把“秋天的扇子”，被遗忘在密封的匣子里。

1922年2月，张幼仪在德国生下次子彼得。她与徐志摩的婚姻，也走到了终点。徐志摩不顾父母的强烈反对，写信给她，正式提出离婚：

故转夜为日，转地狱为天堂，直指股间事矣……真生命必自奋斗自求得来，真幸福亦必自奋斗自求得来，真恋爱亦必自奋斗自求得来！彼此前途无限……彼此有改良社会之心，彼此有造福人类之心，其先自做榜样，勇决智断，彼此尊重人格，自由离婚，止绝痛苦，始兆幸福，皆在此矣。

他不爱她，他爱的是“西服”，是西式和现代。说到底，是性灵自由的解放。如他心中的女神林徽因。她却仍爱他，迈着他以为的“小脚”，守着她的传统。离婚在他是挣脱，在她是放手。

我有点邪恶地作这样的揣想：若张幼仪也能作河东狮吼，对徐志摩据理力争，如江冬秀之于胡适，泼辣勇猛，纳小都不允许，何况离婚。那么，结局会如何？徐志摩怕是很难做到全身而退，毫发未伤。又或者，经此一折腾，我们大诗人的性灵里，冒出这样的念头，原来身边妻是这等可爱的女人。他舍不得放手了，他开始爱了。

然张幼仪就是张幼仪，表面看似懦弱，骨子里却自尊自强。现在，提心吊胆的日子终于到了头，她反倒什么也不怕了。三月，德国柏林，由吴金熊、金岳霖等人公证，张幼仪在离婚协议书上签上了自己的名字。

三个月后，徐志摩写了首《笑解烦恼结——送幼仪》的诗，和他的离婚通告一起刊出，在整个社会上引起哗然，他勇猛迎上，纵使肝脑涂地，亦在所不惜。在他，终向封建包办响亮地说了声，不！激情何等洋溢，此后山高水远，他自会如一只自由的鸟儿，去奋飞：

这烦恼结，是谁家扭得水尖儿难透？
这千缕万缕烦恼结，是谁家忍心机织？

这结里多少泪痕血迹，应化沉碧！
忠孝节义——
咳，忠孝节义谢你维系
四千年史髅不绝，
却不过把人道灵魂磨成粉屑，
黄海不潮，昆仑叹息，
四万万生灵，心死神灭，中原鬼泣！
咳，忠孝节义！

东方晓，到底明复出，
如今这盘糊涂账，
如何清结？

莫焦急，万事在人为，只消耐心，
共解烦恼结。
虽严密，是结，总有丝缕可觅，

莫怨手指儿酸，眼珠儿倦，
可不是抬头已见，快努力！

如何！毕竟解散，烦恼难结，烦恼苦结。
来，如今放开容颜喜笑，握手相劳；
此去清风白日，自由道风景好，
听身后一片声欢，争道解散了结儿，
消除了烦恼！

他又说，解除辱没人格的婚姻，是逃灵魂的命。

他跟了他的性灵走，却没有顾及把一个弱女子抛下，她背着被丈夫遗弃的名，还要独自抚养幼子，该如何承受？

1931年12月，林徽因在《悼志摩》中，对她眼中的徐志摩作了一番深情追忆：

志摩是个很古怪的人，浪漫固然，但他人格里最精华的却是他对人的同情、和蔼，和优容；没有一个人他对他不和蔼，没有一种人，他不能优容，没有一种的情感，他绝对地不能表同情。

林徽因其实错了，她说漏了一个人，这个人便是被她间接伤害过的张幼仪。徐志摩的同情、和蔼与优容，独独没有对张幼仪。他对她始终冷漠，最后决绝到近乎残忍，这是他人性的欠缺。纵是才子，也有普通人的弱点，对近在咫尺的爱和好，视而不见。亦或许，在不知不觉中，他已把张幼仪当作家人中的一个，家人是用来伤害的，外人才是用来尊重和爱的。

林徽因是心知肚明的，不管她有多么无辜，徐志摩是因她的出现，才动了离婚的念头。当然，没有她，或许还有李徽因王徽因的出现，就像后来出现的陆小曼。徐志摩也许还会提出离婚，但结局会大不相同。

林徽因背负着这份歉疚，无处安放。在徐志摩死后近二十年，她约见了张幼仪。张幼仪带着儿子和孙子跑去，那时，她躺在医院的病床上，生命的灯盏，已极微弱。

那是两个女人今生唯一一次见面，她们相对着，都没说话。事后张幼仪说，我不晓得她想看什么，也许是看我人长得丑又不会笑。

我以为这是张幼仪说的气话，她怎么会不懂她？她是一眼就看穿林徽因内心的挣扎与苦楚。一生一世，在林徽因灵魂的高处，一直站着徐志摩，无人可替代，他们是心灵相好的两个。

当一个人被逼到走投无路时，只有两个选择，一是自我毁灭，一是重新来过。

张幼仪初听到徐志摩尖叫着对她说，他要离婚。她的眼前一片黑，夜晚冰凉的风，仿佛涌进了她的肺。她想到了死，一头撞死在阳台上，或是栽进池塘里淹死，或是关上所有窗户，扭开瓦斯。但后来她记起《教经》上的第一个孝道基本守则：身体发肤，受之父母，不敢毁伤，孝之始也。她打消了死的念头。

深渊到底有多深，也是望得见的了，最坏的结局，不过是离婚。她反倒坦然起来，一个人带了孩子彼得，在德国生活，努力学习德文，并进了裴斯塔洛齐学院，专攻幼儿教育，开始了一个全新的自己。

隔了距离，徐志摩对她反而敬重起来，他们常有书信往来，谈论小彼得的种种，譬如他对音乐的热衷，几乎是从襁褓里起。

1925 年，他们可爱的小彼得，却死于腹膜炎。一周后，徐志摩赶到，那是他们离婚后第一次见面，相对无言，泪眼婆娑。后来，张幼仪领他一一看彼得的遗物，睡的床铺，喜欢的小提琴，日常把弄的小车、小马、小鹅、小琴、小书等玩具，穿过的衣、褂、鞋、帽。徐志摩发了痴般地看，心痉挛成一团。对被他抛弃的妻，又多了一层敬重和理解——没有他的日子，她把孩子照料得如此的好。

他后来在《我的彼得》中这般写道：

彼得，可爱的小彼得，我“算是”你的父亲，但想起我做父亲的往迹，我心头便涌起了不少的感想；我的话你是永远听不着了，但我想借这悼念你的机会，稍稍疏泄我的积愫，在这不自然的世界上，与我境遇相似或更不如的当不在少数，因此我想说的话或许还有人听，或许有人同情。就是你妈，彼得，她也何尝有一天接近过快乐与幸福，但她在她同样不幸的境遇中证明她的智断、她的忍耐，尤其是她的勇敢与胆量；所以至少她，我敢相信，可以懂得我话里意味的深浅，也只有她，我敢说，最有资格指证或诠释——在她有机会时——我的情感的真际。

其时，名媛陆小曼，占领了他的整个心田，他陷进又一场爱恋中，天翻地覆。饶是如此，他给陆小曼写信，还是忍不住赞叹他的前妻：

C（张幼仪）是个有志气有胆量的女子……她现在真是“什么都不怕”。

要想真正赢得他人的尊重，只有自己的自立自强。道理虽很浅显，但现实世界里，在黯然消退后，又华丽再现的能有几人？

破茧方能成蝶。张幼仪做到了。她做德文老师；她经营云裳服装公司，担任总经理；她接办女子商业储蓄银行，成为副总裁。她从低眉顺眼的小媳妇，蜕变成有主见、有主张且相当主动的“三主”女强人，在男人涉足的金融界，她做得有声有色，大获成功。与张幼仪照过面的梁实秋，如此评价她：

她是极有风度的一位少妇，朴实而干练，给人极好的印象。

和徐志摩的离婚，使她脱胎换骨。晚年她回忆自己的一生，说出这样的感想：

在去德国之前，我什么都怕，在德国之后，我无所畏惧。

徐志摩对她的“残忍”，从另一个层面上来讲，或许是慈悲。他不爱她，却没有像林长民一样，另娶新人进门，让她穿着婚姻的外衣，守在被遗弃的“冷宫”里，日日看着他和新人欢笑恩爱。这好比凌迟，刀刀见血。

他无情地推她出门，外面天也高、地也阔，她别无牵绊，有她的人生路好走。她成了后来的女强人张幼仪，从狭小的天空，走到外面的广阔天地里，都是托他的福。

他飞机失事，她着儿子阿欢去山东给他收尸，有条不紊地为他操办了整个丧事。她提笔书写的挽联是：

万里快鹏飞，独憾翳云遂失路；一朝惊鹤化，我怜弱息去招魂。

爱，或者恨，都不重要了。生，她不能守在身边，死了，却可以去招回他的魂。他终究，还是回到她身边。

她后来帮着徐家打理产业，为“公公”养老送终，接济潦倒的陆小曼，让人敬仰。53岁那年，她遇到了属于自己的另一半，忐忑地写信给儿子阿欢，征求儿子的意见。儿子如此回复：

母职已尽，母心宜慰，谁慰母氏？谁伴母氏？母如得人，儿请父事。

她于是有了自己的避风港。

晚年，面对晚辈的一再追问，她说出令人心疼的一段话：

你总是问我，我爱不爱徐志摩。你晓得，我没办法回答这个问题。我对这问题很迷惑，因为每个人总是告诉我，我为徐志摩做了这么多事，我一定是爱他的。可是，我没办法说什么叫爱，我这辈子从没跟什么人说过“我爱你”。如果照顾徐志摩和他家人叫作爱的话，那我大概爱他吧。在他一生当中遇到的几个女人里面，说不定我最爱他。

尘缘相误，流年偷换，谁是谁的劫？——这也不重要了。重要的是，她没有成怨妇，一辈子活在仇恨和抱怨里，暗无天日。她选择放下，用宽容和爱，重新铺写自己的碧海蓝天。她不但成全了徐志摩，也成全了她自己，幸幸福福活到 88 岁，无疾而终。

他们还像从前一样，是三个人，亲密无间。但分明又不是了，他们都长大了。

你再捉一只蜻蜓给我，好吗

陆小卫第一次给方可可捉蜻蜓的时候，穿淡蓝的小汗衫，吸着鼻子，鼻翼上缀满细密的小汗珠。他手举一只绿蜻蜓，半曲着腰，对因摔了一跤而坐在地上大哭的方可可，一遍一遍哄着，“可可，我捉了只蜻蜓给你玩，你不要哭了，好吗?”那一年，陆小卫8岁，方可可6岁。

6岁的蓝心，站在陆小卫的身旁。蓝心吮着小拇指，眼巴巴盯着陆小卫手上的绿蜻蜓。她很想要，但陆小卫不会给她。陆小卫说她长得丑，有时跟她生起气来，就骂她“狼外婆”。狼外婆长得很丑么？方可可不知道。方可可只知道每次陆小卫骂蓝心狼外婆时，蓝心都会大哭着跑回家。不一会儿，蓝心的妈妈，那个跛着一只脚的刘阿姨，就会一手牵着蓝心，一手托着一碟瓜子或是糖果，出来寻他们。刘阿姨不会骂他们欺负蓝心，只是好脾气地抚着陆小卫的头，给他们瓜子或糖果吃，而后关照，“小卫，你大些，是可可和蓝心的哥哥哦，要带着两个妹妹好好玩，不要吵架。”陆小卫这时，会很不好意思地低下头去，用脚使劲踢一颗石子。

刘阿姨走后，蓝心慢慢蹭到陆小卫身边，跟温顺的小猫似的。陆小卫不看她，她就伸了小手小心翼翼去拉陆小卫的衣襟，另一只小手里，一准攥着一颗包装漂亮的水果糖。那糖纸是湖蓝色的，还有一圈白镶边。是她特地省下来的。“给你。”她把水果糖递到陆小卫跟前，带着乞求的神色。陆小卫起初还装模作样嘟着嘴，但不一会儿，就撑不住糖的诱惑了，把糖接过来，说：“好啦，我们一起玩啦。”蓝心便开心地笑了，一脸的山花烂漫。

陆小卫转身会和方可可分了糖吃，一人一半。湖蓝的糖纸，被两双小手递来递去。他们透过它的背面望太阳，太阳是蓝的。望飞鸟，飞鸟也是蓝的。方可可用它望陆小卫的脸，陆小卫的脸竟也是蓝的。他们快乐地惊叫。整个世界，都是蓝蓝的，一片波光潋滟。

多年之后，方可可忽然想起，那湖蓝的糖纸，像极了陆小卫给她捉的第一只蜻蜓的翅膀。她后来不哭了，她从地上爬起来，接过陆小卫给她捉的蜻蜓。她用手指头拨它鼓鼓的小眼睛，叫它唱歌。陆小卫笑了，蓝心笑了，她也笑了。

那一年，方可可、陆小卫、蓝心，一起住在一个大院里。他们青梅竹马，亲密无间。

上小学三年级的时候，方可可的家要搬到另一座小城去，那是她父亲工作的城。

那个时候，方可可和蓝心同班，好得像一对姐妹花。而陆小卫，已上小学五年级了，常常很了不起似的在她们面前背杜甫的诗词，翻来覆去只两句：感时花溅泪，恨别鸟惊心。

他有时还会和蓝心吵，吵急了还会骂蓝心狼外婆。蓝心不再哭，只是恨恨地咬着牙，瞪着眼看着陆小卫。

陆小卫却从不跟方可可吵，他还是一有好东西就想到方可可，甚至他最喜欢的一把卷笔刀，也送给了方可可。

方可可三年级学期结束时，父亲那边的房子已收拾好了，他们家真的就搬迁了。临走那天，大院里的人，都过来送行。女人们拉着方可可母亲的手，说着一些恋恋不舍的话。说着说着，就脆弱地抹起眼泪。

方可可也很难过，背着自己的小书包，跟蓝心话别。而眼睛却在人群里张望着，她在找陆小卫，而他，一直一直没有出现。

蓝心送方可可一根红丝带，要她在想她的时候，就把红丝带扎在头发上。方可可点点头答应了，回送蓝心一把卷笔刀，是陆小卫送她的。蓝心很喜欢这把小卷笔刀，她曾跟方可可说过，她最喜欢小白兔了。陆小卫送方可可的卷笔刀，造型恰恰是一只可爱的小白兔。

陆小卫这时不知打哪儿冒出来，拉起方可可的手就跑，一边跑一边回头冲方可可的母亲说："阿姨，可可跟我去一会儿就回来。"

他们一路狂奔，冲出大院，冲出小巷，就冲到了他们惯常玩耍的小河边。那里终年河水潺潺，树木葱郁。陆小卫让方可可闭起眼睛等两分钟。待她张开眼时，她看到他的手里，正举着一只绿蜻蜓。

"可可，给你，我会想你的。"说完，陆小卫转身飞跑掉了。留下方可可，望着手上的绿蜻蜓，怔怔。

方可可在新的家，很怀念原来的大院。怀念得没有办法的时候，她就给蓝心写信，在信末，她会装着轻描淡写地问一句：陆小卫怎么样了？

蓝心的信，回得总是非常及时。她在信中，会事无巨细地把陆小卫的情况通报一番。譬如他在全校大会上受到表扬。他数学竞赛又得了一等奖。他打球时扭伤了一条胳膊。他不再骂她狼外婆，而是叫她蓝心。

方可可对着满页的纸，想着陆小卫的样子。窗外偶有蜻蜓飞过，它不是陆小卫为她捉的那只，她知道。

在小学六年级的那年暑假，方可可跑回去一次。蓝心还在那个大院住着，陆小卫却不在了，他随他的家人搬到另一个小区去了。

蓝心长成漂亮的大姑娘，脑后扎着高高的马尾巴。方可可和蓝心站在街角拐弯处吃冰淇淋，谈陆小卫。蓝心说："他现在上初中了，个子很高了。"

冰淇淋吃掉后，蓝心去打了一个电话，陆小卫就来了，样子很高很瘦。他们还像从前一样，是三个人，亲密无间。但分明又不是了，他们都长大了。

他们坐在从前的小河边，除了笑，就是沉默。

陆小卫后来打破沉默，说："可可，我给你捉只蜻蜓吧。"蓝心立即热烈响应，拍着手说："好啊好啊，也给我捉一只吧。"

陆小卫就笑了，伸手拍一下蓝心的头说："你捣什么乱？"那举止，竟是亲昵的，而与方可可，却是生疏的。方可可觉得心头一暗，太阳隐到了云端里。

一会儿，陆小卫就捉到了一只蜻蜓，红色的，有着透明的翅膀。他把蜻蜓小心地放到方可可的手上，蜻蜓的翅膀颤了颤，陆小卫的手，也颤了颤。方可可抬眼看他，他穿红色 T 恤，已是翩翩一少年。

蓝心一直追随着陆小卫的脚步走。

陆小卫高中，蓝心初中。陆小卫在北方上大学，蓝心努力两年，也考上陆小卫所在的那所大学。

方可可却在南方的一所大学里，寂寂。她与他们的距离，相隔了万水千山。

元旦的时候，陆小卫寄给方可可明信片，是他亲手制作的，上面粘着蜻蜓标本。他的话不多，只简洁的几个字：“可可，节日好。”

方可可不给他回寄，只托蓝心谢他。

方可可跟蓝心一直通信，也通电话。她们天南地北瞎聊一通，然后就聊陆小卫。蓝心说，他是学校的风云人物，是学生会主席，后面迷倒一帮小女生。

方可可笑得岔气，一边就在纸上写：陆小卫，陆小卫……

陆小卫在他毕业的那年夏天，突然跑到方可可的学校来看方可可。他玉树临风地站在方可可面前，方可可忍不住心跳了又跳。

方可可带他去他们学校食堂吃蚂蚁上树，还有藕粉圆子。他大口大口吃，说，再也没有吃过比这更好吃的东西了。

方可可知道，他多少有些伪装。他还像小时候那样，总是尽可能地让她高兴。

有疼痛穿心而过。但表面上，方可可却不动声色。

饭后，他们一起散步，沿着校门外的路走。走累了，他们就一起坐到路边的石阶上。

陆小卫突然问她："可可，你收到我的信了么，我托蓝心寄给你的信？那几天，我正在忙着写毕业论文，没时间跑邮局，而快件必须到邮局才能寄出，所以我托蓝心了。"

"快件？"方可可愣一愣，随即明白了，她含糊着说："早收到啦。"

陆小卫看看她，缓缓掉过头去，艰难地笑，"那么，蓝心说的都是真的了，你已经，有男朋友了？"

方可可大着声笑，说："是啊是啊。"

夕阳西沉，一点一点地，落在心底。有鸽从高空飞过。这个城市没有蜻蜓，却有鸽。它们成群成群地从城市上空飞过，银色的翅膀上，驮着碎碎的夕阳，红色的忧伤。

他们不再说话，沉默地望着路对面。对面的路边，并排长着三棵紫薇树，花开得正好，一树的灿烂。红的，紫的，细密的花，纷纷扬扬。

"像不像你、我，还有蓝心？"方可可指着紫薇树，故作轻松地问陆小卫。

陆小卫只是若有似无地"哦"了声。刹那之间，他们变成陌生。

陆小卫走后的第二天，方可可收到蓝心的信，蓝心在信上说："对不起了可可，我爱陆小卫，从小就爱。而从小，你就什么都比我强，你聪明，长得漂亮，你父母有本事。而我妈妈，却是个残疾人……”

我知道的，蓝心。方可可在心里面轻轻说。她伸手捂住眼睛，不让眼泪掉下来。

不久，陆小卫给方可可寄来最后一张他亲手制作的明信片，明信片上，照例粘着一只蜻蜓标本。薄薄的翅，透明的忧伤。他的话依然不多，只寥寥几个字。他说：“可可，我和蓝心恋爱了。”

方可可回：“祝福你们。”

再不联系。

再相见，已是几年之后，在陆小卫和蓝心的婚礼上。方可可喝醉了，一点也不记得当时的情形了，印象中，都是蓝心一团甜美如花的笑，雾似的缥缈。

事后，方可可听朋友说，那天，她大醉，醉酒后一直说着一句话：“你再捉一只蜻蜓给我，好吗？”

朋友笑她，“瞧你醉的，像个小孩子，还要什么蜻蜓。”

后来，朋友又说，那一天，同醉的，还有新郎官。他喝着喝着，就流泪了，嘴里面也嘟囔着什么蜻蜓蜻蜓的，没有人听得懂。

细雨湿衣看不见，闲花落地听无声。有多少的青春，就这样，悄悄过去了。

闲花落地听无声

黄昏。桐花在教室外静静开着，像顶着一树紫色的小花伞。偶有风吹过，花落下，悄无声息。几个女生，伏在走廊外的栏杆上，目光似乎漫不经心，看天，看地，看桐花。其实，哪里是在看别的，都在看郑如萍。

教学楼前的空地上，郑如萍和一帮男生在打羽毛球。夕照的金粉，落她一身。她穿着绿衣裳，系着绿丝巾，是粉绿的一个人。她不停地跳着，叫着，笑着，像朵盛开的绿蘑菇。

美，是公认的美。走到哪里，都牵动着大家的目光。女生们假装不屑，却忍不住偷偷打量她，看她的装扮，也悄悄买了绿丝巾来系。男生们毫不掩饰他们的喜欢，曾有别班男生，结伴到我们教室门口，大叫："郑如萍，郑如萍！"郑如萍抬头冲他们笑，眉毛弯弯，嘴唇边，现出两个深深的酒窝。

"贱。"女生们莫名其妙地恨着她，在嘴里悄骂一声。她听到了，转过头来看看，依然笑着，很不在意的样子。

却不爱学习。物理课上，她把书竖起来，小圆镜子放在书里面。镜子里晃动着她的脸，一朵水粉的花。她对着镜子里的自己笑。物理老师终于忍无可忍，摔了她的镜子。隔天，她又带一面小圆镜子来。

也折纸船玩。折纸船的纸，都是男生们写给她的情书。她收到的情书，成扎。她一一叠成纸船，收藏了。对追求她的男生，不说好，也不说不好。常有男生因她打架，她知道了，笑笑，不发一言。

老师们对她很不喜。全校大会上，校长拿她当反面教材，说某些学生早恋，再这样下去，学校要严肃处理的。大家偷眼看她，她面上全无羞愧之色，仰着脸听，微微笑着。放学后，照例和男生们打成一片，一起打羽毛球，一起骑着单车，穿过整条街道。风吹起她的长发，吹起她的衣袂，她看上去，像只扑着翅奋飞的小鸟。

高三时，终于有一个男生，因她打了一架，受伤住院。这事闹得全校沸沸扬扬。她的父母被找了来。当着围观着的众多师生的面，她人高马大的父亲，狠狠掴了她两巴掌，骂她丢人现眼。她仰着头争辩："我没叫他们打！我根本不知道他们打架！"她的母亲听了这话，撇了撇薄薄的嘴唇，脸上现出嘲弄之色，说："苍蝇不叮无缝的蛋，你整天打扮得像个妖精似的，招人呢。"

我们听了都有些诧异，这哪里是一个母亲说的话。有知情的同学小声说："她不是她的亲妈，是后妈。"

这消息令我们震惊。再看郑如萍，只见她低着头，轻咬着嘴唇，眼泪一滴一滴滚下来。阳光下，她的眼泪，那么晶莹，水晶一样的，晃得人疼。这是我们第一次看见她哭。却没有人去安慰她，潜意识里，都觉得她是咎由自取。

郑如萍被留校察看。班主任把她的位置，调到教室最后排的角落里，与其他同学，隔着两张学桌的距离，一座孤岛似的。她被孤立了。有时，我们的眼光无意间扫过去，看见她沉默地看着窗外。窗外的桐树上，聚集着许多的小麻雀，叽叽喳喳欢叫着，总是很快乐的样子。天空碧蓝碧蓝的，阳光一泻千里。

季节转过一个秋，转过一个冬，春天来了，满世界的花红柳绿，我们却无暇顾及。高考进入倒计时，我们的头，整天埋在一堆练习里，像鸵鸟把头埋进沙堆里。郑如萍有时来上课，有时不来，大家都不在意。

某一天，突然传出一个震惊的消息：郑如萍跟一个流浪歌手私奔了。班主任撤掉了郑如萍的课桌，这个消息，得到证实。

我们这才惊觉，真的好长时间没有看到郑如萍了。再抬头，教室外的桐花，不知什么时候开过，又落了，满树撑着手掌大的绿叶子，蓬蓬勃勃。教学楼前的空地上，再没有了绿蘑菇似的郑如萍，没有了她飞扬的笑。我们的心，莫名地有些失落。空气很沉闷，在沉闷中，我们迎来了高考。

十来年后，我们这一届天各一方的高中同学，回母校聚会。当年的两层教学楼，已变成七层的科技楼了。不见了那棵开满桐花的树。那里，新砌了花坛，里面种着许多太阳花，还有虞美人，花开得欢欢的。

我们在校园里四处走，寻找当年的足迹。身边不时跑过年轻的学弟学妹，他们青春的脸庞，像极鲜嫩饱满的橙子。有老同学在操场边的一棵法国梧桐树上，找到他当年刻上去的字，刻着的竟是：郑如萍，我喜欢你。我们一齐哄笑了：“呀，没想到，当年那么老实的你，也爱过郑如萍呀。”笑过后，我们长久地沉默下来，我们想起那个绿蘑菇一样漂亮的郑如萍，竟没有一个人知道她的下落。

“其实，当年我们都不懂郑如萍，她的青春，很寂寞。”一个同学突然说。

我们抬头看天，天空仿佛还是当年的样子，碧蓝碧蓝的，阳光一泻千里。但到底不同了，我们的眉梢间，已爬上岁月的皱纹。细雨湿衣看不见，闲花落地听无声。有多少的青春，就这样，悄悄过去了。

她的心上，有蜻蜓蹁跹。夕照的金粉，铺得漫山遍野……

心上有蜻蜓翩跹

初冬的天，雨总是突然地落，绵绵无止境。

她在教室里望外面的天，漫天漫地的雨，远远近近地覆在眼里、覆在心上。那条通向学校的小土路，一定又是泥泞不堪了吧？她在想，放学时怎么回家。

教室门口，陆陆续续聚集了一些人，是她同学的父亲或母亲，他们擎着笨笨的油纸伞，候在教室外，探头探脑着，一边闲闲地说着话，等着接他们的孩子回家。教室里的一颗颗心，早就坐不住了，扑着翅要飞出去。老师这时大抵是宽容的，说一声，散学吧。孩子们便提前下了课。

她总是磨蹭到最后一个走。她是做过这样的梦的，梦见父亲也来接她，穿着挺括的中山装（那是他出客时穿的衣裳），擎着油纸伞，在这样的下雨天。他高大的身影出现在教室窗前，灰蒙蒙的天空也会变亮。穷孩子有什么可显摆的呢？除了爱。她希望被父亲宠着爱着，希望能伏在父亲宽宽的背上，走过那条泥泞小路，走过全班同学羡慕的眼。

然而，没有，父亲从未出现在她的窗前。那个时候，父亲与母亲的关系有些僵，常年不在家。父亲去了很远很远的工程队，和一帮民工一起挑河。

她脱下布鞋，孤零零的一个人，赤着脚冒雨回家。脚底的冰凉，在经年之后回忆起来，依然钻心入骨。

父亲不得志，在他年少的时候。

算得上英俊少年郎，在学校，成绩好得全校闻名。又，吹拉弹唱，无所不会。以为定有好前程，却因家庭成分不好，所有的憧憬，都落了空。父亲被迫返回乡下，在他十六岁那年。

有过相爱的女子，那女子在方格子纸上，用铅笔一字一字写下：我喜欢你。好多年后，发黄的笔记本里，夹着这张发黄的纸片。那是父亲的笔记本。

父亲对此，缄口不提。

与母亲的婚姻，是典型的父母包办。那时，父亲已二十三岁，在当时的农村，这个年龄，已很尴尬。家穷，又加上成分不好，女孩子们总是望而却步，所以父亲一直单身着。

长相平平的母亲，愿意嫁给父亲。愿意嫁的理由只有一个，父亲识字。没念过书的母亲，对识字的人，是敬畏且崇拜着的。祖父祖母自是欢天喜地，他们倾其所有，下了聘礼，不顾父亲的反抗，强行地让父亲娶了母亲。

婚后不久，母亲有了她。而父亲亦开始了他的漂泊生涯，有家不归。

雪落得最密的那年冬天，她生一场大病。

父亲跟了一帮人去南方，做生意。他们滞留在无锡，等那边的信到，信一到，人就走远了。

雪，整日整夜地下，白了田野，白了树木，白了房屋。她躺在床上，浑身滚烫，人烧得迷糊，一个劲地叫，爸爸，爸爸。

母亲求人捎了口信去，说她病得很重，让父亲快回家。

父亲没有回。

母亲吓得抱着她痛哭，一边骂，死人哪，你怎么还不回来，孩子想你啊。印象里，母亲是个沉默温良的人，很少如此失态。

离家三十里外的集镇上，才有医院。当再没有人可等可盼时，瘦弱的母亲背起她，在雪地里艰难跋涉。大雪封路，路上几无行人。母亲深一脚浅一脚地走，一边带着哭腔不时回头叫她，小蕊，小蕊，你千万不要吓唬妈妈啊。

漫天的大雪，把母亲和她，塑成一大一小两个雪人。泪落，雪融。莹莹的一行溪流。她竭尽全力地答应着母亲，妈妈，小蕊在呢。她小小的心里，充满末世的悲凉。

医院里，点着酒精灯暖手的医生，看到她们母女两个雪人，大惊失色。他们给她检查一通后，说她患的是急性肺炎，若再晚一天，可能就没治了。

她退烧后，父亲才回来。母亲不给他开门。父亲叩着纸窗，轻轻叫她的名字，小蕊，小蕊。

父亲的声音里，有她渴盼的温暖，一声一声，像翩跹的蜻蜓，落在她的心上。是的，她总是想到蜻蜓，那个夏日黄昏，她三岁，或四岁。父亲在家，抱她坐到田埂上，拨弄着她的头发，笑望着她叫，小蕊，小蕊。蜻蜓在低空中飞着，绿翅膀绿眼睛，那么多的蜻蜓啊。父亲给她捉一只，放她小手心里，她很快乐。夕照的金粉，铺得漫山遍野……

父亲仍在轻轻叫她，小蕊，小蕊。父亲的手，轻叩着纸窗，她能想象出父亲修长手指下的温度。母亲望着窗户流泪，她看看母亲，再看看窗户，到底忍住了，没有回应父亲。

父亲在窗外，停留了很久很久。当父亲的脚步声，迟缓而滞重地离开时，她开门出去，发现窗口，放着两只橘，通体黄灿灿的。

她读初中时，父亲结束了他的漂泊生涯，回了家。

从小的疏远，让她对父亲，一直亲近不起来。她不肯叫他爸，即使要说话，也是隔着几米远的距离，喊他一声“哎”。“哎，吃饭了。”“哎，老师让签字。”她这样叫。

也一直替母亲委屈着，这么多年，母亲一人支撑着一个家，任劳任怨，却没得到他半点疼爱。

母亲却是心满意足的。她与父亲，几无言语对话，却渐渐有了默契。一个做饭，一个必烧火。一个挑水，一个必浇园。是祥和的男耕女织图。

母亲在她面前替父亲说好话。母亲说起那年那场大雪，父亲原是准备坐轮船去上海的，却得到她患病的口信，他连夜往家赶。路上，用他最钟爱的口琴，换了两只橘带给她。大雪漫天，没有可搭乘的车辆，他就一路跑着。过了江，好不容易拦下一辆装煤的卡车，求了人家司机，才得允他坐到车后的煤炭上……

你爸是爱你的呀，母亲这样总结。

可她心里却一直有个结，为什么那么多年，他不归家？这个结，让她面对父亲时，充满莫名的怨恨。

父亲试图化解这怨恨，他吹笛子给她听，跟她讲他上学时的趣事儿。有事没事，他也爱搬张小凳子，坐她旁边，看她做作业，她写多久，他就看多久，还不时地夸，小蕊，你写的字真不错。他的呼吸，热热地环过她的颈。她拒绝这样的亲昵，或者不是拒绝，而是不习惯。一次，她在做作业，额前的一绺发，掉下来遮住眉，父亲很自然地伸手替她捋。当父亲的手指，碰到她的额时，父亲手指的清凉，便像小虫子似的，在她的心尖上游。她本能地挥手挡开，惊叫一声，你做什么！

父亲的手，吓得缩回去。他愣愣地看着她，脸上的表情，渐渐变得很沉很沉，像望不到头的星空。

从此，他们不再有亲昵。

父亲很客气地叫她秦晨蕊，隔着几米远的距离。

她青春恋爱时，一向温良的母亲，却反对得很厉害。因为她恋爱的对象，是个军人，千里迢遥，他们让相思，穿透无数的山、无数的水。

母亲却不能接受这样的爱。母亲对她说，你是要妈妈，还是要那个人，你只能选一个。

她要母亲，也要那个人。那些日子，她和母亲，都是在煎熬中度过，她们瘦得很厉害。

从不下厨的父亲，下了厨，变着法子给她们母女做好吃的，劝这个吃，劝那个吃。

月夜如洗，父亲在月下问她，秦晨蕊，你真的喜欢那个人？

她答，是。

父亲沉默良久，轻轻叹口气，说，真的喜欢一个人，就要好好地待他。复又替母亲说话，你妈也是好意，怕你将来结婚了，两地分居，过日子受苦。

她没有回话。她终于明白了母亲，那些年母亲一个人带着她，是如何把痛苦，深埋于心，不与外人说。

不知那晚父亲对母亲说了什么，母亲的态度变了，她最终，嫁了她喜欢的人。但她与父亲的关系，并没有因此而亲近。她还是隔着几米远的距离叫他“哎”，他亦是隔着几米远的距离，叫她秦晨蕊。

母亲中风，很突然地。

具体的情形，被父亲讲述得充满乐趣，父亲对她说，你妈在烧火做饭时，就赖在凳子上不起来了。事实是，母亲那一坐，从此再没站起来。

母亲的脾气变得空前烦躁，母亲扔了手边能扔的东西后，号啕大哭。父亲捡了被母亲扔掉的东西，重又递到母亲手边，他轻柔地唤着母亲的名字，素芬。

来，咱们再来扔，咱们手劲儿大着呢，父亲说。他像哄小孩子似的，渐渐哄得母亲安静下来。他给母亲讲故事，给母亲吹口琴。买了轮椅，推着母亲出门散步。一日一日有他相伴，母亲渐渐接受了半身不遂的事实，变得开朗。

她去看母亲。父亲正在锅上煨一锅汤，他轻轻对她“嘘”了声，说，你妈刚刚睡着了。他们轻手轻脚地绕过房间，到屋外。父亲领她去看他的菜园子，看他种的瓜果蔬菜，其时，丝瓜花黄瓜花开得灿烂，梨树上的梨子也挂果了。青皮的香瓜，一个挨一个地结在藤上……

秦晨蕊，你不要担心没有新鲜的瓜果蔬菜吃，你妈不能种了，我还能种，我会给你种着，等你回家吃。隔着几米远的距离，父亲望着一园子的瓜果蔬菜对她说。

你也不要担心你妈，有我呢，我会好好照顾她的。

初夏的风，吹得温柔。那些雨天的记忆，雪天的记忆，在岁月底处，如云雾中的山峰，隐约着，波浪起伏着。她想，那些年的父亲，心里的疼痛，是无人知悉的吧？日子更替，花开花谢，无论曾经是爱还是不爱，如今，他和母亲，已成了相濡以沫的两个。他也早已不复当年的俊朗，身上镀上另一层慈祥的光芒，让人看着柔软。

她在父亲身后轻轻唤了声，爸。父亲惊诧地回头，看着她，眼里渐渐漫上水雾。她迎着那水雾，说，爸，叫我小蕊吧。

多年前的黄昏重现眼前：父亲抱她坐在膝上，拨弄着她的头发，唤她，小蕊，小蕊。她的心上，有蜻蜓舞翩跹。夕照的金粉，铺得漫山遍野……

一河两岸的野菊花，开得如火如荼，薄凉的香气，浮游在村庄上空。

野菊花开满河两岸

琪米是在野菊花开满河两岸的时候，嫁到我们村庄来的。

却不像一般人家办喜事，鼓乐齐鸣，鞭炮轰天。琪米的婚礼，冷冷清清，除了窗户上贴着一幅大红的喜字外，别无办喜事的迹象。琪米没穿大红袄，新郎官孙大年也没笑嘻嘻地给村人们发喜糖，而是沉着脸，“啪”的一下，把门关上。

看热闹的人们，无趣地正要转身离去，却听到从新房里传出琪米的哭声，嘤嘤，嘤嘤，如深秋虫鸣，凄凄切切。紧接着，“乒乓”一声，是什么东西摔地上了，伴着孙大年的大吼声，住嘴！再号丧你就给我滚回去！

人们愣怔在那里，望着他们家大红喜字的窗户，不明白这大喜的日子里，怎么就摔盘子摔碗的？

天也就黑了，人们摇摇头，各回各的家，关起门来睡大觉。横贯村庄的一条河，这个时候也安静了，清波不泛，河两岸的野菊花们，黄黄白白，兀自渲染。白天可不是这样，白天这条河喧闹得如同集市，一村人的吃喝洗涮，都在这条河里。

男人们在河里摸鱼摸虾摸螺蛳。女人们在河里淘米洗菜汰衣裳。孩子们在河边的野菊花丛中捉蚂蚱，采菊花，在头上东一朵西一朵乱插。每年夏天，河里都要淹死一两个贪水的小孩。即便如此，人们对这条河还是深爱着的，从来不在河里乱丢垃圾，河水便总是清涟涟的，望得见水草在里面招摇。人们的房都傍河而居，河南岸与河北岸，一条木桥连着。琪米嫁过来的孙大年家，就在河南岸住，低门矮户，屋后的槐树，遮天蔽地。

这日深夜，一切都安睡了，只剩下野菊花的香气，在村庄上空浮游，还有琪米嘤嘤的哭泣。那哭声如小蛇蜿蜒，凉凉的，爬上村庄的心头。人们被搅得彻夜难眠，打定了主意，等天明了一定要去问问孙大年，这究竟是咋回事。

次日一早，新娘子琪米，已伏在屋后的河边洗衣裳，黄菊花白菊花开满她身后。人们收住脚步，站在木桥上打量她，她头发乌黑，身段苗条，面皮白净，竟是少有的标致。人们在心里替她惋惜，这么漂亮一个姑娘，怎么就嫁给了不知好歹的孙大年？

人们是不大喜欢孙大年的。人长得跟瘦猴似的不说，又不正正经经干农活，成天搬弄一堆破蜂箱，说是去放蜂，也没见他赚大钱回来。一个人守着祖上留下的三间破屋，不事庄稼，常喝闷酒，像个二流子。门前的空地上，长满荒草。

琪米的到来，让一个破破败败的家，焕然一新。人们很快发现，孙大年家屋门前的草不见了，被一行行补上绿绿的青菜秧。屋子也变亮堂了，每隔几日，就见琪米拿块抹布，里里外外在擦洗。孙大年的破衣裳也整洁了，补丁上的针脚，整整齐齐。

这样一个勤劳贤惠的好媳妇，却三天两头遭孙大年的打。人们起初都同情琪米，跑过去相劝。传闻却在这时风传开来，说琪米在家做姑娘时，有个相好的，并被搞大了肚子，好面子的父母急了，赶紧托人相亲，这才把她嫁给了无父无母的孙大年。

众人上当受骗般地“啊”一声，看向琪米的眼神，就有了轻视和不屑，她再挨打，也没人上门去劝了。四五个月后，琪米果真诞下一个足月的男婴，人们窃窃私语。那几日，孙大年的脾气大得惊人，蜂箱也不碰了，成天黑着一张脸。他不许琪米给这个孩子喂奶，他要活活饿死这个小野种。琪米哭求，换来的是一顿拳打脚踢。孩子被饿得奄奄一息，最后，邻居老太太看不过去，找了一对无儿无女的夫妻来，抱走了这个孩子。

几年后，琪米给孙大年生育了两个男孩，却没有因此改变她的处境，她还是隔三岔五的，就被孙大年找了由头痛打。村庄偏僻，整日太平，琪米的存在，无疑给安静的村庄，增添了一些小浪花。村里的女人们在河边汰洗衣裳，一边隔河笑谈，哎呀，琪米又挨孙大年打了，这次是被剥光了衣裳打的。在野菊花丛中玩耍的孩子们，听到这里会怔一怔，眼前光影斑驳，野菊花们开得星星点点。风吹着他们的小脸蛋，像吹过嫩嫩的叶片儿，温软轻柔，哪里懂得人世间还有一种东西叫疼痛？他们撒开两腿，就往琪米家跑，跑去看热闹。看到的场景往往是这样的：孙大年手执鞭子，在一旁喘着粗气。琪米则在地上蜷缩成一团，哭声嘤嘤，白得晃眼的肌肤上，有崭新的鞭痕。

琪米也曾偷偷跑去看过几回被抱走的那个孩子。孩子已长到七八岁，大概听说过一些事情，看见她，朝她轻蔑地吐着唾沫。她哭着回来，被孙大年知道了，又挨一顿打。疮痍遍布的日子里，琪米就这样早早老了，乌黑的发，染上霜花。白净的脸上，有了深刻的皱纹。她遇到人总是微低了头，话少，语调轻轻的。

这么囫囵地过了一些年，孙大年得癌症死了，琪米的两个儿子业已长大，各自成了家。却因打小受父亲的影响，对琪米这个母亲，从没正眼瞧过。

琪米剩下了一个人。剩下一个人的琪米，给自己裁剪了一件大红袄，把自己收拾得很鲜艳。她去找当年相好的那一个，年轻时的那场情事，扎根在她心里，枝叶葱茏，从来发有凋零过。

他们相见了。男人仍单身着，却不是为等她，他已另有心上好。她落泪了，告诉他，他们有个儿子，早已长大成人。

男人震惊不已，提了礼物去见儿子。儿子爽快地认了他这个爹，却不认琪米这个娘。这么多年来，儿子一直记恨着琪米的“遗弃”。很快，男人搬来和儿子一起住，父子团聚。琪米还是一个人。

琪米穿着她的大红袄，在一个深夜里投了屋后的河。那会儿，一河两岸的野菊花，开得如火如荼，薄凉的香气，浮游在村庄上空。男人得知消息，慌忙赶过来，他跪在琪米的遗体前，大哭，当年那段情事，他也一直没有忘怀，只是他无法原谅她当年的“背叛”，她怎么就嫁给了别人。

男人亲自给琪米收了殓，送了葬。嘱咐儿子，等他归后，他要和她葬一起。

世上少见这种花，花与叶两不相见。花开，叶在彼岸。叶来，花在彼岸。一点不拖泥带水，决绝得叫人心疼。

彼岸种下的蛊

我画了一枝彼岸花。用大红和深红的色彩涂抹，描着描着，手怯。纸上的色彩，太鲜艳了，血一般的。

世上少见这种花，花与叶两不相见。花开，叶在彼岸。叶来，花在彼岸。一点不拖泥带水，决绝得叫人心疼。偏又血脉相连，枝枝蔓蔓上，都是对方的气息。那一个的在，是了然于心的。却注定了今生无缘，来世无分，只能一任思念，雕砌着日日夜夜。

这世上，原还有一种情在，未曾相遇，便早已错过。

命运就是这样的蹉跎。是年少时的那个故事，记不得是谁讲的了。或许是我爷爷，或许是我父亲。说是一年轻男子，收听广播时，爱上了广播里的一个声音。每日晚上，那声音会准时响起，先是开场白：各位听众，晚上好。女声，甜美，清脆，如百灵鸟。这声音有时会讲一两个小故事。有时会讲读一两篇小通讯。有时会播报几则时事。不管她讲什么，在年轻男子听来，都是极好的。他爱上了。

他去找她，不得见。给她写信，写了很多。终一天，她回复了，竟是妙龄女郎一个。他真是欢喜啊。他们约好见面。见面那天，他早早去，却听说，她犯了错，被押解到某地劳教去了。他辗转追到某地，她却又被遣送至他乡。从此，音信杳无。他一辈子未曾娶妻，只等着那熟悉的声音再次响起。到死，他也没有等到。

故事真是悲，听得年少的心里，忧伤四起。茅屋檐下，彼岸花正不息地开。

那时不识此花。夏雨初息，水滴花开，一瓣瓣细长卷曲，红得触目。周遭顿时失色，只那一枝枝红，激荡在似乎空无一物的背景中。祖母叫它龙爪花。我想不明白，它与龙有什么关联。也只把好奇装在肚子里，看见它，也只远远看着。我们掐桃花，掐大丽花，掐菊花，掐一切看得见的花，却从未曾掐下它来玩。——小孩子是顶懂敬畏的，太美的事物里，藏着神圣，亵渎不得。

民间又一说，叫它蛇花。

那年，在无锡。惠山上漫走，满山都开着这样的花。石头旁，小径边，或是一堆的杂草中。它是当野花来开着的，没有一点点骄傲。然独特的气质，即便山野，也遮掩不了。那朵朵的艳红，把一座山，映得水灵而妩媚。喜欢，实在喜欢。我就掐一枝，拿手上拍照。

旁边走过三五个妇人，是老姐妹相聚着爬山的吧。她们对着我，叽叽咕咕说着什么，神情甚是着急。我听不懂，只能猜，以为她们指责我乱掐花草。于是很是羞愧，手上抓着那朵花，扔也不是，不扔也不是。又想狡辩，啊，它是从岩石下面开出来的一朵，是杂草堆里的，是野花儿。

一中年男人走过，看到我们大眼瞪小眼的样，赶紧帮着翻译，告诉我，她们说，你手上的蛇花是有毒的，赶紧扔了吧。

回家查资料，果然。中医典籍上叫它石蒜，如此记载：红花石蒜鳞茎性温，味辛、苦，有毒，入药有催吐、祛痰、消肿、止痛、解毒之效。但如误食，可能会导致中毒，轻者呕吐、腹泻，重者可能会导致中枢神经系统麻痹，有生命危险。

这让我想起“红颜祸水”之说。君王亡国，也怨了红颜。可是，有谁想过，祸水原不在红颜，而是绊惹她的那些个啊。如这彼岸花，它在它的世界里妖娆，关卿何事？你偏要惹它，只能中了它的蛊。——它就是这样的轻侮不得。这骨子里的凛冽，倒让我敬佩了。

它还有个极禅意的名字，叫曼珠沙华。是佛经中描绘的天界之花，说见之者可断离恶业。

300多年过去了，布达拉宫门前的转经筒，转过一世再一世。多少人事，都被历史的风尘，淹没得严严实实，再无痕迹可寻。

布达拉宫里的爱情绝唱

1697年的秋天，对于14岁的门巴族少年仓央嘉措来说，真是一个肃杀的秋天。这个秋天，他将远离他的门隅，远离他青梅竹马的仁增旺姆，到千山万水外的布达拉宫去。自从3岁那年，他被定为五世达赖喇嘛的转世灵童，冥冥中，他的命运，已不掌控在他的手里了。他要去走佛的路，成为西藏最高精神领袖六世达赖喇嘛。

秋叶簌簌落，像他纷乱的心。前路看不见，而身边真实的那个人，他就要与她永别了。他在树梢上，为她挂上祈求平安与福祉的经幡，他把他的魂，系在上面了。一步一回头，别了，我亲爱的山。别了，我亲爱的水。别了，我亲爱的人。美丽的姑娘仁增旺姆，眼睁睁看着她的少年一步一步走远，她多想拽住他的衣襟不放手，今生也不放手。她不要他变成佛，她不要，她要她的仓央嘉措！泪水长流中，她铭记了他临行前的一句承诺："等着我，我们会相见的。"

一年，又一年。星空下，布达拉宫红宫的屋顶平台上，已是普惠罗桑仁钦的仓央嘉措，眼光越过一座座灵塔金顶，眺望着他遥远的门隅，心中千呼万唤的，是他心爱的姑娘：“山上的草坝黄了，山下的树叶落了。杜鹃若是燕子，飞向门隅多好！”他望瘦了风，望瘦了月，望瘦了人。而隔着千重山万重水的门隅，仁增旺姆亦是日夜思念着他，她天天跑去那挂着经幡的树下，眺望着天边的布达拉宫，高山望断。求婚的接踵而至，父母威逼，舆论谴责，她统统不顾的，她要等着她的仓央嘉措，他们一定会相见的。

终于等来了仓央嘉措的召唤，那是三年后的一天，无法抑制思念之情的仓央嘉措，偷偷派亲信来到门隅，暗中约见了仁增旺姆，捎来他的口信。仁增旺姆一刻也不曾停留，行囊未来得及收拾就上路了。风餐露宿，跋山涉水，飞到她的爱人身边。

他们在布达拉宫重逢了！他是高高在上的活佛，她是万千膜拜信徒中的一个。穿过那些膜拜的头顶，他们纠缠的眼神，再也无法分离。

仁增旺姆在布达拉宫旁的玛吉阿米酒店住下来。爱情让两个人成了世上最幸福的人，他们热切盼望着夜晚来临，那是他们的天堂。从此，仓央嘉措有了双重身份，白天，他是住在布达拉宫里的活佛六世达赖喇嘛，坐在无畏狮子大法宝座上，威仪天下。夜晚，他还原成俗人，甘愿被爱情灌醉。这期间，他为他的仁增旺姆，写出大量的爱情诗：

那一刻，
我升起风马不为祈福，
只为守候你的到来。

那一日，

我垒起玛尼堆不为修德，

只为投下心湖的石子。

那一夜，

我听了一宿梵唱不为参悟，

只为寻你的一丝气息。

那一月，

我转动所有的转经筒，

不为超度只为触摸你的指尖。

那一年，

我磕长头匍匐在山路，

不为觐见只为贴着你的温暖。

那一世，

我转山转水转佛塔呀，

不为修来世只为在途中与你相遇。

那一瞬，

我飞升成仙，

不为长生只为佑你平安喜乐。

然他们都清楚着，这样的爱，注定没有指望。自从三岁那年，他被确定为五世达赖喇嘛的转世灵童后，他就失却了作为人的最基本的权利——追求自由和爱情。他们的相爱，无异于赤裸着双脚，在荆棘上跳舞。

风雨也终于来了。当时西藏的形势相当错综复杂，宗教的，政治的，军事的，经济的，各方面权力纷争，反对派虎视眈眈盯着他身下的无畏狮子大法宝座。掌控了他，就等于掌控了整个西藏。他过度的“放浪形骸”，无疑是授人以柄，铺天盖地的流言，汹涌而来。这对苦命的恋人，已感到乌云压项的沉重，已嗅到不远处的血腥味。她躺在他的怀里，他搂紧她的人，不知什么时候一松手，就再见不着了。他问她:“愿否永作伴侣?”她毫不犹豫地答:“除非死别，决不生离!”

好了，还有什么比恋人的这句承诺，更能穿心入肺的呢?佛亦不能够。他脱下身上的僧衣，毫不可惜地扔到辅他走上佛路的第巴桑结嘉措的脚下。他决心放弃他的达赖喇嘛的权位，放弃布达拉宫的辉煌，他不要做佛，他要做人，他要和他的仁增旺姆，一起回他们的门隅，结婚，生子，过寻常的日子。

他天真了！这个时候，做不做活佛，己由不得他了。一天，他再去约会，玛吉阿米酒店里，再看不见他的仁增旺姆了。他疯了似的，对着远处的群山叫喊，他豆花似的爱人，却再没有回来。

他的心，滴着血。身边的权力之争，这时，却越演越烈。一直护着他的第巴桑结嘉措，在一次纷争中被杀。1706 年，在权力之争中获胜的拉藏汗，把仓央嘉措从无畏狮子大法宝座上拉下来。康熙帝一纸诏书：执献京师。他踏上了被押解去北京的路。

1707 年的冬天，仓央嘉措在青海湖畔神秘失踪。这一年，他年仅 25 岁。

300 多年过去了，布达拉宫门前的转经筒，转过一世再一世。多少人事，都被历史的风尘，淹没得严严实实，再无痕迹可寻。然而，仓央嘉措和他的爱情，却如漫山遍野的格桑花，世世代代，盛开在青藏高原上，盛开在人们的心里面。

那是他和我们的纯真岁月，彼此用心相爱，所以，刻骨铭心。

遇见你的纯真岁月

他是第一个分配到我们乡下学校来的大学生。

他着格子衬衫，穿尖头皮鞋，操一口流利的普通话，这令我们着迷。更让我们着迷的是，他有一双小鹿似的眼睛，清澈、温暖。

两排平房，青砖红瓦，那是我们的教室。他跟着校长，绕着两排平房走，边走边跳着去够路旁柳树上的树枝。附近人家养的鸡，跑到校园来觅食了，他看到鸡，竟兴奋得张开双臂，扑过去，边扑嘴里边惊喜地叫："啊啊，大花鸡！"惹得我们笑弯了腰，有同学老气横秋地点头说："我们的老师，像个孩子。"

他真的做了我们的老师，教我们语文。第一天上课，他站讲台上半天没说话，拿他小鹿似的眼睛，看我们。我们也仰了头对着他看，彼此笑眯眯的。后来，他一脸深情地说："你们长得真可爱，真的。我愿意做你们的朋友，共同来把语文学好，你们一定要当我是朋友哦。"他的这个开场白，一下子拉近了他与我们的距离，全班学生的热血，在那一刻沸腾起来。

他的课，上得丰富多彩。一个个汉字，在他嘴里，都成了妙不可言的音符。我们入迷地听他解读课文，争相回答他提的问题。不管我们如何作答，他一律微笑着说："真聪明，老师咋没想到这么答呢？"有时我们回答得太离谱了，他也佯装要惩罚我们，结果是，罚我们唱歌给他听。于是教室里的欢笑声，一浪高过一浪。那时上语文课，在我们，是期盼，是幸福，是享受。

他还引导我们阅读。当时乡下学校，课外书极其匮乏，他就用自己的工资，给我们买回很多的书，诸如《红楼梦》《钢铁是怎样炼成的》《红与黑》之类的。他说："只有不停地阅读，人才能走到更广阔的天地去。"我至今还保留着良好的阅读习惯，应该是那个时候养成的。

春天的时候，他领我们去看桃花。他说："大自然是用来欣赏的，不欣赏，是一种极大的浪费，而浪费是可耻的。"我们"哄"一声笑开了，跟着他蹦蹦跳跳走进大自然。花树下，他和我们站在一起，笑得面若桃花。他说："永远这样，多好啊。"周围的农人，都看稀奇似的，停下来看我们。我们成了风景，这让我们备感骄傲。

我们爱他的方式，很简单，却倾尽我们所能：掐一把野地里的花儿，插进他办公桌的玻璃瓶里；送上自家烙的饼，自家包的粽子，悄悄放在他的宿舍门口。他总是笑问："谁又做好事了？谁？"我们摇头，佯装不知，昂向他的，是一张张葵花般的笑脸。

我们念初二的时候，他生了一场病，回城养病，一走两个星期。真想他啊，班上的女生，守在校门口，频频西望——那是他回家的方向。被人发现了，却假装说："啊，我们在看太阳落山呢。"

是啊，太阳又落山了，他还没有回来。心里的失望，一波又一波的。那些日子，我们的课，上得无精打采。

他病好后回来，讲台上堆满了送他的礼物，野花自不必说，一束又一束的。还有我们舍不得吃的糖果，自制的贺卡。他也给我们带了礼物，一人一块巧克力。他说："城里的孩子，都兴吃这个。"说这话时，他的眼睛湿湿的。我们的眼睛，也跟着湿了。

他的母亲，却千方百计把他往城里调。他是家里独子，拗不过母亲。他说："你们要好好学习，将来，我们会有重逢的那一天的。"他走的时候，全班同学哭得很伤心。他也哭了。

多年后，遇见他，他早已不做老师了，眼神已不复清澈。提起当年的学生，却如数家珍般的，一个一个，都记得。清清楚楚着，一如我们清楚地记得他当年的模样。那是他和我们的纯真岁月，彼此用心相待，所以，刻骨铭心。

要过一辈子，光有爱情是不够的。

那个借我肩膀哭泣的女子

我是在旅游途中遇到她的。

从上海往吉首去，火车一路哐啷哐啷。旅游淡季，外出的游人少，我一个人独享了一个卧铺车厢。心里面有些暗喜，出行在外，能一个人独处着不被打扰，实在够奢侈。我放下行李，倚了床看书，整个火车安静得像一扁舟。看书看累了，我把头抵到窗口，看窗外的景。黄昏下的旷野上，植物们的头上都罩着奇异的光芒。路边偶有一树的繁花扑过来，又迅捷退走，它让人的眼睛，跳出欢喜来——好的风景，原来在途中。

天光渐渐暗了，黑夜来临。远处人家的灯火，渐次亮起，夜幕下，像游动着的一串串渔火，让人产生漂泊之感。火车"呜"一声长鸣，在一处站点缓缓停下。鼎沸的人声，灌进耳里来，如奔腾的浪。卖烤鸡腿的在车窗外大声叫卖："烤鸡腿五块钱一只！"难懂的地方方言，嘈嘈杂杂。一些人下车，一些人上车。人生的旅途本就是这样，各有各的起点和终点。

火车随后又启动了，嘈杂之声渐渐遁去，一切重又安顿下来，刚才缤纷的一幕，像是打了一个盹，做了一个梦。现在，梦醒了，耳朵里剩下的，只有火车哐啷哐啷的声音，单调，寂寥。我放下正在看的《小王子》，思虑着要不要躺下休息，突然听到门外有叩门声，很轻的，敲三下，停三下。再敲，再停，极有礼貌的。

我说不用敲了，请进来吧。我以为是列车员的例行检查。随着我的声音落下，门被轻轻拉开，一个年轻女子，站在过道微暗的灯光下，浑身仿佛沐在一汪奶油里。长发，长风衣，脖子上系一条暗紫的丝巾。年轻女子冲我淡淡一笑："你好，我也住这里，我怕惊吓了里面的人，所以敲门了。"

我回她一个笑，为她的体贴感动。对她的好感，几乎在一瞬间产生，我说："你是刚上车的吧？"她轻轻点点头，径直走到我对面的空床上，放下身上的包，拉开被子，把自己蜷了进去。她微闭了双眼，仿佛很累。

我无话找话地问："你也是出来旅游的吗？"

她轻轻应了声："是啊。"

我说："我是去凤凰的，你呢？"她答："我随便。"我看她全无说话的兴趣，便顿住了话头，打开刚刚合起的《小王子》，继续看起来。小王子说："如果你爱上了某个星球上的一朵花，那么，只要在夜晚仰望星空，就会觉得满天的繁星就像一朵朵盛开的花……"小王子说："我会住在其中的一颗星星上面，在某一颗星星上微笑着，每当夜晚你仰望星空的时候，就像是看到所有的星星都在微笑一般！"可爱的小王子！可爱的星星们！我掀开窗帘，看了一眼外面的天空，黑黑的天幕上，此刻也有千朵万朵花在开着吧？我微笑了。门外的过道上，间或有脚步声响起，在地毯上发出轻微的沙沙声，随后，复又归入宁静。

我的睡意渐渐涌上，关了灯睡下，突然听到对面她的手机铃声响起，是一段古筝曲。很美的曲子。我静静欣赏了会儿，以为她会接听，却没有。古筝曲连绵不绝地响着，我想，大概她睡着了吧。遂好心地走过去，轻轻推推她，我说：“哎，你的手机响了。”

出乎我意料的是，她并没有睡着，她说：“谢谢你，我早就听见了。”她拿过枕边的手机，翻身坐起，并不接听，而是看着手机屏上一闪一闪的提示灯，发呆。古筝曲弹过一阵后，终于停息。房间里静下来，有好一会，她只呆呆坐着，眼神空洞。

我很唐突地问她：“你怎么不接电话呢？”

她说：“一个无关紧要的人，不接也罢。”

我笑了，扯开话题，问她：“你好像也喜欢古筝？”

她听了，眼睛亮了亮，点点头，告诉我，她练了 20 年的古筝。

话匣子由此打开，我们漫无边际地聊开去，聊各自的爱好，竟发现有许多的相似。我喜欢紫色，她也是；我喜欢唐诗宋词，她也是；我喜欢昆曲和苏州评弹，她也是；我喜欢旅游，她也是。后来，我们聊到爱情和婚姻。我跟她讲了我女友的故事：我的女友，与一个小提琴手相识 10 年，相恋 10 年，其间的曲曲折折不必说了，两个人好不容易厮守到一起，坚持到最后，却还是以分手告终。原因是，小提琴手出国定居了，去了维也纳。我的女友主动提出分手。

她听得很认真，她问：“你的女友为什么不跟他走呢？”

我说："她去维也纳能做什么呢？她不会小提琴，连简单的英语对话也不会，她也离不开渐渐年迈的父母。要过一辈子，光有爱情是不够的。"

她不再说话。许久之后，她忽然说："睡吧，晚安。"

"晚安。"我也轻轻说了声。黑暗慢慢覆盖，四周渐渐陷入梦境。

半夜里，却突然被她的惊叫声惊醒，她嘴里嚷着："不要走！不要走！"身子在床上极痛苦地扭曲着，仿佛在跟谁搏斗。我开了灯，走过去轻轻拍拍她。她醒了，坐起来，茫然四顾，脸上泪水纵横。我说："你做噩梦了。"她不答话，一头扑到我肩上，倚着我的肩，轻轻啜泣起来。

她的眼泪，在我的肩上洇开，贴着我的肌肤，烫烫的。我产生了一种很奇特的感觉：她就是我的同胞姐妹，多年前走失，在万丈红尘中，独自流落了许多年，今又重逢。我抱紧她，伸手轻轻拍她的背，一下，一下。任她在我的肩上痛哭。

她终于收了泪，抬起头，理了理乱了的发，不好意思地冲我笑了，她说："打扰你了，我没事的，你去睡吧。"

我走回去，躺下，却再也睡不着。黑暗里，她突然轻声问："你睡着了吗？"我说："没呢。"她说："我跟你说说我的故事吧。"她开始说下去，杂乱无序的。她并不在意这样的无序，想到哪儿说哪儿。我也不在意这样的无序，听到哪儿是哪儿。

她本是个幸福的孩子，父亲是搞音乐的，母亲是个医生，一家人和和美美。她5岁那年，父亲有了外遇，弃母亲与她不顾。母亲被迫离婚，她跟了母亲。母亲后来不惜代价，送她去学古筝，只因父亲爱上的女人，弹得一手好古筝。等她长大到能在父亲面前潇洒自如地弹古筝的时候，母亲却被癌症夺去了性命。临走前，母亲对她说：“千万不要跟人斗气，跟人斗气，就是跟自己过不去。你要学会好好爱自己。”她知道，母亲一辈子活得不快乐。

后来，她遇到一人。那人怜惜她的眼神，如温暖的太阳光，把她整个罩住，她无法抑制地爱上了。一个人，辛苦地奔波在爱的路上，不惜为他放弃了古筝，洗手做羹汤。可是，又能怎样？他是有家庭的，偶尔一起逛个街，都像做贼似的，见不得光。她那么渴望有一个家，一个完整的家，那么渴望正大光明地和他在一起。然而，他给不了她。他们有了争吵，一次又一次。这期间，她为他做过两次人流，最终，他还是选择了逃离。

她的故事说完，许久我们都没再动弹。远处有狗的叫声传来，在夜的沁凉里，显得空旷又迷离，火车应该路过一个村庄了。她说：“谢谢你听我说了这么多话，我现在，轻松多了。”我轻轻笑了笑，我说：“那好吧，你好好睡一觉，天亮了就快到凤凰了。你可以到凤凰游游沱江，住住吊脚楼，再去苗寨走走，你会发现，这个世上，还有许多值得我们热爱和留恋的好地方。”她喃喃应一声：“好。”

第二天我醒来，她的床铺上已无人。台桌上留有她写的便笺，旁边叠放着她那条暗紫的丝巾。便笺中她写道：“好姐姐，谢谢你借了肩膀给我哭泣。你说得对，要过一辈子，光有爱情是不够的。我很好了，我现在要回去一趟，以后我会去你说过的那些地方。没有别的东西好送你，就把这条丝巾留给你，它也挺适合你的。”

从凤凰归来，我的脖子上便常系着她送的那条丝巾，暗紫的，上面撒着细碎的小紫花。看见的人都说好看，我也以为好看。每天出门前，我在镜子前系上它，我对着镜子里的人笑笑，对着脖子上的丝巾笑笑，阳光明媚，鸟语花香。我很自然地，会想一想送它给我的那个陌生女子，但愿她现在一切都好。

真爱一个人都会这样吧，有时，不惜用我的谎言，成就你的完美。

手腕上的疤

年轻时，总会做些傻事，认着死理，爱着不值得爱的人，却一往无前，直到撞到南墙，撞得头破血流。时间一天一天的，冲淡掉那摊殷红，但伤痕却留下了，做了年轻的见证。譬如，她腕上的那块疤。

其实，早已记不清那人的模样了，交往的点滴，也已成模糊。可是，每次触及腕上的疤痕，如一条蜈蚣一样卧着，她的心，总要疼疼地跳一下。自卑着，压抑着。

不咸不淡地又恋爱几回。男人们的目光，在她的腕上停留。如锐器，带着尖尖的锋利的角，直直刺到她的心里去。青天白日，藏无可藏。最后的最后，她只能落荒而逃。

遇见他时，她已年过三十。然不俗的外表，优越的工作，让她还是有望得见的靓丽。介绍人试探地对她说：他长相一般，有点龅牙；老家在山沟沟里，有点穷；工作也不是太稳定，是跑销售的。她没有犹豫地点头，见见面再说吧。

第一次见，他有些拘束，话不多。倒是她，见惯了这种场面，谈笑自如。一起喝茶时，她故意在他面前，晃着那只受过伤的手腕。他的眼光，只轻浅地掠过，却忙忙地接过她手上的茶壶，笑着说，我来吧。他离了座，在她身边弯下腰去，给她的茶碗续上茶。

这细小的动作，让她的心软软地动了动，她和他便相处了下来。随后的日子，他的体贴温存，渐渐密布了她的天空。

可是，心里是有个结的，让她不得真正开心颜。他怎么可以忽略她腕上的那块疤呢？她到底忍不住了，她说，我给你讲个故事吧。他说，好啊。她于是说起年轻时的事，一个女孩，爱上一个男人，死心塌地地爱。后来，男人不要她了，她割了腕。

你看，就是割在这里，她举起有伤疤的那只手腕，指着那块伤疤说，静观着他的表情。她以为他会惊讶，或者愤怒。可是，他只是笑笑，轻描淡写地说，就这事啊？我也做过傻事的。他掀开他的衣服，她看到他的胸口，疤痕累累。他说，这是我被一个女人甩了后，用烟头烫的。

她讶异得不得了，心中的冰块，刹那间消融。她把头轻轻埋到他的胸口，听着他胸膛里的那颗心，有力地咚咚跳动着，她幸福地笑了。她想，这个男人，也是受过伤的，她一定要好好疼他。

从此，一路花开一路欢愉。她不再留意她腕上的疤，是在心里彻底把它丢掉了。偶尔瞥见手腕处，也只是淡淡一笑。天蓝云白啊，日子里有太多的欢乐要去感受。

是在那一天，无意中，他母亲跟她聊起他小时候的事，说他小时调皮得很，爬上桌子碰翻热水瓶，一瓶热水当胸浇过。

她呆住了。这时候，他们的儿子都过周了，在地板上摇摇摆摆学走路。窗台上一盆仙客来，花开饱满，岁月静好。

真爱一个人都会这样吧，有时，不惜用我的谎言，成就你的完美。

这世上，有一种最为凝重、最为浑厚、最为坚固的情感，叫相依为命。它与幸福离得最近，不会轻易破碎。

有一种爱叫相依为命

有人做实验，把一匹狼和一只刚出生的小羊放到一起养。所有人都不看好小羊的命运，觉得狼迟早会吃掉小羊。但结果却是，狼非但没有吃掉小羊，反而成了小羊最亲密的朋友。它们一起玩耍、一起嬉戏，形影不离。

实验结束后，工作人员把小羊牵走，这时，出现了感人的一幕：狼奋力扑到铁丝网上，对着铁丝网外的小羊长嗷不已，声音凄厉至极。小羊听到狼的叫唤，奋力挣脱绳索，反扑过来，哀哀应着。生离死别般的。

原来，狼和羊也是可以相爱的啊，它们彼此的孤寂相互吸引，在日子的累积之下，衍生出同病相怜风雨同舟的情感来。

狼和小羊的故事，让我想起我的祖父祖母。我的祖母身材修长，皮肤白皙，年轻时是出了名的美人，而我的祖父，个头矮小，皮肤黝黑，还罗圈腿。他们两个怎么看也不像般配的一对。我曾追问过祖母怎么会嫁给祖父。祖母笑着说，那个时候女人嫁人之前，根本就不知道自己要嫁的男人是什么样的，全凭父母做主，嫁鸡随鸡，嫁狗随狗。

在这种认定命运安排的前提下，我的祖父祖母过起了家常的日子，一路相伴着走下来，一生生育七个子女，都养大成人。老了的两个人，像两只老猫似的，相偎着坐在屋前晒太阳。偶尔，祖父出外转转，祖母转眼见不到祖父，会着急地到处询问：老头子呢？老头子哪去了？

祖母八十二岁那年，生病住院开刀。家里人怕祖父担心。瞒他说祖母是小病，在医院住两天就可以回家了，不让他去医院探望。祖父嘴上答应了，背地里却一个人骑了自行车，赶了三十多里的路，摸到医院去看望祖母。祖母仿佛有感应似的，忽然对我们说，老头子来了。大家不信，到门外去看，果真看到祖父正喘着粗气，颤巍巍地站在门外。

还听过这样一个故事：上个世纪六十年代，某大学教授被下放到边远山村，在那里吃尽苦头。幸好有一当地姑娘很照顾他，让他在阴霾里，看到阳光，他和姑娘结了婚。后落实政策，教授返城，才华出众的他，身边一下子簇满了众多优秀的女人，个个都是熠熠复熠熠的。有人劝教授，离了乡下的那个，重找一个相配的吧。教授拒绝了，他说，我已习惯了生活中有她。他坚持把大字不识一个的妻子，从乡下接到城里来，和她同进同出。

这世上，有一种最为凝重、最为深厚、最为坚固的情感，叫相依为命。它与幸福离得最近，且不会轻易破碎。因为，那是天长日久里的渗透，是融入彼此生命中的温暖。

如果爱过，你会记住我80年吗？纵使记住，在80年后，你还会回头来找我吗？

等你80年

很短的一则新闻，缩在报纸的一隅，若不留意，便错过了。

新闻说的是沙特阿拉伯一个叫穆罕默德·艾德的97岁老人，历经80年的风风雨雨，和80年前相恋的姑娘，终于喜结连理。

80年前，艾德年少，姑娘青春。一朝相遇，情窦初开，满世界的阳光灿若春花。

他们无可救药地爱上了。避开众人，偷偷约会在枣椰树下；偷偷远足去沙漠深处。明月照她回，她频频回首道，一定要等着我啊。誓言是那样的美好：他将为夫，她将做妻，将来的将来，他们还要生一群可爱的孩子。

然世事难料，等他们长到谈婚论嫁的年纪，现实却给他们当头一棒，按当地风俗，姑娘必须嫁给部族内的表兄弟或堂兄弟。天昏沉沉黑下去，明媚不再。一对恋人，最终被迫分开，劳燕分飞。

后来，姑娘另嫁了，艾德另娶了，两个相爱的人，从此远成天涯。

一年一年过去了，沙漠的风，吹老了太阳，吹老了月亮，吹老了绿洲上的枣椰树。艾德和姑娘，也在各自的人生里，把日子守成暮色。艾德先后结过两次婚，儿女满堂。姑娘先后结过六次婚，不曾生育。

人生至老，剩下的唯一财富，是回忆。对于年老的艾德来说，回忆成了他不可或缺的温暖。这一年，艾德 97 岁了，第二任妻子亦已故去。暮色苍苍里，艾德独坐着，一遍一遍抚摸记忆。风吹起他身上袍子的一角，旧事前尘，涌上心头。尘封 80 年的恋情，就在这时，突然破尘而出，鲜亮如初。他心跳如鼓，阅尽人世沧桑，到头来，不能忘怀的却是，那年那月那人。那时候，年轻的枣椰树们，一排排站立在绿洲上，枝叶婆娑；天空明净得像一件簇新的白袍子。

他再也坐不住了，走出家门，去寻找 80 年前心爱的姑娘。不知他经历了怎样的千辛万苦，姑娘最终竟被他找着了。当然，眼前的姑娘，亦已是步履蹒跚的老妪。那有什么要紧？在他眼里，她还是青春的那一个。他迫不及待向姑娘求婚了，这时，也已是单身的姑娘，毫不犹豫答应了他的请求。80 年的等待，终于修成正果，他成了她的夫，她做了他的妻。

如果爱过，你会记住我 80 年吗？纵使记住，在 80 年后，你还会回头来找我吗？——这简直有点痴心妄想了。所以，我很羡慕这对不老的恋人，错过一次，并非错过一生，只要心中有爱，哪怕再等 80 年，她依然是他，梦寐以求的爱人。

家里的白水泥墙上，晃动着黑白的人、黑白的景。她安静地看着，眼光渐渐变得柔和。

黑白世界里的纯情时光

这是几十年前的旧事了。

那个时候，他二十六七岁，是老街上唯一一家电影院的放映员。也送电影下乡，一辆破旧的自行车，载着放映的全部家当——放映机、喇叭、白幕布、胶片。当他的身影离村庄还隔着老远，眼尖的孩子率先看见了，他们一路欢叫："放电影的来喽——放电影的来喽——"是的，他们称他，放电影的。原先安静如水的村庄，像谁在池心里投了一把石子，一下子水花四溅。很快，他的周围围满了人，男的，女的，老的，少的。一张张脸上，都蓄着笑，满满地朝向他。仿佛他会变魔术，哪里的口袋一经打开，他们的幸福和快乐，全都跑出来了。

她也是盼他来的。村庄偏僻，土地贫瘠。四季的风瘦瘦的，甚至连黄昏，也是瘦瘦的。有什么可盼可等的呢？一场黑白电影，无疑是心头最充盈的欢乐。那个时候，她二十一二岁，村里的一枝花。媒人不停地在她家门前穿梭，却没有她看上的人。

直到遇见他。他干净明亮的脸，与乡下那些黝黑的人，是多么不同。他还有好听的嗓音，如溪水叮咚。白幕布升起来，他对着喇叭调试音响，四野里回荡着他亲切的声音，“观众朋友们，今晚放映故事片《地道战》。”黄昏的金粉，把他的声音染得金光灿烂。她把那声音裹裹好，放在心的深深处。

星光下，黑压压的人群。屏幕上，黑白的人，黑白的景，随着南来北往的风，晃动着。片子翻来覆去就那几部，可村人们看不厌，这个村看了，还要跟到别村去看。一部片子，往往会看上十来遍，看得每句台词都会背了，还意犹未尽地围住他问：“什么时候再来呀？”

她也到处跟他后面去看电影，从这个村，到那个村。几十里的坑洼小路走下来，不觉苦。一天夜深，电影散场了，月光如练，她等在月光下。人群渐渐散去，她听见自己的心，敲起了小鼓。终于等来他，他好奇地问：“电影结束了，你怎么还不回家？”她什么话也不说，塞他一双绣花鞋垫。鞋垫上有双盛开的并蒂莲，是她一针一线，就着白月光绣的。她转身跑开，听到他在身后追着问：“哎，你哪个村的？叫什么名字？”她回头，速速地答：“榆树村的，我叫菊香。”

第二天，榆树村的孩子，意外地发现他到了村口。他们欢呼雀跃着一路奔去，“放电影的又来喽！放电影的又来喽！”她正在地里割猪草，听到孩子们的欢呼，整个人过了电似的，呆掉了，只管站着傻傻地笑。他找个借口，让村人领着来找她。田间地头边，他轻轻唤她：“菊香。”掏出一方新买的手绢，塞给她。她咬着嘴唇笑，轻轻叫他：“卫华。”那是她捂在胸口的名字。其时，满田的油菜花，噼里啪啦开着，如同他们一颗爱的心。整个世界，流金溢彩。

他们偷偷约会过几次。他问她，“为什么喜欢我呢?”她低头浅笑，“我喜欢看你放的电影。”他执了她的手，热切地说：“那我放一辈子的电影给你看。”这便是承诺了。她的幸福，像撒落的满天星斗，颗颗都是璀璨。

他被卷入一场政治运动中，是一些天后的事。他的外公在国外。那个年代，只要一沾上国外，命运就要被改写。因外公的牵连，他丢了工作，被押送到一家劳改农场去。他与她，音信隔绝。

她等不来他。到乡下放电影的，已换了他人，是一满脸络腮胡子的中年男人。她好不容易找到机会，拖住那人问，他呢？那人严肃地告诉她，他犯事了，最好离他远点儿。她不信，那么干净明亮的一个人，怎么会犯事呢？她跑去找他，跋涉数百里，也没能见上一面。这个时候，说媒的又上门来，对方是邻村书记的儿子。父母欢喜得很，以为高攀了，赶紧张罗着给她订婚。过些日子，又张罗着结婚，强逼她嫁过去。

新婚前夜，她用一根绳子拴住脖子，被人发现时，胸口只剩一口余气。她的世界，从此一片混沌。她的灵动不再，整天蓬头垢面地，站在村口拍手唱歌。村里的孩子，和着声一齐叫:“呆子！呆子!”她不知道恼，反而笑嘻嘻地看着那些孩子，跟着他们一起叫:“呆子！呆子!”一派天真。

几年后，他被释放出来，回来找她。村口遇见，她的样子，让他泪落。他唤:“菊香。”她傻笑地望着他，继续拍手唱她的歌。她已不认识他了。

他提出要带她走。她的家人满口答应，他们早已厌倦了她。走时，以为她会哭闹的，却没有，她很听话地任他牵着手，离开了生她养她的村庄。

他守着她，再没离开过。她在日子里渐渐白胖，虽还混沌着，但眉梢间，却多了安稳与安详。又几年，电影院改制，他作为老职工，可以争取到一些补贴。但那些补贴他没要，他提出的唯一要求是，放映机归他。谁会稀罕那台老掉牙的放映机呢？他如愿以偿。

他搬回放映机，找回一些老片子，天天放给她看。家里的白水泥墙上，晃动着黑白的人、黑白的景。她安静地看着，眼光渐渐变得柔和。一天，她看着看着，突然喃喃一声："卫华。"他听到了，喜极而泣。这么多年，他等的，就是她一句唤。如当初相遇在田间地头上，她咬着嘴唇笑，轻轻叫："卫华。"一旁的油菜花，开得噼里啪啦，满世界的流金溢彩。

第三辑

萝卜花

一根再普通不过的胡萝卜，眨眼之间，竟能开出一小朵一小朵的花来。

萝卜花

萝卜花是一个女人雕的，用料是胡萝卜。她把它雕成一朵一朵月季的模样，花盛开，很喜人。

女人在小城的一条小巷子里摆摊，卖小炒。女人卖的小炒只三样：土豆丝炒牛肉，土豆丝炒鸡肉，土豆丝炒猪肉。一个小气罐，一张简易的操作平台，木板做的，用来摆放锅碗盘碟，女人的小摊子就摆开了。

女人三十岁左右，个子不高，瘦瘦的，长相普通。却爱笑，什么时候见着她，都是一副笑意融融的模样，看得人心里生暖。惹眼的，还有她的衣着。整天沾着油锅的，应该很油腻才是，她却不。她的衣着极干净，外面罩着白罩衣，白得纤尘不染。衣领那儿，露出里面的一点红，是红毛衣，或红围巾的红。过一会儿，白罩衣有些脏了，她就换下来——她手边备着好几套。

让人惊奇且欢喜的是，女人每卖一份小炒，必在装给你的碗里，放上一朵她雕的萝卜花。这样才好看，女人笑着说。

不知是因为女人的干净，还是她的萝卜花，女人的摊前总围满人。五块钱一份小炒，大家都很有耐心地等着。女人不停地翻炒，装盘，放上一朵萝卜花。于是，一朵一朵的萝卜花，就开到了人家的饭桌上。

我也去买女人的小炒，去的次数多了，跟女人渐渐熟了。知道女人原先有个殷实的家，男人是搞建筑的。一次意外中，男人从尚未完工的高楼上摔下来。女人倾尽家里所有，才抢回男人的半条命。

接下来的日子怎么过？年幼的孩子，瘫痪的男人，女人得一肩扛一个。她考虑很久，决心摆摊卖小炒。有人替她担心，街上那么多家饭店和小排档，你卖小炒能卖得出去吗？女人想想，也是，总得弄点和别人不一样的东西。于是她想到了雕刻萝卜花。当她坐在桌旁，安静地雕着萝卜花时，她被自己手上的美好镇住了，一根再普通不过的胡萝卜，眨眼之间，竟能开出一小朵一小朵的花来。女人的心，充满了期待和向往。

女人的小炒摊子，很快成为小城的一道风景，一到饭时，大家不约而同相互招呼一声，去买一份萝卜花吧。也就都晃到女人的摊前来了。

一次，我开玩笑地问女人，攒很多钱了吧？女人低头笑，麻利地翻炒着一锅土豆丝炒牛肉，说，也没多少，够过日子吧。一小朵一小朵的萝卜花，很认真地开在她手边。

一些日子后，女人竟盘下一家小酒店。她把瘫痪的男人接到店里管账，她负责配菜。女人还是一如既往的，爱笑，衣着干净。在所有的菜肴里，她都爱放上一朵萝卜花。菜不但是吃的，也是用来看的呢，她笑着说。眼睛亮着。一旁的男人，气色也好，没有半点颓废的样子。

女人的酒店，慢慢地出了名。大家提起萝卜花，都知道。

这以后，我又去过很多地方，但不管到了哪里，我都不会再轻易把别人拢进我的镜头。因为，她不是一棵树，我没有权利侵犯她。

她不是一棵树

我是在丽江古城看到那个女人的，靛蓝的大褂，靛青的裤，腰系百褶围腰，典型的纳西族装扮。女人很老了，皮肤松弛，多皱褶。她盘腿坐在一方檐下，守着一堆绣花鞋垫，对着熙来攘往的人，风吹不动。像丽江河畔的一方石，抑或檐上的一块砖，身边的一个热闹世界，都与她无关的。她的身上，充满无法言说的古朴和沧桑。

我承认，这样的沧桑，深深打动了我。我身边的游人，亦有停下来看她的，他们在她的鞋垫面前弯下腰去，看看，并不买。抬首就是一爿店，更精美的东西，里面多的是。

我举起手里的相机。飞起的檐，赭色的木门，檐下的红灯笼，还有这个老妇人，这实在是个很不错的画面。我甚至想过，如果拍摄效果好，我要把它放进我的游记里当插图。就在这时，突然从人群里冲出一个小孩儿来，小孩儿七八岁，黑，且瘦。他斜背着一个网兜兜，里面横七竖八躺着一些空饮料瓶。小孩儿几步就冲到檐下的老妇人跟前，伸出胳膊挡在前面，眼睛亮亮地对着我，口齿伶俐地说，不许拍！

我吃了一惊，没明白过来。我说怎么了？手里依然举着相机。

小孩儿一看，急了，直视着我，再次强调，不许拍！她不是一棵树！

我愣住了。这是我万万没想到的。是啊，她不是一棵树呢，我怎么可以随便拍？我放下举起相机的手，对小孩儿抱歉地笑了笑。小孩儿松了一口气，却仍盯着我，仿佛怕我偷拍。

我看他实在可爱，开玩笑地问他，那么，我可以拍你吗？

他眼睛滴溜溜地转了转，回答得倒爽快，说，可以。不过，他伸手一指老妇人脚边的五颜六色，坏坏地笑，说，你得先买一双老奶奶的鞋垫。

我问，为什么呢？

他答，因为你刚才侵犯了她，算是向她道歉。

我笑，照他说的做了。他很高兴，挺配合地让我给他拍了一张照片。我故意问他，你也不是一棵树呀，为什么让我拍？

因为你问过我可不可以呀，小家伙响亮地答。而后跑进人群里，像条小泥鳅似的，转瞬不见了踪影。

我愣在那里，为一颗小小的心里驻着的尊严。

这以后，我又去过很多地方，但不管到了哪里，我都不会再轻易把别人捉进我的镜头。因为，她不是一棵树，我没有权利侵犯她。

红花绿草的背后，原有着自个儿才知晓的辛酸。

满山坡的野玫瑰

秋降落在根河那块神奇的土地上时，再少有花开了。只有一种叫马铃兰的，似乎不大愿意受季节的管束，她们戴着紫色的头巾，摇着一串紫色的铃铛，兀自在草地上跑着跳着，笑得叮叮当当。你远远走过，就能望见她们，觉得根河的美，她们占着一席。

草都黄了。分成两截儿，下面是浅黄，上面是深黄，错落有致地铺在山坡上。仿佛谁吃着饼干，不小心落下了一地的饼干屑子。

蚊虫多得能用手捧。可怜我穿条七分裤，裸露的小腿和脚脖子，成了蚊虫们争先叮咬的对象。我一边扑打着，还是执意往草地深深处去。上坡。下坡。视野突然开阔——我已站在根河湿地边缘。

山峦环抱。山脚下是巨大的根河河谷。绿洲和小岛密布，根河畅游其中，如银蛇盘旋，圈出一眼一眼的牛轭湖，大珠小珠落玉盘。湖边矮树灌木丛生，一蓬蓬，一堆堆，轻舟一般，载绿而过。

静默。除了静默，我不知道还能以什么方式，来消受这样的大美？

两个年老的牧羊女，端坐在山坡上，手执牧鞭，望着前方，神情怡然。不远处，她们的牛和羊在吃着草。

那么多的蚊虫，她们竟安之若素。

两只长得一模一样的狗，看见生人，很不满地高叫起来。我怕狗，停住脚步，怔怔着，思虑着假如狗扑过来，我是选择逃跑，还是原地不动。牧羊女忙喝住狗，冲我笑道，别怕，它们不咬人的。狗真的听话地住了口，并冲我友好地摇摇尾巴，跑来嗅我手里抓着的伞和小包。

山坡上，长着一丛一丛灌木，上面挂满红宝石一样的红果子。我忍不住摘一把，问牧羊女，这是什么？她们齐声答，野玫瑰呀。

春天开花的时候，可漂亮了，粉粉的，又大又肥，她们比画着。我被她们的形容逗乐了，想象着春天的根河，满山坡都是又大又肥的野玫瑰。牛淹没其中，羊淹没其中，狗淹没其中，还有她们，也淹没其中。

在呼伦湖那儿，我曾遇到一个牧民，他赶着一群马走。我觉得他威武。他却挥挥牧鞭，冲我苦笑了，道出心声，做牧民很苦的，成天跟蚊虫打交道，日晒雨淋的。那些你们看上去很漂亮的蒙古包，里面其实又潮又湿。十个牧民九个都害着关节炎哪。我们的孩子都不肯放牧了，都到海拉尔打工去了。

红花绿草的背后，原有着自个儿才知晓的辛酸。

两个牧羊女的脸上，却波平浪静着。她们指着我手里的红果子，笑着说，这个，可以泡茶喝的呀。我们这山上，好多的草，都可以泡茶喝，可以治百病呢，比药好。

我“哦”一声，有些释然了。她们热爱着这片土地，这很重要。因为热爱，才有满足。因为满足，才有幸福。她们在她们的世界里与世无争，享用着满山坡的野玫瑰——这也算是生活给予她们的福报吧。

水仙花球很像一个谜。不，不，它就是一个谜。你根本不知道它紧裹着的小身体内，到底藏着几朵花的梦。

任性的水仙

花骨朵是什么时候打的？那完全是在你的眼皮子底下，偷偷进行着的，你竟说不清。

每年冬天，我都会去街上，买上一两盆的水仙回来养，这几成惯例。倘若哪一年忘了买，心里会极不踏实，总觉得家里少了点什么。即便是到了年脚下，也还是要专门跑出去一趟买。满街的水仙都长高了，都打花苞苞了，有好多都盛开了。花贩会数着花朵卖。看，这棵上有五朵花苞，这棵上有六朵花苞。你真会挑，这么多花苞苞啊，搁家里，开起来多香哪。一朵三块钱，三五一十五，三六一十八，啊，算便宜点给你吧，两棵你就给三十块钱好了。花贩舌灿若莲。

我持着花，犹豫着，都长这么高了！都长这么高了！心里惋惜着。

我其实，更想买到水仙花球，回来慢慢长。

水仙花球很像一个谜。不，不，它就是一个谜。你根本不知道它紧裹着的小身体内，到底藏着几朵花的梦。你把它养在一杯水里。装它的容器是不择的，用碗，用纸杯，用罐头瓶子，它都能很快驻扎下来，随遇而安，苦乐自知。

然后，你基本上不用管它了，任它自个儿倒腾着去吧。记起它的时候，就去看看它，你也总能碰到小欢喜。昨天看时，它冒出两颗小芽芽了。今天再去看时，它已抽长出枝叶。枝叶也就开始疯了般地长，越长越密，越长越肥，越长越高。它走过它的童年、少年，直奔着花样年华而去。

花骨朵是什么时候打的？那完全是在你的眼皮子底下，偷偷进行着的，你竟说不清。等你发现时，肥绿的枝叶下，翡翠珠儿似的花苞苞，已在一眨一眨地看着你。这也没什么可遗憾的，唯有这说不清，才叫人惊喜吧。是不请不约的意外相遇。

到这个时候，我以为，水仙已度过它最好的前半生。接下来，毫无悬念可言了，每朵花苞苞，都会怒放，都会香得透心透肺、淋漓尽致。

它香起来的时候，我就有些忧愁了，是美人迟暮，想留也留不住。好在还有来年可等，来年，它又是好花一朵朵，开遍寻常百姓家。

以前我在乡下小镇生活，认识一个老中医，他特爱养水仙。每年冬天，他家堂屋的条几上，一溜排开的，全是水仙花，足足有十多盆。他的水仙长得特别，像专门挑拣过似的，有型有款，不高不矮，不胖不瘦。葱绿的枝叶，托起小花三五朵，幽幽吐香，脉脉含情，真正是当得了诗里面夸的“凌波仙子生尘袜，水上轻盈步微月”。

问他讨过经验。他说，水要适度，阳光要适度，营养要适度。这“适度”，不是人人都能掌控的。我家的水仙，也便还是由着它的性子长了，乱蓬蓬的一堆叶，乱蓬蓬的一团香，失了仙气，倒像一率真任性的乡下“疯丫头”。这样也好，它保持了它最原始的本真。

它是草里的另类，做不到清淡，从根到茎，从茎到叶，气味浓烈得汹涌澎湃，有种豁出去的决绝。

艾草香

对艾草，是老相识了。

乡村的沟沟渠渠里，一是艾草多，一是芦苇多。它们在那里熙熙攘攘，自枯自荣，世世代代。除了偶尔飞过的鸟雀，平时大概再没有谁会惦念它们。但乡人们都知道，它们在呢，就在那片沟渠里，枕着风，傍着水，枝繁叶茂，不离不舍。一到端午，家家户户门窗上都插上了艾草，满村荡着艾草香。羊却不爱吃，猪也不爱吃，大概都是嫌它气味的霸道。它是草里的另类，做不到清淡，从根到茎，从茎到叶，气味浓烈得汹涌澎湃，有种豁出去的决绝。采艾的手，清水里洗过好多遍了，那艾草的味道，还久久逗留在手上，不肯散去。苦中带香，香中带苦，你根本分不清到底是苦多一些，还是香多一些。苦乐年华，它一肩扛了。

所以，它独特，在传统的民俗里，万古长存。早在《诗经》年代，就有了“彼采艾兮”的吟唱。说是唱爱情呢，我却觉得是唱它。它被人们赋予了神圣，用以寄托愁思，聊解忧伤。

南朝梁宗懔的《荆楚岁时记》中也曾有记载："五月五日采艾为人，悬门户上，以禳毒气。"说的是端午节这天，人们争相采艾，扎成人的模样，悬挂于大门之上，以消除毒气灾殃。不过是普通植物，却担当起驱毒辟邪的重任，这是艾草的本事了。有时，保持个性，坚守自己，方能脱颖而出。在这一点上，我们人类，得像一棵艾草学习。

可能是小时的记忆作怪，多少年来，我一直以为艾草只在水边生长——这是我的孤陋了。福建有文友说，他们家乡的山上，漫山遍野，都长着艾草。人们也食它，三月里，艾草正鲜嫩，采了它，拌上糯米粉，包上芝麻、白糖作馅，蒸熟，即成艾糍粑。咬上一口，香软甘甜，鲜美无比。这吃法让我惊异，有尝试的欲望。想着，等来年吧，等三月天，一定去采了艾草回来吃。

小区里，爱种花的陈爹，在他的小花圃里，种上了艾。六月的天空下，一丛红粉之中，它遗世独立的样子，让人一眼认出，这不是艾草么！

陈爹笑，眼光缓缓地落在它上面，说，是啊，是艾草啊。

种这个做什么呢？问的人显然有些好奇了。

陈爹不急着作答，他弯腰，眯着眼睛笑，伸手拨弄一下那些艾。他说，可以驱虫的。你看，它旁边的花长得多好，不怕虫叮。

哦——围观的人一声惊呼，恍然大悟，原来，它做了护花使者。

陈爹种的艾草，现在正插在我家的门上。不多，一棵，茎与叶几乎同色，灰白里，浸染了淡淡的绿。香味很地道，开门关门的当儿，它总是扑鼻而至，浓烈、纯粹。这是陈爹送的。他爬了很高的楼梯，一家一家分送，他说，要过端午节了，弄棵艾你们插插。

我不时地望望、闻闻，心里有欢喜。端午的粽子我早已不爱吃了，然过节的气氛，却一点没削减，因了这一棵温暖的艾。

天下本一家，我只愿这世道，不要再有烽火残杀，永永远远地太平下去。

千 灯

到江南，若逢着下雨，是最好不过的了。

江南的景致，宜雨中赏，尤其那些年代久远的古镇。

去昆山的千灯，就赶了这样的巧。一路上，雨欲下不下，天空的一张脸，憋得青紫。到了千灯，那雨，终于一滴一滴下了起来，很快的，织成一幅一幅的雨帘，轻飘慢拂。

烟雨中的千灯，淡墨晕染，边角泛白，建筑的走笔隐隐约约，犹如梦境。人走进去，便是走进一幅古画中了。

入口相迎的，是千灯极具特色的一拱一梁组合的双桥，一曰恒升桥，一曰方泾桥。这样的桥，在千灯，还留存有五六座，都是明清时候的老建筑了。它们安静地，俯卧于一条南北贯穿的河流——千灯浦之上。千灯古街，就是以这条浦为主要经脉的。粉墙黛瓦，也多半倚着这条浦顺序排开，高低错落，倒影绰绰，古韵盎然。

外来的游人，对这些古桥古建筑，都不甚稀罕了，江南随便一座古镇，这些元素都少不了的。他们急急去寻的，是那千盏灯笼齐放的壮观。千灯么，顾名思义，该是火树银花的。

千灯人听到，乐不可支。这是他们的小浪漫小伎俩，骗了不少人的。——千灯，原名千墩，不过一土墩而已。据汉书《吴越春秋》和宋《玉峰记》中所记载，吴地有三江，其吴淞江畔有土墩999个，到千灯这里，刚好是第1000个，故称“千墩”。

“土墩”里，却孕育出低吟浅唱的清雅和婉约来。丝竹悠远，那个生于元末明初叫顾坚的男子，宽袖大袍，迎风昂立，他的歌喉甫一展开，就醉了江南烟雨。这南曲之奥，被后人称作最早的“昆曲”。六百多年后，人们把一顶“昆曲鼻祖”的帽子送给他。

到这时，他该是欣慰的吧。半世坎坷，双目失明，沦为算命先生。好在有曲有赋相伴，人生的凄风苦雨，总算得到一些温度和安慰。他所著《风月散人乐府》《陶真野集》曾行于世，被世人喜爱，后散佚。然经他演绎的“昆山腔”，终重见天日，再多的历史风尘，也难掩它的清丽婉转。

千灯的老街不大，也就一河一街、一庙一塔。河不必细说了，就是千灯浦。街是石板街，亦是明清时的。一块块石板保存完好，全长约莫三里多，一只蜈蚣似的趴着，描摹出老街特有的韵味和古朴。

庙是延福禅寺，有着一千五百多年的历史了。曾经规模宏伟、香火鼎盛，单单禅房就有1008间，僧人800名，清朝时毁于战火。现在见到的延福禅寺，是修复重建的。塔叫秦峰塔，是延福禅寺最重要的一部分。塔高38.7米，亭亭玉立，仪态万千，故又被称作“美人塔”。风动，塔檐下的铜铃，齐齐鸣响，浸润着雨的空灵。悠悠千年，在这叮叮当当的鸣响声中，也便过来了。

还是去走走石板街吧。因是寻常日，街上不见游人几个。两侧的店铺，都显得很安静，青团子和芡实糕，兀自冒着热气。有古井清冽，细雨飘得稠稠密密。一抬头，不知不觉，竟走到顾炎武先生的纪念馆了。这个热血的人，当年一句“天下兴亡，匹夫有责”，惊醒了多少沉睡的灵魂。天下本一家，我只愿这世道，不要再有烽火残杀，永永远远地太平下去。

出得先生的纪念馆的门来，我撑着伞，正对着石板街发呆。一女孩突然走到我身边，掏出记者证，言说是某报记者，在做一个有关江南古镇的专题采访。她问我，你觉得千灯古镇与别的江南古镇可有什么不同？

我的眼光，落在石板街旁的黛瓦房上。一字排开的瓦当，上面有隐约花纹。可是风穿牡丹？瓦当下，一千灯人在冒着热气的青团子后面，闲闲散散地看着我们。我笑了，转身对那个女孩说，你听，这雨打瓦当。

曾经一个个摇着蒲扇的人，都跟着岁月远去了。

挂在墙上的蒲扇

逛街，偶见一地摊，摆在护城河畔，卖些杂七杂八的物什，有针头线脑、鞋垫淘米篮子啥的。在地摊一角，竟横七竖八摆了些蒲扇卖，扇面上烫了画，小巧盈手，更像工艺品。这是走了样的蒲扇，但到底是蒲扇，心底泛起久别重逢的欢喜。我停下来买一把。那人问，买了做什么？我答，回去挂墙上。记忆里，没有蒲扇的夏天，哪里叫夏天？小时候，夏天纳凉的唯一工具，是蒲扇。哪家少得了它？卖蒲扇的男人，担着一担子的蒲扇，到乡下来。他手里擎把大蒲扇，大烈日下，边扇风边挡太阳。主妇们围拢过去挑，七嘴八舌。其实有什么可挑的？都是一样的，簇新簇新的。新做的蒲扇，面容洁净，笋白着。闻闻，有股麦秸的味道。

买回的蒲扇，主妇们都用布条，把边子重走上一遍。镶了边的蒲扇，有些沉，扇的风，不爽快。但耐用啊，即使天天摇，一个夏天也摇不坏，可以留着，待下一年夏天再用。

晚上，村人们三五个聚一起，在空地上纳凉。人人手里一把蒲扇，不紧不慢地摇，摇出了不少的俚语笑话。孩子们是绝没有耐心摇蒲扇的，他们呼朋引伴，一窝蜂地钻草堆、蹲草丛，玩得汗流浃背。总有母亲，捉了自家的孩子，用蒲扇在他（她）屁股上敲两下，怒斥：你能不能安神点？瞧瞧，刚洗完澡的，身上又淌湿了！

理她呢。撇撇嘴，嬉皮笑脸，“哧溜”一下，如小泥鳅似的滑开去。草丛里的热闹，永远吸引着孩子。萤火虫装了大半瓶。真可怜了那些小虫子，它们若不是那么招摇，何至于落下被囚禁的命运？到最后，如何安置“囚犯”，孩子们已不理会了，瓶子多半随手扔了。第二天晚上，另找了空瓶子来，再捉。夏夜的天空下，萤火虫永远多得像天上的星星。

玩累了，一个个躺到自家搭在门前的门板上，安静下来。夜渐渐深了，四周的声音，渐渐隐伏于夜的深处。这个时候，稻花的清香，随风飘来，一阵一阵。有鸡在梦中打鸣。天上的星星，繁密得像撒落的米粒。

祖母摇着蒲扇讲故事，重重复复讲的都是小媳妇遇到恶婆婆了。她摇着摇着，速度慢下来，嘴里的呢喃，终至消失。鼾声起。我们抬眼看她，她坐在椅子上，头垂着，嘴巴微张。握蒲扇的手，也垂着。我们扯拉她手里的扇子，祖母惊醒，用扇柄轻敲我们的手，笑说，调皮啊。复又摇起来……

这样的景，再无处可寻。曾经一个个摇着蒲扇的人，都跟着岁月远去了。我的外婆走了，我的祖母走了。而我每次回乡下，母亲都要告诉我，哪个我熟悉的乡亲，也走了。偌大的乡下，再不见了蒲扇的影子。家家都装电扇了，甚至蚊帐里，也挂上一台。仿佛这承载了三千多年历史的蒲扇，从不曾来过。

我把新买的蒲扇挂上墙。我指着它，告诉邻家三岁小儿，我说这叫蒲扇，是用来扇风的。

茫茫的大森林里，只有静。偶尔的一两声鸟啼，仿佛响在梦境。

只要听着，就好了

九月的莫尔道嘎，层林渐染，一片绚烂。据说再过几天，就要下雪了。少游人。

我一路看过去，看山，看树，看石头。茫茫的大森林里，只有静。偶尔的一两声鸟啼，仿佛响在梦境。我在半山腰的一块大石头上，坐下来歇息。一老妇人突然走过来，挨着我坐下。一手提一只桦树皮编的篮子，一手拎一只红塑料桶。我看一眼，篮子里装的是松子。红塑料桶中，装的是小红果子。——她是来卖山货的。我扭头冲她笑笑。她也冲我笑笑。满脸的褶皱抖抖索索，像山风拂过林梢。

我等着她开口。以为她定要向我推销她的山货的，却没有。

她沉默着，我便也沉默着。我们一起看山。一阵风过，桦树的叶子大片大片飘落下来，簌簌作响。有一两枚落在我的膝上，像大蝴蝶。

我捡起来，拿手上把玩。她转头看着我，忽然说，我们这大山里好东西多着呢。不等我开口，她接着说下去，我们这大山里，长杜香和红豆，树上还结松子。

呶，这是红豆，她指指身边红塑料桶中的红果子。好吃呢，她抓一把，就要塞我手上，请我品尝。

我谢了她的好意。

她又一指桦树皮篮子，这是松子，我炒的，香着呢。她同样抓一把，要塞我手上。

我不知所措。

一下雪，这里就看不见人啦，一个人也看不见，雪把山全封起来啦。

鹿也看不见啦，熊也看不见啦。

真的有鹿吗？真的有熊吗？我惊奇。

哦，什么也看不见啦，我就在家里烤烤火。成天的，就是烤烤火。她好像没听到我的问话，自顾自地说下去。

我想出门看看我的亮娃子，也不行啦，出不去啦，雪把路全封住啦。

一到下雪天，我就怕他冷呵。他一个人住在这山上，该多冷啊。

我一头雾水，接不了她的话，只静静看着她。姑娘，你是哪里人呀？她突然停顿了一下，偏过头来问我。

江苏。我答。

江苏啊，江苏是个好地方啊。她的眼睛，看着前方眯起来，眯成一条缝。重峦叠嶂，外面的世界，隔得很遥远。

我的亮娃子到过北京呢。

姑娘，你去过北京没有？她问。却并不需要我的回答，她顾自喃喃，北京好啊，北京热闹啊，晚上到处都挂着灯，我的亮娃子说，等他挣到钱了，就带我去看看。

哎呀，我可不去，那么远，我跑不动喽。

那么多的车啊，跑得比人快呵，我的亮娃子也跑不过车。

我的亮娃子也就回来了，他再也不出远门了，他永远住在这山上啦。十二年啦，十二年喽。

我似乎感觉到了什么，我不说话，只静静听她说。有时，只要听着，就好了。

哦，快下雪了，一下雪，雪就把山全封住了。

鹿也看不见啦，熊也看不见啦，一个人也看不见啦。

我就在家烤烤火，烤着烤着，雪也就化了。

她说到这儿，独自微笑起来。然后，拎起她的桦树皮篮子和红塑料桶，蹒跚着下山。走两步，她忽然折回头，很认真地对我说，姑娘，你是个好人，我会记住你的。

每棵草都有每棵草的花期，哪怕是最不起眼的牛耳朵，也会把黄的花，藏在叶间。开得细小而执着。

每一棵草都会开花

去乡下，跟母亲一起到地里去，惊奇地发现，一种叫牛耳朵的草，开了细小的黄花。那些小小的花，羞涩地藏在叶间，不细看，还真看不出。我说，怎么草也开花？母亲笑着扫过一眼来，淡淡说，每一棵草，都会开花的。愣住，细想，还真是这样。蒲公英开花是众所周知的，黄灿灿的，像小菊花。即便结果了，也还像花，白白的绒球球，轻轻一吹，满天飞花。狗尾巴草开的花，连缀在一起，就像一条狗尾巴，若成片，是再美不过的风景。蒿子开花，是大团大团的……就没见过不开花的草。

曾教过一个学生，很不出众的一个孩子，皮肤黑黑的，还有些耳聋。因不怎么听见声音，他总是竭力张着他的耳朵，微向前伸了头，作出努力倾听的样子。这样的孩子，成绩自然好不了，所有的学科竞赛，譬如物理竞赛、化学竞赛，他都是被忽略的一个。甚至，学期大考时，他的分数，也不被计入班级总分。所有人都把他当残疾，可有，可无。

他的父亲，一个皮肤同样黝黑的中年人，常到学校来看他，站在教室外。他回头看看窗外的父亲，也不出去，只送出一个笑容。那笑容真是灿烂，盛开的野菊花般的，有大把阳光栖在里头。我很好奇他绽放出那样的笑，问他，为什么不出去跟父亲说话？他回我，爸爸知道我很努力的。我轻轻叹一口气，在心里。有些感动，又有些感伤。并不认为他，可以改变自己什么。

学期要结束的时候，学校组织学生手工竞赛，是要到省里夺奖的，这关系到学校的声誉。平素的劳技课，都被充公上了语文、数学，学生们的手工水平，实在有限，收上去的作品，很令人失望。这时，却爆出冷门，有孩子送去手工泥娃娃一组，十个。每个泥娃娃，都各具情态，或嬉笑，或遐想，或跳着，或打着滚，活泼、纯真、美好，让人惊叹。作品报上省里去，顺利夺得特等奖。全省的特等奖，只设了一名，其轰动效应，可想而知。

学校开大会表彰这个做出泥娃娃的孩子。热烈的掌声中，走上台的，竟是黑黑的他——那个耳聋的孩子。或许是第一次站到这样的台上，他神情很是局促不安，只是低了头，羞怯地笑。让他谈获奖体会，他嗫嚅半天，说，我想，只要我努力，我总会做成一件事的。刹那间，台下一片静，静得阳光掉落的声音，都能听得见。

从此面对学生，我再不敢轻易看轻他们中任何一个。他们就如同乡间的那些草们，每棵草都有每棵草的花期，哪怕是最不起眼的牛耳朵，也会把黄的花，藏在叶间。开得细小而执着。

生命中，总有一些要消失，总有一些要重新开始。我们能做的，也只是坚守着自己的坚守。能坚守多久，就坚守多久。

红绸伞

用了没多久的一把红绸伞，坏了，一支骨架断裂。

这把红绸伞，是去秋在西湖边上买的。卖伞的女子很温润，她说，纯手工制作的呢。你看，这上面的一圈花，是一针一线绣上去的呀！

我对纯手工制作的东西，向来难抵诱惑，那上面，浸染着手底的情意和温暖。买，自然买。

我其实，还暗暗有着另一层欢喜——西湖是因一把小伞而天长地久的。当年的白蛇，修炼成人形后，是撑着这把小伞，相遇到她的爱情的。带着甜蜜，带着无限向往，痴情的白蛇，一头坠进红尘里。

可是，再好的爱情，跌落到红尘中，也会被慢慢磨去光泽。都说许仙是因耳朵根子软，上了法海的当，才导致白蛇最后被压雷峰塔下。我以为，真相不是这样的。真相是，一日一日，她在他身侧，早已褪去神仙的光环，变成俗世里的庸常。他日益淡了爱的心，也有了磕绊与不相让。这个时候，若不是法海，是别个什么人，对他说上三两句似是而非的话，针对他的娘子。他面上或许也争辩，但心里，是留着暗影的——他已不全信她。哪像热恋的当初，他宁肯背叛全世界，也要与她好。好是样样都好，是十全十美，没有半点质疑的，怎会相信她是蛇变的！又怎会被法海骗去金山寺！

他终究，不过是凡俗中一个极凡俗的男人罢了，自私，懦弱，没有担当。她的情，托付错了人。断桥相遇，可怜她还一声断肠，相公啊！千年的红伞还在，不知多少男人，为之羞愧脸红呢。

停箸，与那人玩笑，我说，若我是白蛇变的。

那人断喝一声，吃你的饭吧，你满脑子都在瞎想什么呢！一只鸡腿，随即到了我碗里，他用它，来塞我的嘴。

不知为什么，要感动。我傻傻地看着眼前这个人，有了要与他山盟海誓的冲动。我说，下辈子，下下辈子，再下下辈子，你也要记得来找我啊。

我会撑着一把红绸伞的。

我满大街去找修伞的。

记忆里，修伞的师傅是背着工具下乡的。还有修碗的，磨剪刀的，挑货郎担的，拍照的，弹棉花的，放电影的，爆米花的……

偏僻乡野，因这些人的到来，总能引起一阵轰动。节日般的喧腾。

他们打哪儿来的呢？这是我小时候顶好奇的事。在我的眼里，他们好像是庄稼，就那么从远处的田埂边冒了出来，棵棵饱满葱茏。田埂的尽头，连着别的村庄。别的村庄外，还是村庄。

喜欢，真喜欢呀。觉得田埂尽头，肯定有口大魔术袋，总能从里面变出一些新的人来。

修伞的师傅一来，家家都找出笨笨的油纸伞。这把骨架断了，那把油纸破了。有的伞都破旧得不成样了，跟一堆烂树皮似的。那家人，居然也抱着它，让修伞师傅修。

修伞师傅是个着蓝衫的中年男人，他总是好脾气地笑笑，说，放下吧。

他在村口的一棵大槐树下坐定，取出工具。他的脚跟边，很快堆满了受伤的伞。旁边围一圈人，一边谈笑，一边看他做活。

到太阳落山，家家户户都能拿回修好的伞了。修伞师傅擂擂酸疼的腰，站起来，笑笑的，额发上落着夕照的金粉。

我们小孩争着去打伞。祖母不让，祖母骂，好好的天，打什么伞！她小，她小心收叠起那把油纸伞。

我开始盼下雨，好撑着这把修好的伞，在雨中走。我在一条旧的小巷子里，终于找到修伞的。

一个腿脚不便的老人，他还兼修锁和鞋子之类的。大多数时候，他少有活干，也只是拨弄着几双捡来的破球鞋，给这双鞋添上一行针脚，给那双鞋打上一块补丁。打发时光罢了。是打小就吃这碗饭的，这一吃，就是五十多年。

丢不开了，一天不出来摆摊儿，心里就空得慌，老人絮絮叨叨地告诉我。

这已不单纯是一门手艺了。这俨然成了老人生命的一部分，就跟老人身上的一根肋骨似的。一辈子只忠诚于一件事，相伴成老友，相伴成生命，也是一种了不得的坚守吧。我看着老人，心生敬意。

老人对我的到来，很是欢喜和感激，忙不迭地摊开工具。他说，现在的人啊，早已不在乎这个了，坏了，就扔掉，重买一把新的。

是啊，谁还会捧一把破伞，满大街找着修呢。

生命中，总有一些要消失，总有一些要重新开始。我们能做的，也只是坚守着自己的坚守。能坚守多久，就坚守多久。

老人慢慢修。我慢慢等。路过的人，都在那里停一停，看看我们。像看风景。

这是这个世间，最后的风景了。

你对我说过的话，我都记着。我对你说过的话，也望你能记着。不相忘，便是人世间最深的情、最真的好。

秋未央

秋来了，谁先知道？是乡下的稻谷。是果园里的果树。是河畔的苇和蒲。是屋旁的银杏。我在阳台上晾衣裳，稍一探头，就与那棵银杏打了个照面，满树的叶虽还青绿着，但脉络间已描上秋的金黄的影。

秋未央。这个时候季节的丰盈，无可比拟。所有的果实都开始丰满，连雨水也是，风也是。还有白天的云彩，晚上的月亮和星星，无一不是丰衣足食的好模样。我以为，一年最好的时光不是春归处，而是橙黄橘绿时。

人很有口福了。桃不喜吃了，就吃梨。梨不喜吃了，就吃葡萄。葡萄不喜吃了，就吃苹果。瓜果们排着队，等着采摘的手来垂爱，每一只都是饱满的、浑圆的，裹着香，藏着甜。人爱用“瓜果飘香”来形容这个季节的好，这真是再贴切不过，光念念，就唇齿绕香。

狗尾巴草站在路旁傻笑，缀满全身的籽再也撑不住，“噗”一声，掉下几粒来。来年，它的脚下必是一地繁茂，它踌躇满志意气风发。想想吧，谁有它足迹宽广儿孙满堂？凡是有泥土的地方，都能见到它。它在屋角下的一只破瓦盆里。它在人家屋顶上的瓦楞间。它在高高的纳木错湖畔。它在巍峨的泰山脚下。这世上，没有它到不了的地方。古人赞，野火烧不尽，春风吹又生。那里面，断断少不了它。

这个时候，一定还有很多种子，悄悄躲入地里，埋下来年的希望和葱茏。像风潜入池塘。像雾霭潜入黑夜。春天里一页花红，一页柳绿，再一页草长莺飞，哪一页不是它早就描摹出的模样？

花已开到深深处。菊是不消说的，浓妆艳抹，华丽殷实。学校教学楼旁的凌霄花，攀在一棵树上，登高望远，举着一蓬的橘红，恨不得把花一朵一朵插到云里去。紫薇开得有些急不可耐。你要它一朵一朵地轻濡慢染？不，不，那太慢了。它干脆提了颜料桶，这里浇上一勺，那里泼上一瓢，于是乎，这里一大团粉红，那里一大团蓝紫，再来一大团象牙白。簇簇的，惊心动魄。

木槿则开得比较文静，不疾不徐。我上班的路上，经过一条河，河边植有两株木槿。我从那里来来去去无数趟，见到的都是满枝的绿叶中间，静静立着几朵粉紫的花，骨骼清秀，天荒地老的样子。我查过资料，知这种花朝开暮落，今日眼中所见之花，已非昨日之花。但它却有层出不穷的本事，这朵息了，那朵接着开，从六七月的盛夏，一直开到秋深。《诗经》里有“颜如舜华”之句，把一女子比作木槿。我想，好女子当如木槿吧，不单相貌俊美，而且遇事能够温柔地坚持。

电话响，接起，那头劈头盖脸就问，你们说过要到我家来吃石榴的，什么时候来啊？

怔怔半晌，方想起那头是谁。还是春天的时候，和几个朋友去乡下采风，进一户农家，院子里有石榴树，红灯笼似的小花朵，挂满枝枝丫丫。我们几个兴奋地围着拍照，末了，跟那家的女主人说，等石榴熟了，我们来吃。女主人相当高兴，记下我的手机号，说，到时你们一定要来啊。

我早已把这个约定忘记，她却郑重地记着，隔了百十里的路，给我打来电话，说，入秋了，我家院子里的石榴红了。

为这一句，我感动得半天无言。你对我说过的话，我都记着。我对你说过的话，也望你能记着。不相忘，便是人世间最深的情、最真的好。

甜美的东西，是要珍惜着的，是要慢慢消化着的。不然，就是莫大的辜负。

染教世界都香

秋风吹了几吹，桂花也就开了。

每年，她都是如此守时。不管你有没有在等，不管你有没有把她放在心上，她都会来，只为赴她自己的约。

她来，是高调着的，霸气着的。是锣鼓齐鸣着的，沸沸扬扬着的。她就是她的小宇宙。

没有人会嫌恶了她的高调。谁会呢！人家的底气在那儿摆着呢，不过一两枝花开，就能“染教世界都香”。

香是香得风也打着转转，醉醺醺不知往哪儿吹。我和那人，沿一条河边大道，慢慢走。桂花的香和甜，在身边缠绕不休。我们走到东，她跟到东。我们走到西，她跟到西。我们走到一座桥上去，她竟也跟到桥上去。像个懵懂可爱的孩童，抓一支蘸满香料的笔，逮到什么涂什么，想涂抹出一个她的世界来。你拿她是一丁点办法也没有的。也只好纵容着她，宠溺着她，任她爬到你的身上，乱涂乱画。哪一笔里，不是香和甜哪！是初入尘世的天真和好。

夜色被桂花香浸着泡着，越发醇厚。河里偶有船只驶过，呜呜响着。船头的灯，如萤火。我微笑地看着它驶过我的身侧。它是否载了一船的桂花香而去？辛苦的奔波里，拌了这样的花香，也算是慰藉是奖赏了。

虫鸣声变得轻柔，不知它们躲在哪一棵树的后面。它们喁喁着，很懂事的，生怕惊扰了什么。没到月半，月亮还不是很圆满，却更显得静美。像开到一半的白莲花，浮在靛青色的夜幕上。有人从身边走过，他们携来一阵香风，又携走一阵香风。我和那人，有一句没一句地说着些话。一切都好到不能再好，天地是。万物是。人是。情绪像鼓胀起来的风帆，意气风发，只想破浪劈涛，朝着远方航行去。

这样的时光，真真叫人舍不得。像小时候品尝那难得的一块麦芽糖，或是月饼，小心地捧在掌心里，傻傻地笑着、看着，快乐在心里冒着泡泡，舍不得动口去咬它。怕一下口，就把它给咬没了。

想来小时也就知道，甜美的东西，是要珍惜着的，是要慢慢消化着的。不然，就是莫大的辜负。

那人对着夜空，深深呼吸一口，再深深呼吸一口，叹道，真好啊。

是啊，真好啊。一年有这样一场桂花开，人生里，也就多出许多的不舍来。纵使遇着这样的不顺、那样的艰难，仍有这般的好时光，它不会负你。活着，也便值了！

拥有了那样一颗芬芳的心，再糟糕的人生，也会安然走过来的吧。

买得一枝花欲放

六七月的天，在街上走，常常能碰见卖栀子花的。

乡下妇人，篾篮子提着，里面躺着一朵一朵的稠白。为保新鲜，每朵花上，都刚喷了水。绿枝横陈，花朵雀跃其上，水灵鲜活，仿佛就要从篮子里蹦出来，由不得你不心动。

每遇见，我心里总是一喜。我喜欢这卖花的妇人，我想象着她的家，几间简单的小瓦房，房前长一两棵栀子。她养鸡养羊，种着一地的庄稼，日子里，有着辛苦劳碌。可是，却有花在房前，不息地开着。

每日里，她走过花树旁，总要停上一停、看上一看。哦，这一朵开了。哦，那一朵也开了。笑容慢慢爬上她的脸，微风拂过，她的心里，装满香香的高兴。终于，满树的花都开得差不多了，她一枝一枝，细心地剪下来，提到街上来卖。她不是卖花，她是卖香、卖欢喜。

我买一枝栀子带回，放水碗里，或插玻璃瓶子里，清水供养着，就好了。过后，我忙着我的事去，把花的事给彻底忘了。却在不经意一抬头的刹那，有花香扑过来，猛地亲我一口。我一愣神，笑了，记起自己买过栀子的。

有一回，我放水碗里的栀子，沸沸开过一阵后，萎了，我扔掉它，忘了倒水碗中的水，那水碗就一直搁在那儿。那之后，我每回进厨房，总会闻见一阵花香。我奇怪着，哪里来的花香？四处去找，最后发现了，原来是从那只水碗中散发出来的。花虽离去，水却还痴痴保留着花的体香。这个发现，让我惊喜了好久。

初夏，去广东，在一个小城逗留。小城看上去很旧、很凌乱，我在街上走着，想着尽早把事情办完才好。这时候，一乡下农人，担着一担的荷和莲蓬，晃晃悠悠地迎面走过来。他走过一棵木棉树，再走过一墙的爬山虎，阳光的碎影，映在他身上，映在那些花朵上，波光粼粼的。那画面，让我倾倒。我瞬间对那个小城，无比好感起来。

我问那个农人买了一枝荷。他说，插水里面，能开好长时间呢。黑瘦的脸上，笑露出两排洁白的牙。我点头，微笑。后来，我擎着这枝荷去赶火车，几千里路带回，它居然还是鲜活的。我把它插书桌上的玻璃瓶子里，它开了半月有余，也才谢了。

去福建，拥挤的街头，嘈杂的闹市口，热气蒸腾。有山里汉子倚一堵墙而坐，他的跟前，搁着一只红塑料桶，桶里面插满了野姜花，朵朵含苞欲放。卖花的汉子说，山上的，刚采的。一街的腾腾热气，就那样迅速散去，眼前只剩下那一朵一朵的野姜花，带着山野清凉的气息。一衣着简朴的青年人，路过，在花的跟前停下来，他低头看着那些花，犹豫了一会儿，买了一束，捧在胸前。那一刻，卖花的，买花的，俱美好。

曾在一本书里，看到过一句话，记在心上了：哪怕你口袋里穷得只剩下一文钱，你也要花半文钱去买枝花，芬芳你自己。我想，拥有了那样一颗芬芳的心，再糟糕的人生，也会安然走过来的吧。

仙人掌不哭泣/因为泪水对它来说/十分十分珍贵/它要用它浇灌心灵/还要用它滋养身体/好使它卑微的生命/也能开出美丽的花朵

仙人掌不哭泣

童梦弟搬来我家隔壁住的时候，手里托着一盆仙人掌。

我家隔壁，是两间老式平房。门前铺着细细的条砖，砖缝里长草，也冒出一朵两朵的小黄花。原主人买了新房，搬走了，两间平房，做了出租用。

初秋的天，薄凉。雨飘得细细密密。砖缝里的小黄花，在雨里瑟瑟。童梦弟却穿着一条超短裙，裸露着修长的双腿。她跟着房主，一路走，一路笑，浑身洋溢着与初秋的雨，颇不协调的欢喜。那份欢喜，如同云罅中的光亮，晶莹剔透。让人的心，忍不住雀跃。

她住下后不久，就来拜访我，送我一盆仙人掌。“我妈说过，邻居好，赛金宝。”她笑，笑得灿若春花。唇红齿白，青春逼人。“姐姐，这个很好长的，你不用怎么理它，它也能长得很好。”她指着仙人掌对我说。并告诉我，她的老家，家家都长这个。哪里碰伤了，用它的汁搽搽就好了。

这便相识了。院门外遇见，她总是脆声声地跟我打招呼，一口一个姐地叫我。脸上，始终如一的，是花开般的笑容。

她做的工作，很杂。我在街上遇见过几次，一次她在路口散发传单，怀里搂着一大捧彩印的广告。一次在商场门口，临时搭建的舞台上，她又唱又跳的，为商场促销搞宣传。还有一次，我在路边的地摊上碰到她，她在吆喝着卖一些廉价的棉袜子。青春的脸上，挂一抹花开般的笑容。即使在满大街的芜杂之中，那笑容，也没有丢失掉一点点。

童梦弟说:“我想攒多多的钱呢，我要攒钱寄给家里。我还要攒钱买房子，和我喜欢的人在一起，过一辈子。”这是童梦弟的理想生活，很寻常，亦很动人。这个时候，我们已经很熟了。我约她来我家里喝茶，新沏的茉莉花茶。她手里捧一团毛线过来，手指在棒针上，上上下下，上上下下，不停地编织。那是外贸加工的线衣，织一件，可换十五元的手工费。

听她说起她的老家贵州。深山老沟里。开门看到的全是石疙瘩。能见到土的地方，都被他们开垦出来，种上土豆，种上苞谷。她上面有一个姐姐，下面有三个妹妹。父母盼男孩，给她取名梦弟。她的妹妹分别叫盼弟、招弟、来弟。“名字很俗气，是吧?”她低了头问我，吃吃笑。“不过，我很喜欢，因为，这是我妈给取的。”她复又说。

她的姐姐在12岁上，得病没了。她成了家里最大的孩子，书只念到小学三年级，就回了家。她要带妹妹，要帮父母干活，尽管，她那么喜欢念书。

在她13岁那年，母亲得了一种奇怪的病，全身浮肿。家里没钱送母亲去大医院，两个月后，母亲走了。“要是我那时能挣钱，我妈就不会死了。”她说到这里，有些自责，脸上的笑容黯淡下来，好长时间没再言语。唯有十指，在棒针上，上上下下，上上下下，舞得人眼花缭乱。

15岁，她跟了村里人出来打工。做过保姆，在饭店端过盘子，做过化妆品推销员。最穷困潦倒时，她捡过人家丢弃的食物吃，睡过桥洞。她辗转过不少城市，这让她骄傲。“简直就是免费旅游呀。”她笑了，有些得意地晃了晃头。更让她骄傲的是，她挣的钱，不但养活了她的家人，而且还让她的妹妹们都有书读。现在，她最大的妹妹盼弟，已读大二了。“她成绩很好的，也能自己挣钱给自己花了。”日子苦尽甘来，童梦弟显得很知足。

童梦弟唯一的遗憾，是书读得少了。她梦想有一天，能读大学。她买了不少的书，自学。还买了钢笔字帖，练字。有次，她拿了她练的字来给我看，我看到上面写着一首拙朴的小诗，题为《仙人掌不哭泣》：

仙人掌不哭泣
因为泪水对它来说
十分十分珍贵
它要用它浇灌心灵
还要用它滋养身体
好使它卑微的生命
也能开出美丽的花朵

我好奇地问她：“谁的诗?”她不好意思地笑了，告诉我，是她写的。我惊叹，我说童梦弟，你都可以成为诗人了。她听了很开心，一再向我道谢，仿佛我给了她什么恩赐似的。

这之后，每隔一两天，童梦弟会拿了她的新作来，给我看。那些诗，虽稚嫩，却充满灵气，清新得如同乡村野地里的小野菊。她羞涩地说，她正在学着投稿，等她挣到第一笔稿费，一定请我吃饭。

有一段日子，我很少见到童梦弟。隔壁的门，整日整夜地关着。要不是晾衣绳上，晾着一件她的黑裙子，要不是窗台上，摆放着她长的两盆仙人掌，我会疑心，我的隔壁，根本不曾有人来住过。

再见到童梦弟，秋已深了。平房前，砖缝里的小草和小黄花们，都萎了。她来敲我的门，穿一件绛红色线衣，素妆，笑容恬淡，有点像邻家女孩。她问我有没有葱。她说："我想学做扬州炒饭呢。"她站在黄昏下，黄昏的金粉，洒她一身。

我问她这些日子去了哪里。她只管抿了嘴笑，后来才告诉我，她和一个人，回了她的老家一趟。

原来，她爱了。之前，她在另一个城，已有一份稳妥的工作。某天，她遇到他，她放弃了好好的工作，从别的城，一路追奔到我们这里来。只因为，他家住在这里。

我给了她一把葱。不一会儿，她端一碗扬州炒饭来，请我尝。我尝一口，赞："味道真不错，像正宗的扬州炒饭呢。"她眼睛亮亮地看着我，欢喜地问："真的？"

她喜欢的那个人，是最爱吃扬州炒饭的。"他祖上是扬州的呢，他曾祖父，还在扬州做过官呢。"她说起他来，眉眼里，全是笑。

几天后，我看到一个男人，开始出入她的小屋。男人模样一般，举止倒也温厚。他帮童梦弟晒被子，在晾衣绳上，一遍一遍扑打上面的尘。童梦弟则去菜场，买回一堆菜，一头钻进厨房里，忙得油烟四溅。他们隔着一些尘和油烟说话，让人望得见最凡俗的幸福。

转眼，冬了。第一场冬雪降临，总是叫人惊喜的。不过是在眨眼之间，树白了，屋子白了，路白了，整个世界，都白了。人仿佛，也是一个雪白的人了。我找出相机，去叫童梦弟出来一起拍雪景。门敲了许久，童梦弟才来开门，身上裹一件毛毯，凌乱着一头长发。

我一眼瞥见，她的眼窝底，有深深的泪痕。正诧异着准备询问，她的脸上，早已换上笑容，花开一般的。她说："姐，你等我一下啊。"转身冲进房内，再出来，她已换了装，上身套一件红色外套，脚上蹬一双红色雪地靴，脸上施了薄粉，长长的头发，挽在脑后。人像一朵红梅了。

我是在一些天后才得知，那时，童梦弟已怀上男人的孩子，而男人，却不能接受她了。男人的父母一直不同意男人与她交往，尽管她做出种种努力。她给他父母织线衣，一件一件，从上衣，织到毛裤。她去他家，小保姆似的，里里外外忙着打扫。隔三岔五的，她会买了他父母爱吃的糕点，送过去。她甚至托父亲，做了贵州特产——熏肉，打包寄过来，让他父母品尝。他们还是不能接纳她，嫌她是外地的，嫌她家穷，嫌她没文凭。男人在父母的安排下，去相亲，很快与一本地女孩开始交往。她选择了放手，关在屋子里，独自疗伤。自始至终，她都没有告诉男人，怀上孩子的事。

腊月底，空气中到处弥漫着一股甜蜜，家家户户都着手准备过新年了。童梦弟来跟我告别，她把窗台上的两盆仙人掌，捧过来送给我。她说她要去别的地方，不会再到这里来了。她说有机会，她很想去读书，在漂亮的校园里漫步。她说她会活得好好的，找到一个真正喜欢她的人，一起过一辈子。她说这些时，脸上始终挂着花开般的笑容。

我问她："恨他吗？"她笑着摇摇头，说："不。就当是我不小心，碰伤了皮，用仙人掌的汁，搽搽就好了。"

新年过后，我隔壁那两间老式平房里，很快搬来新的租客，是一对做生姜生意的年轻夫妇。清晨，他们一起推了拖车，去卖生姜。晚上，他们一起拉着拖车回家，一起做饭，隔着一些尘和油烟，大着嗓门说笑。他们总使我想起童梦弟，她的理想生活，就是这样的。

这个时候的阳光，浑身像装上了铃铛，一路走，一路摇着，活泼的，又是俏皮的。

醉太阳

天阴了好些日子，下了好几场雨，甚至还罕见的，飘了一点雪。春天，姗姗来迟。楼旁的花坛边，几棵野生的婆婆纳，却顺着雨势，率先开了花。粉蓝粉蓝的，泛出隐隐的白，像彩笔轻点的一小朵。谁会留意它呢？少有人的。况且，婆婆纳算花么？十有八九的人，都要愣一愣。婆婆纳可不管这些，兀自开得欢天喜地。生命是它的，它做主。

雨止。阳光哗啦啦来了。我总觉得，这个时候的阳光，浑身像装上了铃铛，一路走，一路摇着，活泼的，又是俏皮的。于是，沉睡的草醒了；沉睡的河流醒了；沉睡的树木醒了……昨天看着还光秃秃的柳枝上，今日相见，那上面已爬满嫩绿的芽。水泡泡似的，仿佛吹弹即破。

春天，在阳光里拔节而长。

天气暖起来。有趣的是路上的行人，走着走着，那外套扣子就不知不觉松开了，——好暖和啊。爱美的女孩子，早已迫不及待换上了裙装。老人们见着了，是要杞人忧天一番的，他们会唠叨："春要捂，春要捂。"这是老经验的，春天最让人麻痹大意，以为暖和着呢，却在不知不觉中受了寒。

一个老妇人，站在一堵院墙外，仰着头，不动，全身呈倾听姿势。院墙内，一排的玉兰树，上面的花苞苞，撑得快破了，像雏鸡就要拱出蛋壳。分别了一冬的鸟们，重逢了，从四面八方。它们在那排玉兰树上，快乐地跳来跳去，翅膀上驮着阳光，叽叽喳喳，叽叽喳喳。积蓄了一冬的话，有的说呢。

老妇人见有人在打量她，她不好意思地笑了，先自说开了："听鸟叫呢，叫得真好听。"说完，也不管我答不答话，继续走她的路。我也继续走我的路。却因这春天的偶遇，独自微笑了很久。

一个年轻的母亲，带了小女儿，沿着河边的草坪，一路走一路在寻找。阳光在她们的衣上、发上跳着舞。我好奇了，问："找什么呢？"

"我们在找小虫子呢。"小女孩抢先答。她的母亲在一边，微笑着认可了她的话。

"小虫子？"我有些惊讶了。

"我们老师布置的作业，让我们寻找春天的小虫子！"小女孩见我一脸迷惑，她有些得意了，响亮地告诉我。

哦，这真有意思。我心动了，忍不住也在草丛里寻开了，小蜜蜂出来了没？小瓢虫出来了没？甲壳虫出来了没？小蚂蚁算不算呢？

想那个老师真有颗美好的心，我替这个孩子感到幸运和幸福。

在河边摆地摊的男人，不知从哪儿弄来一些银饰，摆了一地。阳光照在那些银饰上，流影飞溅。他蹲坐着，头稍稍向前倾着，不时地啄上一啄，——他在打盹。听到动静，他睁开眼，坐直了身子。我拿起一只银镯问他："这个，可是真的?"他答:"当然是真的。"言之凿凿。

我笑笑，放下。走不远，回头，见他泡在一方暖阳里，头渐渐弯下去，弯下去，不时地啄上一啄，像喝醉了酒似的。他继续在打他的盹。春天的太阳，惹人醉。

风从这边吹过来，从那边吹走，月光的羽毛飞起来。这个时候，再坚硬的线条，也会变得柔软。

晒月亮

那真的是一泻千里漫山遍野呀，奶油样的，听得见汩汩流动的声音。远处的田野、小径，近处的树木、房屋，都开始了月光浴。白天的喧嚣与燥热被涤荡得干干净净，植物们在月下甜蜜地呼吸，脉脉含情。虫们在叶间欢天喜地唱着歌。露珠儿悄悄滴落，沁凉的，清香的。这个时候的乡村，格外宁静。

竹床，长凳，门板，被早早地搁置到苞谷场上。月亮升起来的时候，村人们都聚拢过来纳凉。人人手中一把蒲扇，坐着或躺着。风从这边吹过来，从那边吹走，月光的羽毛飞起来。这个时候，再坚硬的线条，也会变得柔软。

小孩子们可以缠着大人讲故事。我们最喜欢缠的人是邻居二伯，他仿佛有一肚子的故事。二伯长相挺“凶”，一脸麻子，还瞎了只眼。平时一个人过，住在两间草棚里。大白天我们看到他，都绕道走。但到了有月亮的晚上，他的脸上，却奇迹般一片柔和，甚至有些慈眉善目，我们都不再怕他。

二伯见到我们缠他，颇为得意。总是卖关子似的轻咳一声，再咳一声，说，从前哪。然后就停顿下来。我们急啊，追问，是从前有只狐么？二伯笑着不吭声，只把那把破蒲扇摇来摇去，像拈花而笑的佛了。

于是有聪明伶俐的孩子，赶紧上去帮他扇扇子，还有的孩子去帮他敲背。他很是享受地微闭着眼，笑对其他人语，谁说我无儿无女的日子不好过的？瞧瞧，我有这么多孩子呀。大家便哄笑，说，你好福气。

月亮饱满，像怀了无限甜蜜的女子，深情款款。二伯的故事讲开了，是我们百听不厌的狐故事。故事自然说的是很久很久以前的从前，说有一个赶考的书生，在半路上救了一只掉进陷阱的狐，那是只成了精的女狐呀，一下子爱上书生了，就一路尾随了书生去赶考。在书生就要赶到京城时，书生突遇强人，遭到抢劫，差点丢了性命。狐便化成女子，日夜悉心照料他。书生伤好后，就和狐结成了夫妻。后来，狐妻助书生考上状元。

故事说到这儿，很圆满了。我们满足地叹气。星光下，我们想象着那只美丽的狐狸，希望自己也能遇到一只。或者，自己就是那样一只狐狸。

一旁的祖母，蒲扇在手上摇得可有可无，眼睛，早就闭上了。我们这才发现，已是下半夜了。木板床上有鼾声响起，月亮渐渐偏西了，是情深意长的一个回眸。我们的眼睛也不争气地粘上。母亲用扇子轻轻拍我们，该回屋睡去啦。邻居二伯显得意犹未尽，说，明天再来听二伯讲故事呀，二伯一定给你们讲一个更好听的。

我们打着哈欠，嘴里面应着好，一脚高一脚低地往屋子里走，披一身一肩的月光。回到屋里，人刚一沾上床，就进入梦乡。梦里，摇晃着一个大大的月亮，月亮下，跑着一只漂亮的狐，白色的毛，雪一样的……

多年过去，故乡的月亮一直在我的心头亮着，我找不到很好的词汇来描述它。不久前，我在一篇文章里偶然看到“晒月亮”这个词，一下子像遇到知己般的，故乡夏夜里那明晃晃的月亮，原是供我们晒的呵。

这凡尘到底有什么可留恋的？原来，都是这些小欢喜啊：它们在我的生命里，唱着歌，跳着舞、活着，也就成了一件特别让人不舍的事情。

小欢喜

喜欢这样一种状态：太阳很好地照着，我在走，行人在走，微笑，我们对面相见不相识。心里却萌生出浅浅的欢喜，就像相遇一棵树、相逢一朵花。

路边的热闹，一日一日不间断。上午八九点的时候，主妇们买菜回家了，她们蹲在家门口择菜，隔着一条巷道，与对面人家拉家常。阳光在巷道的水泥地上跳跃，小鱼一样的。我仿佛闻到饭菜的香，这样凡尘的幸福，不遥远。

也总要路过一个翠竹园。是街边辟开的一块地，里面栽了数杆竹，盖了两间小亭子，放了几张石凳石椅，便成了园。我很爱那些竹，它们的叶子，总是饱满地绿着，生机勃勃，冬也不败。某日晚上路过，我透过竹叶的缝隙，看到一个亮透了的月亮，像一枚晶莹的果子，挂在竹枝上。天空澄清。那样的画面，经久在我的脑海里，每当我想起时，总要笑上一笑。

还是这个小园子，不知从哪天起，它成了周围老人们的天下。老人们早也聚在那里，晚也聚在那里，吹拉弹唱，声音洪亮。他们在唱京剧。风吹，丝竹飘摇，衬了老人们的身影，鹤发童颜，我常常看得痴过去。京剧我不喜欢听，我吃不消它的拖拉和铿锵。但老人们的唱我却是喜欢的，我喜欢看他们兴高采烈的样子，那是最好的生活态度。等我老了，我也要学他们，天天放声歌唱，我不唱京剧，我唱越剧。

路走久了，路边的一些陌生便成熟悉。譬如，拐角处那个卖报的女人，我下班的时候，会问她买一份报，看看当天的新闻。五月，她身旁的石榴树，全开了花，一盏盏小红灯笼似的，点缀在绿叶间，分外妖娆。我说，你瞧，这些花都是你的呀。她扭头看一眼，笑了。再遇见我，她会主动跟我打招呼，送上暖人的笑。有时我们也会聊几句，我甚至知道了，她有一个女儿，在读高中，成绩不错。

还有一家花店，开在离我单位不远的地方。花店的主人，居然是个男人，看起来五大三粗的。男人原是一家机械厂的职工，机械厂倒闭后，男人失了业。因从小喜欢花草，他先是在碗里长花，阳台上长一排，有太阳花，有非洲菊，有三叶草。花开时节，他家的阳台上，成花海。左邻右舍看见，喜欢得不得了，都来问他讨要。男人后来干脆开了一家花店，买了一些奇奇怪怪的小花盆，专门长花草。那些小花盆里长出的花草，都一副喜眉喜眼的样子，可爱得很。看他弯腰侍弄花草，总让人心里生出柔软来。我路过，有时会拐进去，问他买上一盆两盆花，偶尔也会买上几枝百合回家插。他每次都额外送我几枝满天星，说，花草可以让人安宁。真想不到这样的话，是他说出来的。一时惊异，继而低头笑，我是犯了以貌取人的错的。我捧花在手，小小的欢喜，盈满怀。

也在路边捡过富贵竹。是新开张的一家店，门口祝福的花篮儿，摆了一圈。翌日，繁华散去，主人把那些花篮，随便弃在路边。我看见几枝富贵竹，夹杂在里头，蔫头蔫脑的，完全失了生机。我捡起它们，带回家，找一个玻璃瓶插进去。不过半天工夫，它们的枝叶，已吸足水分，全都精神抖擞起来。

再隔几日，那几枝富贵竹，竟冒出根须来。隔了一层玻璃看，那些根须，很像银色的小鱼。我把它们放在我的电脑旁，无论我什么时候看它们，它们都是绿莹莹的。这捡来的一捧绿，让我心里充满感动和快乐。

曾经我想过一个问题：这凡尘到底有什么可留恋的？原来，都是这些小欢喜啊。它们在我的生命里，唱着歌，跳着舞。活着，也就成了一件特别让人不舍的事情。

人生的得与失，总是相对应而存在，焉知有时不会逢着意外的欢喜呢？

半日春光

跑去宜兴看溶洞。结果发现，溶洞自然是好看的，更好看的却是，那里的春光。

从张公洞出来，已是午后。我和那人本来是要去陶祖圣境的，那是在网上购得的联票。景区一小服务员，大概没去过那里，见我们发问，随口对我们说，不远的呀，走上十五分钟就到了。

信了她的话，我们兴冲冲奔着陶祖圣境而去，路却越走越远。路上少有行人，偶有路过的车辆，呼啸着驶过去，留下一片静。好不容易逮住一骑车人，问，陶祖圣境还有多远？那人小愣了半天，很有些惭愧地说，不知道呢。

我们猜测着种种可能性，或许我们方向搞错了。又或许这个景点，很小，很不出色，连当地的白姓郡不知道。心里却不急，走走停停，停停走走，满眼都是春天的好景色，足够我们赏玩的了。能开花的树，都擎着满满当当的一树花，云蒸霞蔚着。桃红柳绿间，不时还会跳出一撮或几撮的金黄来，冒冒失失的，如同率性的孩子，满地撒着欢打着滚，把金黄的颜色，染得满头满脸。那是油菜花。静的世界，被它搅动得喧闹欢腾。不远处，青山如淡墨轻染。如果看到水，则更动人了，水边红花朵黄花朵，朵朵生动。多好，多好啊。我们走着看着，看着走着，竟忘了此行的目的，眼睛被染得五颜六色，心被染得五颜六色。

竹多。人家的家前屋后，都是。山上山下，都是。不由得想起《诗经》中的“瞻彼淇奥，绿竹猗猗”之句。用“猗猗”来形容这宜兴春天的竹子，真是再贴切不过了，又茂盛又美好。

遇见卖竹笋的，是两个当地农妇。她们的脚跟边守着一堆新鲜的竹笋，一只只都胖乎乎的，饱满欢实得很。问问价钱，实在不贵，两块钱一斤。农妇黑红的脸上，满是笑意，说，买点儿？烧肉吃好吃呢。我们犹豫着，真想啊，但是走远路带不动哪。

她们便有些好奇，问，你们这是要去哪儿？

去陶祖圣境，我们答。

陶祖圣境？她们一时愣住，互相打听，有这个地方吗？后来一人终于悟道，怕是有西施洞的那个地方吧？还有好远的路呢，在山上呢，你们这么走着，是要走到天黑的。

你们就这么走着来的？她们不相信地问。

我们笑答，是啊，走着呢。

她们立即肃然起敬，哎呀，真不简单。一边为我们可惜着，你们怎么不在张公洞乘旅游1号的车呀？怎么就走这么远了？

心里面窃笑，且得意着，我们把你们的春天偷看了呢。

告别她们，我们继续前行。人家的房，都一副福气满满的样子，被花儿们左抱右拥着。或菜花。或桃花。或紫荆。或海棠。哪一种，都是全心全意一丝不苟地盛开着。柳枝飞扬。翠竹滴翠。远远近近的颜色们，各各占据一方，又相互交融。像绣娘摊开绣布，用滴着颜色的丝线，一针一针给绣出来的。无论黄，无论红，无论绿，无论紫，都鲜亮得叫人惊诧和惊叹。鸟儿的鸣叫，格外动听，含了香带了翠的，宛转在密密的竹林中、山坡上、花树间。

最终我们没去成陶祖圣境。太阳快落山的时候，我们搭上了从竹海开往宜兴的最后一班车。内心却无遗憾，因为我们相逢到这半日春光，偷得了浮生半日闲。人生的得与失，总是相对应而存在，焉知有时不会逢着意外的欢喜呢？我只从容地走着，等着。

假如，与亲情相约也能成为一种时尚，将有多少父母笑开颜啊。

品味时尚

是在突然间起了念头，要来个农家游的。

那日，闲来翻报，看到休闲时尚一栏，大幅的照片上，村庄田畴铺陈，阳光融融，人们笑脸灿烂。旁有文字介绍，说上海市民现在最时尚的生活，是去乡下吃农家饭、品农家菜、看农家景。

失笑不已，这样的时尚，我在一二十年前可是天天品味着的。

得了启示，休息日里，电话召集同样在外工作的弟弟，我说我们这次一起来个农家游可好?

两家人马，浩荡成一支团队，直往乡下——我们的老家扑去。慌张了我们的父母，他们站在屋前，手足无措地望着我们笑，问，乖乖啊，今天又不过年又不过节的，咋都回来了呢?

一笑，回他们，想你们了呗。话说完，脸暗自红，若不是受这时尚的农家游的启发，生活在城里的我们，平常日子里，哪里会想到父母?

父母冷清的小屋，因我们的到来而热闹。家里养的小黄狗也来凑热闹，老熟人似的，绕了我们的脚跟嗅。一只小羊跑来，站在门口，朝着我们好奇地张望。琥珀色的眼睛里，有着孩童般的温柔和天真。母亲介绍它像介绍她另外的孩子，母亲说，这是家里刚生的小羊，这小家伙聪明得跟人似的，我和你爸从田里回来，它都老远跑过去接。前些天，它吃了下过露水的草，泻肚子了，再给它湿草，它怎么也不肯吃了。

我们都以为奇，围着小羊拍照。暗喜不已，这样的“明星人物”，到哪里找？六岁的小侄子，更是抱着它，当了活玩具，喜欢得不肯松手了。

提了篮子，去地里摘菜蔬。初夏的天，地里的植物们，葱茏得不能再葱茏。瓜果多的是，香瓜梨瓜木瓜，比赛着结。——随便摘吧。蔬菜多的是，韭菜一垄一垄地绿着。还有小青菜，嫩得掐得出水来。黄豆荚也饱满得刚刚好，用韭菜炒嫩黄豆吃，既鲜嫩又清新。

邻居们隔屋相望，远远招呼，我家有紫茄子要不要？

要，当然要。提了篮子就过去了，摘了小半篮子。邻人还嫌不够，频相劝，再多摘点呀，我家里多着呢。

心里满溢的都是好。乡下人家就是实诚，在他们，给予是福，而你的接受，对他们来说，更是福。因为你的接受，意味着没拿他们当外人。心与心，原是这样靠近的。

很快，正宗的土灶上，烧出正宗的土菜，父亲还斩了一只草鸡。一桌子的好吃好喝。我们埋头大吃，直吃得打饱嗝。父母却吃得少，一直在一旁笑眯眯地看着我们，不时地叹一声，真好。

真好什么呢？在他们，子女能常回家看看，就是最大的满足。我突然想，假如，与亲情相约也能成为一种时尚，将有多少父母笑开颜啊。而我们，也因这样的时尚，可以时常与记忆里的自己重逢，去童年待过的地方走一走，去问候一下从前的蓝天和白云。人生会因此，更为丰满。

我的眼前，晃过当年场景，矮桌上，一壶菊花茶，热气袅袅。郑板桥和他的友人，也是如此沉默地喝着茶吧。

瓦壶天水菊花茶

小镇看上去很普通，跟任何一座苏北小镇相差无几，却有个让人过耳不忘的名字：白驹。初听到，愣一愣，很自然地联想到《诗经》里的“皎皎白驹”之句。想象中，一片原野铺陈，有菜有豆，白色的骏马奔驰而过，洁白的鬃毛迎风猎猎，如银似雪，在绿的原野上，惊心夺目着。询问当地人，当地人“吃吃”笑起来，说，老祖宗就是这么叫的，从古至今就是这么叫的。

这里曾是汪洋一片，至隋唐时才形成陆地。范仲淹率民众修筑捍海堰，曾在这里作短期逗留，他应士民请求，为这里的关帝庙题写了碑记。在碑记中，这位心系天下百姓苍生的大学士写道：“愿后之居高位者，尚其体侯之心以为心。”这时的白驹，以产盐闻名遐迩，商贾往来频繁。

小老百姓的日子，却是清贫简朴的。郑板桥来此访友，友人生活简陋，篱笆错落，茅舍低矮，拿糙米饭招待他。饭后，友人取檐下瓦瓮里的天水，烧沸，从篱笆墙边，随手摘两朵菊花丢进去，于是，就有了满满一瓦壶的菊花茶。两人坐定屋前，一边赏花，一边品茶。此等情趣，深得郑板桥喜欢和留恋。他临别之时，赠友人对联一副答谢："白菜青盐糙米饭，瓦壶天水菊花茶。"个中情谊，唇齿留香。

郑板桥这个人实在是极有意思的。历来会画会诗文之人，多多少少有些清高，有些远离人间烟火，郑板桥却在烟火里打着滚。他去乡下，一顶草帽在头，到地里去摘豆摘菜，完完全全一农村小老头的样。他因此留下了许多烟火字，有时虽是一两句，却让人玩味不已，满满的，都是欢喜的俗世味。如，"一庭春雨瓢儿菜，满架秋风扁豆花"；如，"扫来竹叶烹茶叶，劈碎松根煮菜根"；如，"老屋挂藤连豆架，破瓢舀水带鲦鱼"。田园艰辛，却透出无限诗意，豁达从容，安贫乐道。他的一句"瓦壶天水菊花茶"，让小镇白驹，永远活在了家常的闲适里。

还有施耐庵。他曾隐居白驹，在这里挥毫写下了传世之作《水浒传》。白驹人都知道他，你在街上不识路，问施耐庵纪念馆怎么走，就有一个两个三个当地人走上前来，热心为你指点。他们是摆摊卖水果的。是街边炸油条的。是走路路过的。

小镇巷道连着巷道，曲里拐弯，凌乱着，却有着家常的亲切。随处可见一些上了年纪的老房子，木门腐朽，墙壁剥落，屋顶上的瓦楞间，长满杂草。有的废弃了，有的还住着人。在某条巷子里，我遇到一栋故事一样的老房子，有深深的庭院，有高高的木格窗，里面塞满物什，一把老蒲扇靠窗侧放。想来那是旧物收藏，用是没多大用处了，可不舍得扔掉。那上面或许留有老祖母的气息。

烧饼炉子当街而立。午后清闲，炉火在打着盹，炉子上散落着一些卖剩下的烧饼。我正看着呢，对街走来一男人，白围裙围着，他说，是凉的。你要吃吗？要吃我给你热热。我笑着摇摇头，并没有走的意思。他便拉过一张凳子来，示意我坐下。他自去屋内端一壶茶出来，坐到另一张凳子上。我冲他笑笑，他还我一个笑，无话。他手上的茶壶，一定用过很多年了，茶垢很厚。他呷一口，望着街沉默，我跟着他一起望街。我的眼前，晃过当年场景，矮桌上，一壶菊花茶，热气袅袅。郑板桥和他的友人，也是如此沉默地喝着茶吧。一旁的阳光，迈着碎碎的步子，爬过篱笆墙去。日子的好，缓缓渗进周遭的每一方空气中，渗进他们身下的每一寸泥土里。

诗里的蔷薇花，我自轻盈我自香，随性自然，不奢望，不强求。人生最好的状态，也当如此吧。

蔷薇几度花

喜欢那丛蔷薇。

与我的住处隔了三四十米远，在人家的院墙上，趴着。我把它当作大自然赠予我们的花，每每在阳台上站定，目光稍一落下，便可以饱览到它：细长的枝，缠缠绕绕，分不清你我地亲密着。

这个时节，花开了。起先只是不起眼的一两朵，躲在绿叶间，素素妆，淡淡笑。还是被眼尖的我们发现了，我和他几乎一齐欢喜地叫起来："瞧，蔷薇开花了。"

之前，我们也天天看它，话题里，免不了总要说到它。——你看，蔷薇冒芽了。——你看，蔷薇的叶，铺了一墙了。我们欣赏着它的点点滴滴，日子便成了蔷薇的日子，很有希望很有盼头地朝前过着。

也顺带着打量从蔷薇花旁走过的人。有些人走得匆忙，有些人走得从容。有些人只是路过，有些人却是天天来去。想起那首经典的诗："你站在桥上看风景/看风景的人在楼上看你。"

这世上，到底谁是谁的风景呢？——你是我的，我也是你的，只不自知。

看久了，有一些人，便成了老相识。譬如那个挑糖担的。

是个老人。老人着靛蓝的衣，瘦小，皮肤黑，像从旧画里走出来的人。他的糖担子，也绝对像幅旧画：担子两头各置一匾子；担头上挂副旧铜锣；老人手持一棒槌，边走边敲，当当，当当当。惹得不少路人循了声音去寻，寻见了，脸上立即浮上笑容来，“呀”一声惊呼：“原来是卖灶糖的啊。”

可不是么！匾子里躺着的，正是灶糖。奶黄的，像一个大大的月亮。久远了啊，它是贫穷年代的甜。那时候，挑糖担的货郎，走村串户，诱惑着孩子们的幸福和快乐。只要一听到铜锣响，孩子们立即飞奔进家门，拿了早早备下的破烂儿出来，是些破铜烂铁、废纸旧鞋等，换得掌心一小块的灶糖。伸出舌头，小心舔，那掌上的甜，是一丝一缕把心填满的。

现在，每日午后，老人的糖担儿，都会准时从那丛蔷薇花旁经过。不少人围过去买，男的女的，老的少的，有人买的是记忆，有人买的是稀奇。——这正宗的手工灶糖，少见了。

便养成了习惯，午饭后，我必跑到阳台上去站着，一半为的是看蔷薇，一半为的是等老人的铜锣敲响。当当，当当当——好，来了！等待终于落了地。有时，我也会飞奔下楼，循着他的铜锣声追去，买上五块钱的灶糖，回来慢慢吃。

跟他聊天。“老头。”——我这样叫他，他不生气，呵呵笑。“你不要跑那么快，我们追都追不上了。”我跑过那丛蔷薇花，立定在他的糖担前，有些气喘吁吁地说。老人不紧不慢地回我：“别处，也有人在等着买呢。”

祖上就是做灶糖的。这样的营生，他从十四岁做起，一做就做了五十多年。天生的残疾，断指，两只手加起来，只有四根半指头。却因灶糖成了亲，他的女人，就是因喜吃他做的灶糖，而嫁给他的。他们有个女儿，女儿不做灶糖，女儿做裁缝，女儿出嫁了。

“这灶糖啊，就快没了。”老人说，语气里倒不见得有多愁苦。

“以前怎么没见过你呢?”

“以前我在别处卖的。”

“哦，那是甜了别处的人了。”我这样一说，老人呵呵笑起来，他敲下两块灶糖给我。奶黄的月亮，缺了口。他又敲着铜锣往前去，当当，当当当。敲得人的心，蔷薇花朵般地，开了。

一日，我带了相机去拍蔷薇花。老人的糖担儿，刚好晃晃悠悠地过来了，我要求道:“和这些花儿合个影吧。”老人一愣，笑看我，说:“长这么大，除了拍身份照，还真没拍过照片呢。”他就那么挑着糖担子，站着，他的身后，满墙的花骨朵儿在欢笑。我拍好照，给他看相机屏幕上的他和蔷薇花。他看一眼，笑。复举起手上的棒槌，当当，当当当，这样敲着，慢慢走远了。我和一墙头的蔷薇花，目送着他。我想起南朝柳恽的《咏蔷薇》来:“不摇香已乱，无风花自飞。”诗里的蔷薇花，我自轻盈我自香，随性自然，不奢望，不强求。人生最好的状态，也当如此吧。

清寒疏离的日子，因菊，变得脉脉温情。

菊　事

去冬，我把一盆开过花的菊，随手丢弃在屋旁，连同装它的瓦盆。

屋旁有巴掌大的空地，没人理它，它便自作主张地在里面长婆婆纳，长狗尾巴草，长车前子，长蒲公英，还长荠菜。我挑过一回荠菜，满像那回事的，把一份野趣挑进篮子里。后来，这一小撮荠菜，被我切碎了，烙进糯米饼里。饼烙得点点金黄，配了糯米的糯白，配了荠菜的嫩绿，不用吃，光看看，就很享受了。咬一口，鲜透牙。很是感动了一回，有泥土的地方，总会生长着我的故乡。

现在，这块地里，多出一大丛的菊来。是被我丢弃的那一盆。谁想到呢，它的花萎了，叶萎了，心竟是活的。它搂着这颗心，落地生根，不声不响地，勤勤勉勉地生长。最终，它不单自己活了下来，还子孙满堂的样子。——去冬不过一小瓦盆的花，今秋已繁衍成一大丛了。它让我想到柳暗花明，想到天无绝人之路，想到苦尽甘来，只要心没有死，总有出头之日的。

风一场，雨一场，秋季翻过，已是冬了，它还没开够，朵朵灿烂。满世界的萧条，唯它，一簇新亮，是李商隐诗里的“融融冶冶黄”，是童年乡下屋檐下的那抹明黄，打老远就看得见。路过的人，有的站着远远瞅。有的看不过瘾，走近了细细瞧。一律的惊叹，好漂亮的花！它倒是沉得住气，面对众人的赞赏，不动声色、不慌不忙地，只管把好颜色往外掏。一瓣金黄，再一瓣，还是金黄。如历尽世事的女子，参透人生无常，倒让自己有了一份坚守，那就是，守住自己，守住心。所以，冷落也好，繁华亦罢，它都能安然相待，不急不躁。

孤寡老人程爹，在小区的小径旁长菊。小径旁的空地，原是狭长的一小块，小区人家装修房子，把一些碎砖碎玻璃倒在里面。路过的人都小心不去碰触，以免被玻璃划伤了。连调皮的小猫，也绕着那块地走。老人清理掉碎砖碎玻璃，在里面长青菜和菊。几棵青菜，几朵菊花。再几棵青菜，几朵菊花。绿配紫，绿配红，绿配白，绿配黄，小块的地，让人看过去，竟有花园般的感觉。

这些天，老人除了吃饭睡觉，几乎都围着他的菊在转。我上班时看见他，下班时还看见他，背着双手，很有成就感地在小径上漫步，来来回回。一旁，他的菊，如同被惯坏的孩子。正满地打着滚，撒泼似的，把些紫的、红的、白的、黄的颜色，泼洒得四处飞溅。哪一朵，都是硕大丰腴的，都上得了美人头。

天冷，菊越发的艳丽，直艳到人的心里去。小区的人，每日里行色匆匆，虽是久住，彼此却毫不关己地陌生着。而今，因了这些菊。一个个舒缓了脚步，脸上僵硬的线条，渐渐柔软起来。话搭话地闲聊几句，说着花真好看之类的。或者不聊，仅仅站着，看一眼菊，相互笑笑，自有一份亲切，人了心头。再遇见，便是老相识了。清寒疏离的日子，因菊，变得脉脉温情。

南唐的烟雨，就这么漫过来、漫过来，她们是她，她是她们。青山永在，绿水长流。

发上风流

初次结识发绣，是在十五年前。过生日，好友小源送我一件绣品做礼物。是幅白雪红梅图。收到时，我眼睛一热，觉得好友懂我。因自己名字中带个“梅”字，我对梅花有着偏爱。但彼时，我尚不知它的不寻常，以为只是一件普通的苏绣罢了。小源告诉我，这是我们东台的发绣，是用头发绣出来的哎。

发绣？我狠狠震了一下。定睛细细看，才品出它的不一般。尺寸丝绢之上，雪花晶莹，带着初入尘世的纯和真。红梅初绽，不过一两枝，疏淡着，随意着。却在那漫不经心中，散发出活生生的幽香来。每一粒花骨朵，都是那么逼真、鲜活，又各具情态。似红楼中的女儿家，有着黛玉的柔怯、宝钗的温厚、湘云的豪放、妙玉的孤傲、宝琴的率真。我惊讶于头上之细发，居然可以在小小的绣针之下，数尽风流。

我恶补了有关“发绣”的一段知识：它源于南唐，兴盛于宋，到元、明两代，都有了长足的发展。明代夏明远的发绣

《黄鹤楼》《滕王阁》，被世人称为侔于鬼工。然到清末民初，由于战乱频繁，这一传统的手工艺，受到冲击，几近灭绝。

上个世纪六七十年代，一场史无前例的浩劫，大批苏南人被下放到东台来。这其中，不乏艺人、画师和绣女。他们的融入，使得早就式微的东台发绣，又重新焕发出生机，且很快茁壮成长、蓊郁蓬勃起来。从单面绣，发展到双面绣、双面异色绣，针法的采用也灵活多变，参针、套针、虚针、乱针、扣针、网针、平针、刁针、纳针等不一而足，各有千秋。先后绣制出《清明上河图》《姑苏繁华图》《金刚般若波罗蜜经》《长江三峡全景图》《八十七神仙图》等一大批发绣长卷，轰动五湖四海。

张爱玲在她的《倾城之恋》中，描写了一对男女范柳原和白流苏，一个玩世不恭，一个步步为营，两个没有真心的人，却因一场战争，而真正走到一起，相互扶持相互取暖。一个香港城的沦陷，成全了一段俗世的爱情。一个国家的劫难，竟成全了东台发绣这门古老的手艺。

这之后，留了意，在台城的大街小巷转着，不经意的，就能与发绣邂逅。作坊和店铺，有大有小，混迹于市井之中，似乎并无特色。可当你轻轻推门进去，你的呼吸，会立马变得急促。那里，全是头发的世界啊，是另一个山高水阔、跌宕起伏的人生，有着地老天荒的况味。

也曾拔脚去寻从前的梦。西溪古镇，几年前我去时，还见到一排从前的房子，房檐低低，光线幽暗。人们在里面过着从前的日子，烟火自知。还有老澡堂，墙上钉一块木板，上面用粉笔写着“两元一个澡”之类的。我以为换成“二文”更有老味道的。遗留下来的庵有不少，都是黄泥抹墙。门前舟楫往来的宽阔河道，已淤成小河，河旁杂树生花。我一家一家，探头去看，很想探知，南唐的烟雨飘拂下，是哪个女子，率先动了这七巧玲珑的心思，剪下秀发一根根，然后，素手拈针，一针一发，绣下她的情、她的意、她的念、她的想？她当不知，她绣下的，是一段绝唱，是经久不衰，是永恒。

关于它的起源，一说是因当时西溪礼佛成风，佛教信女为对菩萨表诚意，剃下自己的头发，绣成菩萨像膜拜。一说是东台女子，对来此经商的外乡男子动了心，剪下视若生命的秀发，当窗理丝绢。缜密的心思，全凝聚到她的针下、她的发上。我更愿意相信后一种。这世间，唯情才叫人欲罢不能赴汤蹈火。生命有涯，而情无涯。

也曾去参观一个小绣坊。竹影飘摇，妙龄的绣女们，埋首在她们的绣品上。她们的手底下，头发正慢慢长出草来，开出花来，荡漾出山水长空来。灯光桨影，飞鸟虫鱼，楼台亭榭，无一不是情深义重。是昆曲中的杜丽娘，一举手、一投足，都风情万种。南唐的烟雨，就这么漫过来、漫过来，她们是她，她是她们。青山永在，绿水长流。

有客来，她微笑着招待，不言不语，却在举手投足间。给人以微风轻拂湖面的感觉。

留　香

知道一种叫留香的米糕，缘于我的一个学生。学生到我这里来上写作课，每周一次，在周日下午。

周日这天，午饭的饭碗一搁，我的学生就从家里出发了。她手上抱一个纸袋，里面放着笔和纸，慢慢走，一边走，一边四处闲看。她要穿过两条巷道，一条颇现代，两旁开着这个吧那个吧，大白天也是彩灯灼灼的。一条却很古旧，像洗旧的蓝衫子，两边少有楼房，都是过去的老式平房，大门朝着街道开着。一些人家因地制宜，开起小店，卖些花花草草，做些小吃食。祖传秘方的小吃，大抵都藏在这条巷道里。我那个学生顶喜欢从那条古旧的巷道过。她每次来，都兴奋地跟我说："老师，从那里走真享受啊，鼻子里闻到的，都是香哩，花草的香，食物的香。"高三学生，学业过重，像载重的骆驼似的，平日里少有机会放松。她借着学写作的名头，到我这里来，其实，也就是给自己偷得半天闲。我很高兴给她提供了这样的机会。常常我们不谈写作，一人一把椅子，搬去阳台上，对坐着，聊些好像与写作无关的话题。比如，在那条古旧的巷道里，她会遇到哪些好玩的人。

说起这个，我的学生健谈得不得了。她会一一向我介绍，卖花的，卖烧饼的，做鱼汤面的，卖馒头的。有个卖水果的老头，整天唱喏般地招徕顾客，“又大义红的枣子哟，不甜不要钱唻。”隔天换成：“又大又香的香蕉哟，不香不要钱唻。”我的学生学着老头的腔调，笑得不行。

生活是庸常的，却也是有趣的，这正是生活的迷人之处。我也跟着笑，鼓励她把这些写下来。某天，我的学生一见到我，就迫不及待告诉我：“老师，那里新开了一家米糕店，叫留香。名字好好听啊，糕也好好吃耶。”

“你吃过？”我对美食，向来难抵诱惑。

“嗯，好吃极了。老师，下次来我带给你吃。”我的学生大方地承诺。她突然笑起来，不可抑制的。我说笑什么呢？她说：“老师，那个做糕的女的，长得很像你。”

这不单单让我觉得有趣，更好奇了，是恨不得立刻奔过去看一看。我很想知道，能取出“留香”这个诗意绵长名字的女子，是不是真的跟我很相像。改天，没等我的学生带糕给我吃，我就寻了去。不大的门面，整洁着，上书“留香”两字。大门两侧，各在墙上吊一盆绿萝，绿的茎蔓，长长垂挂下来。进门去，藤桌藤椅，玄米茶在杯子里浅淡着，客人可随取随喝。这不像是米糕店，倒像是喝咖啡的。清新雅致的风格，很让我喜欢。

也终于见着做米糕的女子。初见她，我暗自笑了，我的学生太高抬我了，这个女子比我要年轻得多，漂亮得多。她看上去不过二十五六岁，有着一张蜜桃似的脸。一件简单的粉色卫衣套着，清秀干净。有客来，她微笑着招待，不言不语，却在举手投足间，给人以微风轻拂湖面的感觉。

客多。只一会儿，她的几大蒸笼米糕就见了底。我在边上，好不容易“抢”到两只，顾不得烫，咬一口，暄软香甜，真真是好吃。跟她讲：“你怎么会做出这么好吃的米糕呢?”她也只是微笑，不说话，笑得天晴日暖。

再去，意外得知，她原来，竟是个失聪的。四岁那年，一场高烧，导致她再也听不见了。父亲因她的失聪，最后和她母亲离了婚。成长的路上，她遍尝艰辛，失望过，甚至绝望过。所幸后来遇到一卖米糕的老人，传她手艺，她便自己开了这个小店，取名留香，是为感激老人，要留住这生命的芳香。

把她的故事说给我的学生听。我的学生动容，半晌没言语。这年高考，我的学生语文得了高分，被一所很不错的高校录取了。据她说，写作文时，她写了这个做米糕的女子。

这很像我们的人生，少有绝对完美的，它可能就是一只豁了口的瓷盆，望得见岁月的憔悴与伤口。然而，又有什么关系呢？

一窗清响

闲时，读杨万里的诗，读到一句“芭蕉分绿上窗纱”，我很是喜欢。季节是初夏吧，小门小户的人家，不金碧，亦不辉煌。可是院子里，却栽种着数棵绿芭蕉。是男主人栽的，还是女主人栽的？无论是他们中的哪一个，都定有颗爱植物的心。凡尘俗世，因拥有这样的心而美好。

芭蕉一年一年长高，“扶疏似树”“高舒垂荫”，一到夏天，碧绿蓊郁得尤甚。那些绿，垂到什么地方去了？人还没留意呢，它们倒静悄悄地，爬上了窗纱。窗里的人呢？那被芭蕉映得绿莹莹的人呢？午后，他们是在梦里小睡，还是在围桌话家常？一窗清响，日子静好。

我在如此走神的当儿，眼光又不由分说地落到楼后人家的窗上。我的书房，正对着这户人家。我在书房里看书或写字，一抬头，就能瞥见他们家的窗。天蓝色的窗帘，半拉半开。窗口有时会搁一盆绿，是茑萝，或是吊兰。有时会搁一盆花，是杜鹃，或是海棠。青青绿绿，红红白白。大捧的阳光，在窗户上面肆意攀爬。现世安稳。

我熟悉这家人，男人，女人，还有一个小女儿。前几年，男人闹过离婚，外头有了人。离婚闹了好长一段时间，男人日日不归，连小女儿也不肯要了的。那段日子，他们家的窗帘，总是拉得紧紧的，窗台上，落满尘。有时，黑漆漆的夜里，我听到窗帘后传出嘤嘤哭泣，那是女人隐忍的哭。在静夜里，格外分明，听得人心酸。后来，男人出车祸，死里逃生，为他落泪的，是女人，不是情人。守在他床边的，也是女人，不是情人。男人身体康复后，再没提过离婚。

早起时，我去屋后跑步，遇到男人。一夜的风吹，金针似的杉树叶，铺了一地。男人拿着扫帚在认真扫。看到我，他抬头笑一笑，点点头，算作招呼。一边冲屋内叫："凤玲，快去看看锅上的汤熬好了没有，别把水熬干了！"屋内迅捷传出女人的应答："知道了知道了。"声音是清澈的、欢快的。让人想象着，她走路的姿势，一定如一只羚羊一样敏捷和快乐。我打心眼里替女人高兴，风雨过后是彩虹，她等来她的彩虹了。

我外出几天，回来，习惯性地抬头望他们家的窗，突然发现那个窗口，新添了两样东西：一只风铃，一盆葱。风铃是悬挂在窗户上的。冬日的暖阳，打在风铃银色的贝壳上，熠熠发光，仿若珠宝。风吹，银色的贝壳，晃晃悠悠，不时发出叮叮当当的脆响，宛如幸福在鸣唱。

葱呢？真绿！我想起绿油油这个词。也只有这个词能配它，那些绿，是恨不得一滴一滴淌下来的。它们是冬天里的春天。长葱的盆，却是只豁了口的破瓷盆。用旧了吧？女人舍不得扔，在里面栽了葱。葱在女人的眷顾下，一日一日葱茏，旧瓷盆焕发出另一种光彩，素朴而雅致，让人觉得，它天生就是配葱的。

这很像我们的人生，少有绝对完美的，它可能就是一只豁了口的瓷盆，望得见岁月的憔悴与伤口。然而，又有什么关系呢？只要你心怀希望，一盆的葱绿，很快会让它重新变得生机起来蓬勃起来。

一桌一椅，一人一壶，斟满一个夕阳。鸟雀声稠密，一季的胭脂花，开得沸沸扬扬。

胭 脂

突然听到“胭脂”这个名，我的心里，陡地吃了一惊。

是唤一个湿软的女子，她有着细长的眉毛、细长的眼睛，生在江南烟雨的小巷里，暗香浮动，摇曳生姿。又或是，古有女子，对镜理红妆，是“谁堪览明镜，持许照红妆”，是“玉面耶溪女，青娥红粉妆”——这里的“红”，就是胭脂。素手纤纤，在胭脂盒内蘸取一点，拍在腮上，女子的脸，立即艳若桃花。

彼时，夕照满天，我正弯腰，在细细打量一丛花。那是块拆迁地，断壁残垣处，它开得勃勃生机，喜庆热闹，全然不理会周遭一片瓦砾倾轧。紫红的一朵朵，昂昂然，艳，鲜嫩，有股不屈不挠的架势。在我，是旧相识。只是没想到，暌别多年，竟会在城市的一隅与它不期而遇。

一遛狗的老先生路过，以为我不识此花，随口告诉我，这是胭脂啊。因他这一说，我认定他是个文化人。我用微笑向他致意，颔首谢过，却在心里面翻江倒海。

它居然有这么个香艳的名字！

童年的乡下，家家都有这么一大丛胭脂的，长在厨房门口。仿佛它生来就派长在那儿，是乡村应有的模样。像屋后面有河，弯弯的田埂边开野花。像屋顶上歇着无数的雀，牛羊的叫声，此起彼伏。

它在傍晚开，早上合，和月亮一起盛放，和星星们一起旖旎，它是夜的精灵。当然，我的乡亲们远没这么抒情，在他们眼里，天地万物，原都是该派的样子，是命里注定的。鱼在河里游，鸟在天上飞，没什么可奇怪的。家家做晚饭不看钟点，只要瞟一眼厨房门口的花就是了。哦，晚婆娘花开了，该做晚饭了，他们自言自语。

对，他们叫它，晚婆娘花。是勤恳持家的小主妇，夜幕降临了，还不肯歇息，纳鞋打粮，为一家人的生计打拼，直到月亮累弯了腰，花儿也要睡了。

断指七爷的家门口，也长着这么一大蓬胭脂花。七爷的断指，说是打仗时打掉的。激战中，他用手去挡子弹，子弹一下子削去了他四根手指。

我们小孩子好奇，问他，七爷，你真打过仗么？

七爷从鼻孔里“哧”出一声，不搭理我们，自去喝他的老酒。一桌一椅，一人一壶，斟满一个夕阳。鸟雀声稠密，一旁的胭脂花，开得沸沸扬扬。

我们傻傻看着，被眼前景怔得无话可说。这时，突然听到七爷幽幽吐出一句，嘁，我跨过鸭绿江时，你们这些小毛头还不知在哪片草叶上飘哪。

我们不懂什么鸭绿江，但从他的神态上，肯定了他果真是打过仗的，心里便把他当英雄崇拜。村里人也都这么崇拜着，对他尊重有加。他无后，孤身一人，住两间茅棚，极少种地，家里却从不缺吃的。谁家新打了粮，有了时令蔬菜，都给他送。我受母亲委托，曾给他送过扁豆。这任务让我觉得光荣，小篮子提着，全是新摘下来的扁豆，散发出一缕一缕清香的味道。他收下扁豆，叫我好姑娘，在空篮子里放上两块糖，说，替我谢谢你妈妈。他这么一说，我真是高兴得不得了。有糖吃自然高兴，还有他谦和的语气，也让我莫名开心。

一年一年的，村庄见老了，七爷却不见老。前几年我回乡遇见，他还是那般样子，八九十岁的人了，耳不聋，眼不花，一顿饭还能喝掉半斤酒。全村人都把他当老佛爷了，家家有事，他都是座上客。

他的房子村人们给新修了，小瓦盖顶，门窗结实。只遗憾着，门前不见了胭脂花。

第四辑

爱与哀愁

爱一个人，原是爱到七分就够了，还有三分要留着爱自己。爱太满了，对他而言不是幸福，而是负担。

爱与哀愁

我养过两条小金鱼，一红一白，像两朵小花，在水里开。

为这两条小金鱼，我特地买了一只漂亮的鱼缸。还不辞十来里，去城郊的河里，捞得鲜嫩的水草几根，放进鱼缸里。

专买的鱼食，搁在随手可取的地方。一有闲暇，我就伏在鱼缸前，一边给它们喂食，一边不错眼地看它们。它们的红身子白身子，穿行于绿绿的水草间，如善舞的伶人，长袖飘飘，煞是动人。

某天清晨，我起床去看它们，却发现它们翻着肚皮，死了。鱼缸静穆，水草静穆。我难过了很久。朋友得知，笑我，“它们是被你的爱害死的。”原来，给鱼喂食不能太勤，太勤了，会撑死它们。怅然。从此，不再养鱼。

我亦养过一盆名贵的花，叫剑兰。花朵橘红，叶柄如剑。装它的盆子也好看，奶白的底子上，拓印一朵秀气的兰花。一眼看中，目光再难他移。兴冲冲把它捧回家，当珍宝似的呵护着，日日勤浇水。不几日，花竟萎了，先是花苞儿未开先谢，后是叶片儿一点一点发黄、卷起，直至整棵植株腐烂掉。伤心不已，不明白，我这么爱它啊！还是朋友一语道破天机，“你浇水浇得太勤了，花给淹死了。”

自此，我亦不再养花。自知自己是个无法把握爱的尺度的人，爱有几分，哀愁就有几分。如同年轻时的一场爱恋。

那时，我满心里装着那个人。吃饭时，想他爱吃的。买衣时，想他爱穿的。天冷了，怕他冻着。下雨了，怕他淋着。路上偶尔看到一朵花开，也想着他，恨不得采了带给他。相处的过程，却不全是欢愉，他常常眉头紧锁，充满忧伤地望着我。那么近，又那么远，仿佛隔着山隔着水。我心里有不好的预感，只以为自己做得不够好，所以，更加倍对他好。到最后，他还是提出分手，分手的理由竟是，你太好了，我怕辜负。

爱一个人，原是爱到七分就够了，还有三分要留着爱自己。爱太满了，对他而言不是幸福，而是负担。这是经年之后，我才明白的道理。

我想起一个母亲。她结婚好几年，却一直没怀上。后来，她多方求医，终得一子。对那孩子自是宠爱有加，真正是含在嘴里怕化了，捧在手上怕跌了。就这样，那孩子一路被宠溺着长大，二十大几的人了，还是衣来伸手、饭来张口，整天不学无术。一不高兴，就对他母亲非骂即打。一天，他又伸手找母亲要钱，母亲没给，他动了怒，竟勒令母亲跪在地板上，一跪大半夜。一贯木讷的父亲，被激怒了，终于忍无可忍，趁儿子熟睡，一锤砸死儿子。警务室里，他的母亲哭得肝肠寸断，语无伦次说:“作孽啊，作孽啊。”

为她痛惜，一个原本天真如雪的孩子，毁了。还有她，和她忠厚的男人，这辈子的伤痛，谁能疗治？

世上的道理，原都是这么简单，无论是爱物，还是爱人，都要有所节制。月满则亏，水满则溢，有时，太多的爱不是爱，而是巨大的伤害。

只不过一日之隔，他的爱，就再也送不出去了。

爱，是等不得的

他是母亲一手带大的。

他的母亲与别人的母亲不太一样。他的母亲因患侏儒症，身材异常矮小。

他的父亲—— 一个老实巴交的泥瓦匠，家徒四壁，等到40岁才娶了他母亲。一年后，他出生了，白白胖胖，像一轮满月，把父母卑微的心，照得亮堂堂的。父母的日子，因他的到来，有了奔头。

他6岁那年，父亲去帮邻居家盖房，从房梁上摔下来，掉下的一根横梁，刚好砸到父亲身上。那时，他正在不远处的土路上，逗着一只蟋蟀玩。从此，他没了父亲。

矮小的母亲，一个人拉扯着他，吃尽苦头。夜幕四合，母亲还未归。一大清早，母亲就背着一背篓的绣花鞋垫，去集市上卖。那些鞋垫，是母亲坐在灯下，一针一线绣的。母亲靠卖鞋垫贴补家用。他坐在门前的矮凳上数星星，等母亲。矮小的母亲是他的天。他对母亲说：“等我长大了，我一定报答你。”

母亲笑了，笑出泪来，问他：“怎么报答呢？”他说：“我给你买一屋子的好东西吃，我给你买一屋子的好衣裳穿。”母亲把他搂到怀里，搂得紧紧的，母亲说：“吃的妈不要，穿的妈也不要，等你长大了，带妈坐一回飞机吧。”

乡野广阔，狗尾巴草和车前子长满沟渠，母亲在割草。他欢快地喊：“妈妈，我比你高了！”是的，他才八九岁的人，个头已超过矮小的母亲了。头顶上突然响起飞机的声音，母亲抬起头看，他也抬起头看。空中的飞机有点像他见过的花喜鹊。“花喜鹊”飞远了，看不见了，母亲这才收回目光。母亲说：“这都是有本事的人坐的。有本事的人坐了飞机，到很远的地方去。”他问：“很远的地方是什么样的？”母亲也没去过很远的地方，母亲就想象，“有很多很多的高楼，高楼里的桌子、椅子，都漂亮得不得了。”他郑重地向母亲承诺：“以后我要做有本事的人，带你坐飞机，到很远的地方去看高楼。”

他一天天长大，一路念书，把书念到城里，真的成了有本事的人。他住进了母亲曾描绘过的高楼里，高楼里有漂亮的桌子、椅子。他也常常乘像花喜鹊一样的飞机，南来北往。母亲对他崇拜不已，母亲问：“你真的坐飞机了？”他淡淡地说：“嗯。”“坐飞机像不像坐船，会不会晕？”母亲充满好奇。

他觉得母亲好笑。一低头，他瞥见母亲头上的白发，一撮一撮的。永远像儿童一般矮小的母亲，原来也会老的。他的心一软，说：“妈，等我有空了，我带你去坐飞机。”母亲低头笑，笑得很不好意思，“不坐不坐，我都这么老了，坐飞机干什么啊？”他蹲下身子看母亲，认真地说：“我一定带你去坐。”母亲没再说什么，但神情，很喜悦。

他也终于抽出空来，订好机票，打电话告诉母亲，要带她去坐飞机。母亲激动得逢人便告："我儿要带我去坐飞机了。"她还特地扯了布，做了一身新衣裳。

他回去接母亲，半路上突然接到上司的电话。上司说公司来了一个重要客户，问他是否有空陪着一起吃饭。他只犹豫了几秒钟，就回："没问题。"他想，飞机票可以重签，母亲晚一天出行也无妨。

然而这天晚上，母亲却意外摔倒了。摔倒之后，母亲还神志清醒，跟一旁的人说："我儿要带我去坐飞机呢。"可渐渐地，就不行了。第二天凌晨，母亲没等到他赶到，咽下最后一口气。

他跪到母亲跟前，恸哭不已。只不过一日之隔，他的爱，就再也送不出去了。

我喜欢这样的告别，让人记住的不是衰落与悲伤，而是华丽与欢喜。

有鸟在，春天会回来的

去一个叫台南的地方采风，那儿有温泉，传说是董永、七仙女待过的地方。

想爱情真是一件奇妙的东西，它让七仙女连神仙都不做了，偷偷下凡来。上无片瓦、下无寸土亦是不在意的，只要一个董郎在，便是她的全世界。

我们的车子，经过一些田野、一些小河、一些村庄。季节已是深秋，满眼的草枯叶黄，好光景走到头的样子。你心甘情愿也好，你不情不愿也罢，时光是容不得人有半点迟疑的。草要枯的时候，自然会枯。叶要落的时候，自然要落。

气温一跌再跌，快冬了吧。一方阳光，水印子似的，泊在一片树林上。这是我们的目的地。我们下车，走进那片树林。密林深深处，有房，有温泉。我们不急着过去，而是停下来，看那些树。

是些银杏树。这个时节的银杏树，可以用壮观来形容。别的树的韶华光阴，都是叶绿蓬勃时。独独银杏树不同，它的最美时光，是在它转身与你告别时。它把每一片叶子，都认真地给刷上金黄，远观去，像撑着一树一树的黄花朵。

我喜欢这样的告别，让人记住的不是衰落与悲伤，而是华丽与欢喜。

一地的落叶，像一地的黄蝴蝶。脚轻轻踩上去，有沙沙沙的回应，是叶子在歌唱。同行中有人对着一地的落叶感叹，落叶是美的。他这话一点不特别，然放在彼时彼刻，竟相当妥帖。风吹，树上的叶子，前赴后继地纷纷飘落，像下着一场叶子雨，流金溢彩，美得惊心动魄。

我想起朋友来。若不是生病了，这样的小聚，他必定不会缺席。想曾经，他是那么精力充沛的一个人，待人热忱，做事认真，才华横溢。一帮人聚，他每每总是焦点，大口吃肉，大碗喝酒，涉论话题，纵横古今。谁知道他竟患上肝癌，且是晚期！电话里，他倒反过来安慰我，我没事的，我只是来鬼门关门前看一看，还是会回去的。到时，我们还一起喝酒，一起话古今。

我笑着应，好，我等你。但我清楚地知道，这是不可能的了。他再也看不到这样的秋天，看不到这样一场美丽的“叶子雨”。

“昨日繁阴在，莺声树树春。”我摊开手掌，一缕阳光，跌入我的掌中。我突然为这缕普普通通的阳光感动了。回忆总叫人无限怅惘，逝去的永远追不回。可是，我还拥有当下啊，当此时，我在，树在，落叶在，鸟在，阳光在，世界在……怎不叫人感激！

活着，就好。活着，就好啊！

一群鸟雀，慌不迭，忙乱乱的，飞过我们的头顶。似一群莽撞的孩童，在野地里滚着、爬着，稚语一片。一人停下脚步，侧耳，说，听，这鸟叫啊。他神情专注，仿若初见。

我们都跟着停下来，微笑着，倾听。没有人再说话，只有那一树一树的鸟叫声，灌进耳里来。

我想，有鸟在，春天会回来的。

世上之事，原都存着两极，物极必反。对爱来说，亦如此。爱过量了，不是爱，而是毒。

过量的爱

朋友的儿子染上毒瘾，先是偷偷吸，把开得好好的一家私营超市，吸光了。后来，明目张胆地吸，伸手问朋友要钱，一次又一次。不给钱就在家里发脾气、砸东西，最后甚至发展到动刀子……一贯处事不惊的朋友，在我面前号啕大哭，他说，我恨不得与他同归于尽。

我的眼前，浮现出他儿子小时候的样子：圆嘟嘟的小脸蛋，饱满得像颗蜜桃。大眼睛，双眼皮，睫毛长而卷曲。见到他的人，没有不伸手摸摸他的，都觉得这孩子长得实在太可爱太漂亮了。

也聪明，三岁就能对着电视屏幕，把一首流行歌曲，一字不落地踩着节拍唱下来。唐诗教上两遍，他就能背下来。手上成天不离一根小棍子，模仿着电视剧里的大侠们，嘴里呼呼有声地舞动着。

那时候，我和朋友一家同在一个大院子住。朋友是做生意的，那会儿生意刚起步，四处举债，日子过得很有些拮据。然朋友从没亏待过这个儿子，衣帽鞋袜都买名牌的，玩具也是儿子想要就给买的。牛奶鸡蛋等营养品，没一样落下。用朋友的话说，一生就这么一个小子，要富养。

夏天的晚上，我们一起坐在大院子里纳凉，朋友的儿子舞着他的小棍子，追扑流萤，像只活泼的追风的小猫。我们远远看着这孩子，预言着他的将来。将来，这孩子说不定能成为大明星呢，演电影，拍广告，出唱片，人气高得不行。朋友不屑，说，我才不要他做明星，我要他做大老板、开大公司。我们就开玩笑说，真是的呢，那他后面还不迷倒一帮女孩子。

几年后，我离开大院子，调到别的地方工作，与朋友一家断了联系。再见面，已是十多年后，当年的小小孩，已长成俊美青年。路却走得一波三折，对读书不上心，初中没毕业，就闹着回家了。这时，朋友的生意，已做得风生水起。儿子不喜读书，他默认了，想着凭他赚下的千万家私，让儿子将来衣食无忧，总是绰绰有余的。他这一放任，儿子便像脱了缰绳的野马，任由着自己的性子，一路横冲直撞了起来，成天跟一帮社会小混混混到一起。

十八岁的成人礼，这孩子得到一辆跑车和一幢别墅，从此，他更是挥金如土，常出入高档酒楼和浴城。朋友有了隐隐的担忧，出资给儿子开了一家大型超市，交给儿子打理。想着儿子有事可做，总不至于去走歪路。可脱缰久了的野马，哪里拉得回头？儿子最终走上吸毒之路，好好的一个人，弄得人不像人鬼不像鬼了。

世上之事，原都存着两极，物极必反。对爱来说，亦如此。爱过量了，不是爱，而是毒。

小女儿不悲伤，她知道，那里，就是远方的远，是爸爸在的地方。

远方的远

男人患了肝癌，晚期。行将就木。

守在一边的小女儿，六岁，对死亡懵懵懂懂。她害怕地问男人："爸爸，你要死了吗？"

男人伸手抚了抚小女儿的脸，笑着摇摇头："不，爸爸是要到很远很远的地方去。"

"很远很远的地方在哪儿？"小女儿问。

男人让朋友把他和小女儿带到野外，那里，有一片原野，和低矮的山坡。春天了，草长莺飞，阳光的羽毛，轻轻飘落。一条长满小草和开满野花的小路，弯弯曲曲伸向远方。一群又一群的小粉蝶，在花草间嬉戏。远方，天与山齐。男人指着远方告诉小女儿："那里，是远方的远，爸爸要到那儿去。爸爸的爸爸，也就是你爷爷，一个人在那儿寂寞了，想爸爸了，所以，爸爸决定去看他。等你长大了，爸爸想你了，你也会走这么远，去看爸爸的。"

"那我就坐飞机去。"小女儿说。想了想，她又说，"要不，我坐飞船去。飞船快吧爸爸?”

男人笑了，男人说:“飞船很快很快。可是宝宝，你坐上飞船，你就看不到这些漂亮的小花了。还是慢慢走过去好，你一边走，还可以一边和蝴蝶们玩呀。”

小女儿觉得这个主意不错，她甚至想好，要做个大花环带给爸爸。“只是，你会认出我吗?”小女儿不放心地问。

男人说:“到那时，我就问路过的风儿，你们见过我的小女儿吗?我就问路边的小花，你们见过我的小女儿吗?它们会问我，你小女儿长什么样儿呀。我就说，哦，我小女儿有大大的眼睛，小小的嘴，长得像个小公主。她戴着一个美丽的花环，她总是甜甜地笑着，笑起来可漂亮啦。于是风儿和小花都会争着告诉我，呀，我们见过的呀。它们把我带到你身边，一指你，说，就是她呀。我就认出是你了。”

小女儿开心地笑了。

男人接着说:“所以，爸爸走后，宝宝要快乐哦，要笑。不然，那些风儿，那些花儿，会不认得你。”

小女儿点头答应了，很认真地和男人勾了勾小指头。

不久，男人去了。小女儿很思念他，她在纸上画了一幅画:无边的原野，低矮的山坡，弯弯的小路。路边，开着一朵一朵小花，花瓣儿像极微笑的眼睛，一路笑向天边去了。小女儿不悲伤，她知道，那里，就是远方的远，是爸爸在的地方。有一天，他们会在那里相聚，到那时，她一定要告诉爸爸，她一直一直过得很快乐。

我看见了活着的真姿态，那里面有努力，有坚守，有感恩，有知足，有坦然，还有一种，叫爱的东西。

活着的真姿态

秋天，街旁出现了山东那对卖炒货的老夫妇的身影。

他们身后的小棚屋，已关了一个夏天了。

我欢喜地跑过去。

每年秋天，我们都要这么欢喜地相见。

老夫妇俩看见跑过去的我，远远就叫起来，会员卡，会员卡。一个夏天不见，他们见到我，也是格外的亲。

关于这会员卡的叫法，是有来头的。我起初经常跑去问他们买瓜子，去的次数多了，就跟他们开玩笑，我说，快给我办会员卡，下次我再来买，要打折哦。从此，他们就叫我会员卡了。

老头儿说话不多，只是沉默着做事。他在一口大锅里翻炒着花生、瓜子等炒货，袖子卷得高高的，胳膊上暴出的青筋，跟小蚯蚓似的。虽说现在都有机器炒了，滚筒一转，眨眼工夫就炒好了，可他们还是坚持用这种传统的炒法。这样炒出来的才香，他们固执地说。

我信。这么信着的人还真不少，到他们炒货摊买炒货的，回头客多。即便他们比别家卖的要贵上一两块钱，也没人介意。手工的么！那是留着人的体温和情意的。

老妇人有一只眼睛装的是义眼，看人时，那只眼球瞪着，一动不动。

我上街，如果有空闲，爱跑去他们摊子上，帮他们卖卖瓜子，跟他们聊聊天。有一次，聊着聊着，也就聊到老妇人的这只眼睛。

哎呀，那是跑路跑快了磕的，磕的嘛。她说起这只眼睛来，是笑着的。好似小孩子做了一件错事，不好意思得很，曾经的痛楚，并不装在心上。

当年，因家里生活艰难，他们拖儿带女，跑到这异乡来卖炒货糊口。这一出来，就是四十来年。那时，他们的娃，不过才板凳高。

现在，我的孙子都快娶媳妇了。老妇人一边比画着，一边说，心满意足的。老头儿偶尔抬头看她一眼，笑笑的。

我儿子在无锡买了房，我女婿在扬州买了房，干的也是我们这行。

我侄子也干这一行，一家老小也都跟出来了。

他们也都买了房，小日子过得很不错哟。

老妇人絮絮地说到这儿，目光求证般地看着老头儿。老头儿就冲我点点头，证明她所言不虚。依然笑笑的。

我看着他们脸上的皱纹头上的白发，心里发热。尘世万千中，他们毫不起眼，卑微如尘，可是，却又坚韧如树。他们硬是凭着手里的一把铲子，一铲子一铲子养大儿女，把小小的炒货，做成家族事业。

我看一眼他们身后居住的小棚屋。那是一幢住家小楼旁边斜搭出来的两小间，石棉瓦盖顶，简陋得很。楼主人原先大概是用来放放杂物的，租给了他们。他们要在里面待一整个秋天，再一整个冬天，一直到明年夏天。夏天，炒货生意清淡，他们是要回老家去的，他们想家。

问他们，你们为什么不在这里买套房？买个小套也好，住着也舒服。

老妇人笑了，说，我们这样住着挺好，多年了，习惯了。

见我仍盯着她在看，她局促起来，说，我们是想回老家的。等再干不动这个了，我们是要回去的。

这里不好吗？你们在这里不是待了好多年吗？我问。

好，样样都好，比我们老家好。但我们还是要回老家的，麻雀还有个窝呢，我们的窝在老家，老妇人说。

反正，我们这把老骨头，是要埋在老家的，老头儿这时不紧不慢插上一句。

老妇人赞许地冲他看过去。他们对望一眼，一齐笑起来。

有顾客来买瓜子，他们招呼去了，一个称秤，一个收钱，配合默契。

我站在一边笑着看，看了一会儿，跟他们告别。他们愉快地冲我招手，会员卡，明天再来玩啊。我答应一声，心里高兴。我看见了活着的真姿态，那里面有努力，有坚守，有感恩，有知足，有坦然，还有一种，叫爱的东西。

黄昏的余晖，在母亲身上镀一层橘粉，闪闪发光。她像是踩着云朵而来。

爱，踩着云朵来

父亲说，你妈现在不中用了，在家门口都会迷路。母亲小声争辩道，是夜里黑，看不见嘛。

母亲去亲戚家做客，当夜搭了顺路车回来，车子停在离家半里路的河对岸，过了新修的桥，就到家了。可她却愣是找不着回家的路，稀里糊涂踏上了相反的路，越走离家越远，幸好遇到晚归的同村人，把她送回家。

母亲老了，这是不争的事实，她再也没有从前的利索和能干了。我看着母亲，百感交集，想起了多年前与她相关的一件事。

那年，我在外地上大学，第一次离家上百里，想家想得厉害，便写了一封家书。字里行间，都是浓稠的想念。母亲不识字，让父亲念给她听。她听完信，竟一刻也坐不住了，她决心坐车去学校看我。

那之前，母亲是从未出过远门的，大半辈子只圈在她那一亩二分地里。可她决心已下，任谁也阻拦不了。她去地里拔了我爱吃的萝卜，烙了我爱吃的糯米饼，用雪菜烧了小鱼……临了，母亲又去问邻居大婶借了做客的衣——一件鲜艳的碎花绿外套。母亲考虑得很周到，她不想让在大学里念书的女儿丢脸。

左挎右掮的，母亲上路了。那时去我的学校，需要在中途转两次车。到了终点站还要走上十来里的路。我入学报到时，是父亲一路陪着的。我跟着父亲上车下车，穿街过巷，直转得我头晕，根本分不清东南西北，记不住来时路。

然而我大字不识一个的母亲，却准确无误地摸到我的学校。我清楚地记得，那是秋末的一天，黄昏降临了。风起，校园里的梧桐树，落下大片大片金黄的叶。最后一批雏菊，在秋风里，掏出最后一把热情，黄的脸蛋红的脸蛋，笑得满是皱褶。我在教室里看完书，正收拾东西准备回宿舍，一扭头，竟发现母亲站在窗外，冲着我笑。我以为是眼花了，揉揉眼，千真万确是母亲啊！她穿着鲜艳的碎花绿外套，头上扎着方格子三角巾。三角巾被风撩起，像只纸鸢。黄昏的余晖，在母亲身上镀一层橘粉，闪闪发光。她像是踩着云朵而来。

那日，我们的宿舍，过节一般的。女生们个个都有口福了，她们咬着我母亲带来的大萝卜，吃着小鱼，还有糯米饼，不住地说，阿姨，好吃，太好吃了。我母亲不大听得懂她们说的话，只拘谨地坐着，拘谨地笑着。那会儿，一定有风吹过一片庄稼地，母亲淳朴安然得犹如一棵庄稼。

至于一路之上，她是如何上车下车，又是如何七弯八拐，到达我们学校的，后来，又是如何在偌大的校园里，在那么多的教室中，一下子找到我的，这成了一个谜。

我曾问过母亲，母亲始终笑而不答。现在我想，这些问题根本无须答案，因为她是母亲，所以，她的爱能踩着云朵来。

如果可以这样爱你，妈妈，让我做一回母亲，你做女儿，让我的付出天经地义，而你，可以坦然地接受。

如果可以这样爱你

母亲坐在黄昏的阳台上，在给我折叠晾干的衣裳。她是来我这里看病的，看手。她那双操劳一生的手，因患类风湿性关节炎，现已严重变形。

自从来城里，母亲一直表现得惶恐不安，她觉得她给我添麻烦了。那日，母亲帮我收拾房间，无意中碰翻一只水晶花瓶。我回家，母亲正守着一堆碎片独自垂泪，她自责地说："我老得不中用了，连帮你打扫一下房间的事都做不好。"我突然想起多年前，我还是个小女孩时，打碎家里唯一值钱的东西—— 一只暖水瓶，我并不知害怕，告诉母亲，是风吹倒的。母亲把我上上下下检查了一遍，看我伤了没有，而后揪着我的鼻子，说："还哄妈妈，哪里是风，是你这个小淘气。"我笑了，母亲也笑了。现在，我真的想让母亲这样告诉我，啊，是风吹倒的。尽管我一再安慰她没事的没事的，母亲还是为此自责了好些天。

看病时，母亲反复问医生的一句话是，她的手会不会废掉。医生严肃地说："说不准啊。"母亲就有些凄凄然，她望着她的那双手，喃喃语："怎么办呢？梅啊，妈妈的手废了，怕是以后不能再给你种瓜吃了。"我从小就喜欢吃地里长的瓜啊果的，母亲每年都会给我种许多。我无语。

带母亲上街，给母亲买这个，母亲摇摇头，说不要。给母亲买那个，母亲又摇摇头，说不要。母亲是怕我花钱。我硬是给她买了一套衣服，母亲宝贝似的捧着，感激地问："要很多钱吧？"我想起小时，我看中什么，总闹着母亲给我买，从不曾考虑过，母亲是否有钱，我要得那么心安理得。母亲现在却把我的给予，当作是恩赐。

街边一家商场在搞促销，搭了台子又唱又跳的，我站着看了会儿。一回头，不见了母亲。我慌了，大字不识一个的母亲，如果离开我，她将多么慌张！我不住地叫着"妈"，却见母亲站在不远处的一棵梧桐树下，正东张西望着。看见我，她一脸惭愧，说："妈眼神不好，怎么就找不到你了，你不会怪妈妈吧？"

突然泪涌眼眶。我上前牵了母亲的手，像多年前，她牵着我的手一样，我不会再松开母亲的手。大街如潮的人群里，我们只是一对很寻常的母女。

如果可以这样爱你，妈妈，让我做一回母亲，你做女儿，让我的付出天经地义，而你，可以坦然地接受。

天上每天都有白云飘过，不知有没有一朵云上有他。

天上有云姓白

他不是我们的正式老师，不过是个高中毕业生。

那时，我们初中快毕业了，教我们的英语老师突然生了病，没有老师能顶上这个缺，于是他来了，跛着一条腿。

据说他是校长的亲戚。不然凭他一个高中毕业生，怎么能来代我们的课？他来代课总有好处的，有不菲的代课费。这是消息灵通的同学说的。

他第一天来给我们上课，在我们的灼灼目光中，他一跛一跛的，费了好大的劲，才迈上讲台。有学生在底下终于憋不住，“扑”一声笑出来。这一笑，让他“腾”地红了脸，他窘迫得不敢直视我们，低着头，对着讲台上一摞作业本，半天才憋出一句话来：“同学们好，天上有云姓白，我的名字叫白云。”

自此后，有学生远远看见他，就“白云”“白云”地叫开了。等他答应一声，回转过身来，殷殷地问：“什么事啊？”那叫着的学生会“啊”一声，抬头指着天说：“我看天上的白云呢。”他并不恼，呵呵笑一声，也陪着那个同学仰头看天。

他的课备得极认真，书上密密麻麻全是红笔注的补充。只是那时我们不懂事，并不知他的努力和辛劳，私下里是有些瞧他不起的，认为他不过是个代课的。所以上课总不好好上，不时打岔，跟他耍贫嘴，甚至有同学在底下吹口哨。每每这时，他总是涨红了脸，站在讲台前，一动不动地看着我们。等我们闹够了，他可怜巴巴地问："现在我们开始上课好吗?"然后弯腰跟我们连连道歉："对不起，对不起，都怪我课讲得不好，让你们没兴趣听。"教室里突然安静下来，窗外有风吹过。那一瞬，我们有些无地自容，再上课，都听话起来、乖巧起来。他很高兴，课上完了，他说："我要奖励你们。"我们都以为他是说着玩的，再来上课，却见他提来一袋子糖——他自个儿掏钱买的，给我们一人发两块。

他喜欢扎在学生堆里聊天。有学生好奇地问："你的腿咋的啦?"他并不避讳，也不生气，自自然然地说："小儿麻痹症落下的。"又说起他很想读大学，但家里穷，弟妹多，上大学成了遥不可及的梦想。"所以呀，你们要珍惜呀，珍惜这样的好时光。"他变得像长者。

一个月后，我们的英语老师病好了来上班，他得走了。这时，班上发生了一件大事，一个成绩很好的女生，父亲突然暴病身亡，女生的家一下子塌了，女生提出退学。他知道后，很着急，跛着一条腿，走了十来里的乡间路，到女生家里去。女生的寡母领着五个孩子，齐齐跪倒在他跟前。他的心一下子揪紧了，他说："我会帮你们的。"他掏出身上所有钱，又许诺，女生以后上学的钱，他会帮衬着。"一定要让她读高中、读大学，她有这个潜力。"他再三恳求，直到女生的母亲答应为止。

我们毕业前夕，他到学校来看我们，来看那个女生。他瘦了，精神却出奇的好。他说：“你们要好好读书啊，我很想你们。”这一句话，惹哭了我们许多人。

在我高中快毕业的时候，却听说他染上白血病，不久便走了。当年他教的学生，因分散在四面八方，竟没有一人能见上面。他资助过的那个女生，一说起他，就哭得不能自已。

很多年过去了，当年的同学每遇见，必谈到他。末了大家会叹一声：“他是个好人哪。”天上每天都有白云飘过，不知有没有一朵云上有他。

这世上，被你伤得最深的那个人，往往是最爱你的那个人。

那个被你伤得最深的人

见过一个父亲的泪。他蹲在一堵高墙外，头上霜花点点，满身疲惫的风尘。他先是呆呆地望着街角一处，后来，他双手捂住脸，呜咽起来。双肩剧烈耸动，单薄的身影，看上去，像极秋深时，枝头挂着的一枚叶子，欲落不落。眼泪从他指缝处，漫溢出来，成小溪流。午后的阳光，照在上面，反射着晶莹的光，亮闪闪的惨痛，无遮无挡。高墙内，是看守所。他20岁的儿子，因跟人合伙抢劫，被关在了里面。

见过一个母亲的泪。车站，她来追她执意要远走的女儿。女儿打扮得时髦入时，长靴子短裙子，嘴唇抹得鲜艳欲滴。她却头发蓬松，衣着黯淡。她不住地恳求着女儿："乖乖，妈妈求你了，你不要走啊……"女儿根本不耐烦听，一直别过头去不看她，回她的话，恶狠狠的，"你烦什么烦，我的事不要你管！"

女儿等的车，很快来了，女儿甩开母亲试图牵拉的手，跳上车去。这个母亲急得直拍车窗，口里叫着女儿的小名，"兰儿，兰儿，你不要走，你不要走。"惹得旁人纷纷侧目。车到底，还是开走了，做女儿的，连头都不曾回一下。她站在人来人往的车站，呆呆望着女儿远去的方向，蓝天白云都是痛啊。泪水从她脸上，成串成串落下。

见过一个丈夫的泪。他寻找离家出走的老婆，持了老婆的照片，站在路口，拖住每个过路的人，问：“你见过这个人吗？她是我老婆，我在找她。”问得嘴唇皲裂。一年之中，他走遍大半个中国，老婆的音信还是杳无。他把寻人信息发到他能发到的每个角落，拜托好心的人帮他留意。半夜三更，只要电话一响，他立马就奔过去看。一次，他得了消息，说某个大山沟里，一户人家买来的媳妇，很像他的老婆。他一路风餐露宿地寻过去，半路上体力不支，差点一脚摔下山崖。

后来的后来，老婆还真的被他寻着了。其时，她已再度嫁人，养得珠圆玉润，坚决不肯跟他回家。五大三粗一男人，没法子可想了，蹲在马路边，哭得号啕。

见过一个妻子的泪。丈夫背着她，挪用公款给同学做生意，结果同学生意失败，公款还不上了。丈夫害怕之下，选择了逃离，于一个清晨，撇下她，一去不返。她天天盼，日日等，夜夜泪湿枕巾，希望某天，丈夫突然归来，那将是多大的惊喜啊。

她鼓足勇气上了电视里的情感现场。面对着无数的观众，她潸然泪下，好几次语不成调，眉目间全是伤悲。她对着摄像镜头，呼唤着她的丈夫：“我求你了亲爱的，你快回来吧，哪怕是坐牢，我陪你一起坐。欠下的债务，我和你一起还。我们的日子还长着，你怎么忍心丢下我，一个人躲得远远的……”

这世上，被你伤得最深的那个人，往往是最爱你的那个人，你伤他（她）总是易如反掌，因为他（她）对你毫不设防。而在被你伤害之后，他（她）只会哭泣，从不知道反抗。

原来，无论天空如何阴霾，太阳一直都在的，不在这里，就在那里。因为，它长了一对会飞的翅膀。

会飞的太阳

一

去一个老宿舍区找人。

老宿舍是上个世纪八十年代初建的。平房，一字排开，隔成一小间一小间的。每一小间里，住一户人家，一家老小，都挤在这一小间里。邻里不消说鸡犬声相闻，就是彼此间轻微的呼吸，都能听得见。——当然，这都是从前的事了。

如今，这些老房子蜷缩在几幢高楼后，终年难得见到阳光。屋顶的瓦片上，爬满了岁月的绿苔。乡下的草，也跑来凑热闹，一簇一簇的狗尾巴草，聚集在屋顶上，春天绿着，秋天黄着。墙壁上涂抹的白石灰，早已斑驳得不成样了，露出大块大块难看的伤疤。

在老房子里长大的孩子，一俟羽翼丰满，立马就飞了。他们飞走后，再不肯回头。留守在老房子里的，就都是些上了岁数的老人。老人们念旧得很，住惯了的老房子，已然成了他们的亲人，难丢难舍。

我去时，是冬天。冬天的阳光，见缝插针地，从高楼的缝隙里，漏下一点两点来。我看到几个老妇人，怀里捧着棉被子，在那一星点的阳光下，展开，一边拍打，一边闲闲地说着话。阳光移开去了，她们就又捧着棉被子跟上去。她们看到诧异地站在一旁的我，笑了，对我解释道："我们在赶太阳呢。"脸上是一派的安宁祥和。

赶太阳？多好的一个词语！我在这个词语前怔住，从此铭记在心。每当我觉得湿冷清寒，觉得灰心失望，我就把这个词语掏出来，暖一暖。人生不是被动地接受，更是主动地追求，才能获得你所需要的温度。

二

连续的阴雨，天像破了似的，滴答滴答个没完没了。

家里的衣物，摸上去都是潮乎乎的，——连人也似乎是潮乎乎的人了。南方的梅雨天，总是让人难耐。

小孩子却没有这样的感觉，雨天里他们照旧玩得兴高采烈的。他们穿了雨鞋，偏寻着洼地积水走，一脚踩下去，击起水花一朵朵，他们乐得哈哈笑。

五岁的小侄儿，也跟着别的孩子，去踩洼地的积水玩，不时快乐地尖叫着。他还叠了一些小纸船去放，边放边唱着别人不懂的歌。孩子的快乐，简单透明，无关天气。

又一阵雨来，他被"捉"回家。他四下里看看，突然问我：

“姑姑，你有彩笔吗？我想画画啦。”

我赶忙找了纸笔给他。他握笔在手，大刀阔斧地作画。

他先画一幢房，房子歪歪扭扭的，上面开满门和窗，屋顶上都开着。

我问：“为什么画这么多的门和窗啊？”

小人儿告诉我：“是为了让小猫小狗进来呀，还有小鸟进来呀，还有小兔子小熊进来呀……”

我失笑不已，小人儿大概准备开动物园了。

他又开始画树和花。树们杂乱无章地挤在一起，高的矮的，胖的瘦的，有弯着长的，有斜着站的，有躺着睡觉的。一律是山花插满头，花朵儿小果子似地挂着。

问他：“哪有树是这样长的？哪有花是这么开的？”小侄儿不屑地一撇嘴，答：“本来就是这样长的呀，本来就是这么开的呀。”

他埋头继续画着，大笔一挥，他的笔下，出现一个大大的太阳。太阳的光芒从天上一直拖到地上，把房屋罩住了，把树和花朵罩住了。他再唰唰几笔，给大太阳加上了一对硕大的翅膀。

我问：“太阳怎么长了翅膀呢？”

小侄儿头也不抬地说：“太阳本来就有翅膀啊，下雨的时候，它飞出去玩了，一会儿，它还会飞回来的。”

我被他的话击中，愣愣地看着他。小人儿却无知无觉，继续沉浸在他的笔下。他当不知，他的世界，多么富有禅意。原来，无论天空如何阴霾，太阳一直都在的，不在这里，就在那里。因为，它长了一对会飞的翅膀。

雪在掌心，会悄悄融化成暖暖的水的。

掌心化雪

那个时候，她家里真穷，父亲因病离世，母亲下岗，一个家，风雨飘摇。

大冬天里，雪花飘得紧密。她很想要一件暖和的羽绒服，把自己裹在里面。可是看看母亲愁苦的脸，她把这个欲望，压进肚子里。她穿着已洗得单薄的旧棉衣去上学，一路上冻得瑟瑟。她想起安徒生的童话《卖火柴的小女孩》，她想，若是她也有一把可供燃烧的火柴，该多好啊。她实在，太冷了。

拐过校园那棵粗大的梧桐树，一树银花，映着一个琼楼玉宇的世界。她呆呆站着看，世界是美好的，寒冷却钻肌入骨。突然，年轻的语文老师迎面而来，看到她，微微一愣，问："这么冷的天，你怎么穿得这么少？瞧，你的嘴唇，都冻得发紫了。"

她慌张地答："不冷。"转身落荒而逃，逃离的身影，歪歪扭扭。她是个自尊的孩子，她实在怕人窥见她衣服背后的贫穷。

语文课，她拿出课本来，准备做笔记。语文老师突然宣布："这节课我们来个景物描写竞赛，就写外面的雪。有丰厚的奖品等着你们哦。"教室里炸了锅，同学们兴奋得喳喳喳，奖品刺激着大家的神经，私下猜测，会是什么呢？

很快，同学们都写好了，每个人都穷尽自己的好词好语。她也写了，却写得索然，她写道："雪是美的，也是冷的。"她没想过得奖，她认为那是很遥远的事，因为她的成绩一直不引人注目。加上家境贫寒，她有多自尊，就有多自卑，她把自己封闭成孤立的世界。

改天，作文发下来，她意外地看到，语文老师在她的作文后面批了一句话："雪在掌心，会悄悄融化成暖暖的水的。"这话带着温度，让她为之一暖。令她更为惊讶的是，竞赛中，她竟得了一等奖。一等奖仅仅一个，后面有两个二等奖，三个三等奖。

奖品搬上讲台，一等奖的奖品是漂亮的帽子和围巾，还有一双厚厚的棉手套。二等奖的奖品是围巾，三等奖的奖品是手套。

在热烈的掌声中，她绯红着脸，从语文老师手里领取了她的奖品。她觉得心中某个角落的雪，静悄悄地融了，湿润润的，暖了心。那个冬天，她戴着那顶帽子，裹着那条大围巾，戴着那副棉手套，严寒再也没有侵袭过她。她安然地度过了一个冬天，一直到春暖花开。

后来，她读大学了，她毕业工作了。她有了足够的钱，可以宽裕地享受生活。朋友们邀她去旅游，她不去，却一次一次往福利院跑，带了礼物去。她不像别的人，到了那里，把礼物丢下就完事，而是把孩子们召集起来，温柔地对孩子们说："来，宝贝们，我们来做个游戏。"

她的游戏，花样百出，有时猜谜语，有时背唐诗，有时算算术，有时捉迷藏。在游戏中胜出的孩子，会得到她的奖品——衣服、鞋子、书本等，都是孩子们正需要的。她让他们感到，那不是施舍，而是他们应得的奖励。温暖便如掌心化雪，悄悄融入孩子们卑微的心灵。

人生抛却了那么多的弯，还原成最初真实的模样，你就是你，我就是我，月亮就是月亮。

月亮像月亮

阳阳是我邻居的女儿，四岁，有一双圆溜溜的眼，很小人精的样子。

小区修葺花园，运来一堆沙。阳阳可找到乐子了，守着一堆沙，一玩就是大半天。她不辞辛苦地把沙子装进一个小颈的瓶子里，再倒出来。再装，再倒。或者，抓起一把沙子，随手一扬。沙子飘落，灌她一头一身。她的笑声，也跟着跌落。

我在一边看着好笑，问她，阳阳，这沙子有什么好玩的？

她头也不抬地答，好玩就是好玩呗。继续玩得不亦乐乎，把沙子装进瓶子里，再倒出来。再装，再倒。碎碎的阳光，金粉一样的，铺她一身，她是淹在金粉里的孩子。

看着她，怔怔想，从前的自己，也是这般无忧着的吧？玩泥巴、捉蜻蜓，把捡来的石子，当作宝贝，塞满裤兜。

在孩子的眼睛里，这世上的一切，原都是充满生机充满乐趣的，所以，快乐无处不在。只是，从哪一天起，这些快乐离我们越来越远，直至，看不见了？

阳阳喜欢唱歌，一天到晚，她的嘴里，都在哼哼唧唧地唱着。有时唱得兴起了，还伴以一些动作，手也舞足也蹈的。一次，我认真听她唱歌，却一句也没听懂。

笑问她，阳阳，你唱的是什么歌呢?

她奇怪地看我一眼，说，我唱的是我自己的歌啊。

她继续唱，对着一盆盛开的茶花唱，对着窗前飞过的鸟儿唱，对着天空唱，对着自己的玩具唱，甚至，对着一面墙壁唱。神情专注，姿势投入。

每个孩子的心里，原都装满了属于自己的歌。你若路过，可以伫听，但千万不要打断。那种天籁之音，从前的你，也有，也有啊。可是，什么时候你把它搞丢了呢?

月明星稀夜，我和邻居，带着阳阳一起在小区散步。天空真明净，黛青色的天幕上，只缀着一个月亮，像画上去似的。清风徐徐，这样的夜晚，适合抒情。我的脑子里，很是应景地蹦出一些诗句来："月出皎兮，佼人僚兮。舒窈纠兮，劳心悄兮。"古人的浪漫，是与自然长存的，望见明月，就想到那个如明月一样的人，想得心里，爬满忧伤，——不能相见的苦。

阳阳在我们前面蹦跳，她沐在奶油样的月光里，像一只快乐的小猫。把她"捉"过来，指着天上的月亮问她，阳阳，你看，天上的月亮像什么?

我心里冒出李白的那句"小时不识月，呼作白玉盘"，想这小人儿会不会说出白玉盘之类的话来。谁知她抬头认真地看了看天空，然后肯定地告诉我，月亮像月亮啊。

月亮像月亮，多么恰当的比喻！我被一个孩子折服。古今中外，那么多优美的描写月亮的诗句，都没有这一句来得真，来得美。可不是么，月亮若不像月亮，它还能像别的什么呢？人生抛却了那么多的弯，还原成最初真实的模样，你就是你，我就是我，月亮就是月亮。

风霜来，它接纳。

雨雪来，它接纳。

岁月再多的涛光波影，也难得撼动它了。

冬天的树

在冬天，我常常不由自主地会为一棵树停下脚步，一棵掉光叶的树。

那棵树，或许是棵银杏。或许是棵刺槐。或许是棵苦楝树。或许是棵桑。它们一律的面容安详，简洁清爽，不卑不亢，不瞒不藏，坦露出它们的所有。没有了蓊郁，没有了喧哗，没有了繁花灼灼、果实丰登。可是，却端然庄严得叫你生了敬畏和敬重。

偶尔的鸟雀，会停歇在它裸露的枝条上，把那当作椅子、凳子，坐上面梳理毛发，晒晒太阳。它也总是慈祥地接纳。

风霜来，它接纳。

雨雪来，它接纳。

岁月再多的涛光波影，也难得撼动它了。它在光阴里，端坐。鼻对口，眼对心，如“打禅七”的禅僧。

智利诗人聂鲁达说，当华美的叶片落尽，生命的脉络才历历可见。一棵冬天的树，很好地诠释了这句诗。

它让我总是想到那次偶遇：

是在南国小镇。年老的阿婆，发髻整齐，穿着香云纱的衫裤，端坐在弄堂口。风吹过去，吹得她的衫裤沙沙作响。人走过去，花红柳绿地摇曳生姿。她只端坐不动，与世界安然相对，榆树皮似的脸上，不见喜悲。

年轻时的故事，却是百转千回层层叠叠。家穷，兄妹多。那年，她不过才十一二岁，就南下南洋打工。所得薪金，悉数寄往家里。一段日子的苦撑苦熬，兄妹们终于长大成人。她从南洋返回后，自梳头发，成了一个立誓终身不嫁的自梳女。

那个年代，女性的地位低下卑微。走出家门的女性，独立意识开始苏醒，不甘心嫁到婆家，受虐待受欺侮。于是，她们像已婚妇女那样，在乡党的见证下，自行盘起头发，以示独守终身，这就成了自梳女。做了自梳女的女子，若中途变节，是要受到重罚的。轻则会遭到酷刑毒打，重则会被装入猪笼投河溺死。死后，其父母还不得为其收尸葬殓。

可是，爱情的到来，犹如春芽要钻出土来，四月的枝头花要绽放，哪里压得住！她爱了。

被吊打，被火烙，还差点被沉了河，她依然矢志不渝，只愿和心爱的人能生相随，死相伴。

她最终被乡党逐出家园。爱的那个人，却始乱终弃。她当时已怀有身孕，一个人流落他乡，养蚕种桑，独自把孩子抚养长大。

她拥有一手传统的好手艺，织得香云纱。九十多岁了，自己身上的衣，还是自己亲手织布，亲手漂染，亲手缝制。

人把她的一生当传奇，对她的往昔追问不休。她只淡淡笑着，不言不语，风云不惊。

是啊，还有什么可惊的呢！就像一棵冬天的树，已历经春的萌动，夏的繁茂，秋的斑斓，生命的脉络，已然描摹清晰。别再去问活着的意义，一生的所经所历，便是答案。

这个冬天，我陪朋友逛我们的小城泰山寺。寺庙跟前，我看到一棵苦楝树，撑着一树线条般的枝枝丫丫，斑驳着日影天光。如一尊佛，练达清朗。我们一时仰望无语。且住，且住，这岁月的根深流长。

一个人的存在，到底对谁很重要？这世上，总有一些人记得你，就像风会记得一朵花的香。凡来尘往，莫不如此。

风会记得一朵花的香

一

没事的时候，我喜欢伏在三楼的阳台上，往下看。

那儿，几间平房，坐西朝东，原先是某家单位做仓库用的。房很旧了，屋顶有几处破败得很，像一件破棉袄，露出里面的絮。"絮"是褐色的木片子，下雨的天，我总担心它会不会漏雨。

房子周围长了五棵紫薇。花开时节，我留意过，一树花白，两树花红，两树花紫。把几间平房，衬得水粉水粉的。常有一只野鹦鹉，在花树间跳来跳去，变换着嗓音唱歌。

房前，码着一堆的砖，不知做什么用的。砖堆上，很少有空落落的时候，上面或晒着鞋，或晾着衣物什么的。最常见的，是两双绒拖鞋，一双蓝，一双红，它们相偎在砖堆上，孵太阳。像夫，与妇。

也真的是一对夫妇住着，男的是一家公司的门卫，女的是街道清洁工。他们早出晚归，从未与我照过面，但我听见过他们的说话声，在夜晚，喁喁的，像虫鸣。我从夜晚的阳台上望下去，望见屋子里的灯光，和在灯光里走动的两个人影。世界美好得让人心里长出水草来。

某天，我突然发现砖堆上空着，不见了蓝的拖鞋红的拖鞋，砖堆一下子变得异常冷清与寂寥。他们外出了？还是生病了？我有些心神不宁。

重“见”他们，是在几天后的午后。我在阳台上晾衣裳，随意往楼下看了看，看到砖堆上，赫然躺着一蓝一红两双绒拖鞋，在太阳下，相偎着，仿佛它们从来不曾离开过。那一刻，我的心里腾出欢喜来：感谢天！他们还都好好地在着。

二

做宫廷桂花糕的老人，天天停在一条路边。他的背后，是一堵废弃的围墙，但这不妨碍桂花糕的香。他跟前的铁皮箱子上，叠放着五六个小蒸笼，什么时候见着，都有袅袅的香雾，在上面缠着绕着，那是蒸熟的桂花糕好闻的味道。

老人瘦小，永远一身藏青的衣、藏青的围裙。雪白的米粉，被他装进一个小小的木器具里，上面点缀桂花三两点，放进蒸笼里，不过眨眼间，一块桂花糕就成了。

停在他那儿，买了几块尝。热乎乎的甜，软乎乎的香，忍不住夸他，你做的桂花糕，真的很好吃。他笑得十分十分开心，他说，他做桂花糕，已好些年了。

我问，祖上就做么？

他答，祖上就做的。

我提出要跟他学做，他一口答应，好。

于是我笑，他笑，都不当真。却喜欢这样的对话，轻松、愉快，人与人，不疏离。

再路过，我会冲着他的桂花糕摊子笑笑，他有时会看见，有时正忙，看不见。看见了，也只当我是陌生的，回我一个浅浅的笑。——来往顾客太多，他不记得我了。但我知道，我已忘不掉桂花糕的香，许多小城人，也都忘不掉。

现在，每每看到老人在那里，心里便很安然。像小时去亲戚家，拐过一个巷道，望见麻子师傅的烧饼炉，心就开始雀跃，哦，他在呢，他在呢。

麻子师傅的烧饼炉，是当年老街的一个标志。它和老街一起，成为一代人的记忆。

三

卖杂粮饼的女人，每到黄昏时，会把摊子摆到我们学校门口。两块钱的杂粮饼，现在涨到三块了，味道很好，有时我也会去买上一个。

时间久了，我们相熟了。遇到时，会微笑、点头，算作招呼。偶尔，也有简短的对话，她知道我是老师，会问一句，老师，下课了？我答应一声，问她，冷吗？她笑着回我，不冷。

我们的交往，也仅仅限于此。淡淡的，像路边随便相遇到的一段寻常。

我出去开笔会，一走半个多月。回来后，正常上班、下班，没觉得有什么不同。

女人的摊子，还摆在学校门口，上面撑起一个大雨篷，挡风的。学生们还未放学，女人便闲着，双手插在红围裙兜里，在看街景。当看到我时，女人的眼里跳出惊喜来，女人说，老师，好长时间没看到你了。

当下愣住，一个人的存在，到底对谁很重要？这世上，总有一些人记得你，就像风会记得一朵花的香。凡来尘往，莫不如此。

虫鸣在四周此起彼伏地响起，南瓜花在夜色里静静开放。月亮升起来，盈盈如水。恍惚间，月下有小女孩，手执小扇，追着扑流萤。

小扇轻摇的时光

暑假了，母亲一直盼望我能回乡下住几天。她知道我打小就喜欢吃些瓜呀果的，所以每年都少不了要在地里种一些。待得我放暑假的时候，那些瓜呀果的正当时，一个个碧润可爱，专等我回家吃。

天气热，我赖在有空调的房间里怕出来，故回家的行程被一拖再拖。眼看着假期已过一半了，我还没有回家的意思。母亲首先沉不住气了，打来电话说："你再不回来，那些瓜都要熟得烂掉了。"

再没有赖下去的理由了。遂带了儿子，冒着大太阳，坐了几个小时的车，回到了生我养我的小村庄。

村庄的人都是看着我长大的，看见我了，亲切得如自家的孩子。远远地就笑着递过话来："梅又回来看妈妈啦?"我笑着应："是呢。"走远了，听到他们在背后议论："这孩子孝顺，一点不忘本。"心里面霎时涌满羞愧，我其实什么也没做啊，只偶尔把自己送回来给想念我的母亲看一看，竟被村人们夸成孝顺了。

母亲知道我回来，早早地把瓜摘下来，放在井水里面凉着。是我最喜欢吃的梨瓜和香瓜。又把家里唯一的一台大电风扇，搬到我儿子身边，给我儿子吹。

我很贪婪地捧了瓜就啃，母亲在一边心满意足地看，说："田里面结得多呢，你多待些日子，保证你天天有瓜吃。"我笑笑，有些口是心非地说："好。"儿子却在一旁大叫起来："不行不行，外婆，你家太热了。"

母亲惊诧地问："有大电风扇吹着还热?"

儿子不屑了，说："大电风扇算什么？我家还有空调呢，你看你家连卫生间也没有呢。"

我立即用严厉的眼神制止了儿子，对母亲笑："妈你别听他的，有电风扇吹着不热的。"

母亲没再说什么，一头没进厨房间，去给我们忙好吃的了。

晚饭后，母亲把那台大电风扇搬到我房内，有些内疚地说："让你们热着了，明天你就带孩子回去吧，别让孩子在这儿热坏了。"

我笑笑，执意要坐到外面纳凉。母亲先是一愣，继而惊喜不已，忙不迭搬了躺椅到外面。我仰面躺下，对着天空，手上执一把母亲递来的蒲扇，慢慢摇。虫鸣在四周此起彼伏地响起，南瓜花在夜色里静静开放。月亮升起来，盈盈如水。恍惚间，月下有小女孩，手执小扇，追着扑流萤。

和母亲有一句没一句地说着话，重重复复的，都是些走过的旧时光。母亲在那些旧时光里沉醉。月色潋滟，我的心放松成水中一根柔软的水草，迷糊着就要睡过去了。母亲的声音突然在耳边响起："冬英你还记得不？就是那个跟男人打赌，一顿吃二十个包子的冬英？"

"当然记得，那个粗眉毛大眼睛的女人，干起活来，大男人也及不上她。"

"她死了。"母亲语调忧伤地说："早上还好好的呢，还吃两大碗粥呢。准备到田里面锄草的，还没走到田里呢，突然倒下，就没气了。"

"人啊。"母亲叹一声。

"人啊。"我也跟着叹一声。心里面突然警醒，这样小扇轻摇，与母亲相守的时光，一生中还能有几回呢？暗地里打算好了，明日，是决计不回去的了，我要在这儿多住几日，好好握住这小扇轻摇的时光。

母亲就如一棵老了的树，在不知不觉中，它掉叶了，它光秃秃了，连轻如羽毛的阳光，它也扛不住了。

爱到无力

母亲踅进厨房有好大一会了。

我们兄妹几个坐在屋前晒太阳，等着开午饭，一边闲闲地说着话。这是每年的惯例，春节期间，兄妹几个约好了日子，从各自的小家出发，回到母亲身边来拜年。母亲总是高兴地给我们忙这忙那。这个喜欢吃蔬菜，那个喜欢吃鱼，这个爱吃糯米糕，那个好辣，母亲都记着。端上来的菜，投了人人的喜好。临了，母亲还给离家最远的我，备上好多好吃的带上。这个袋子里装青菜菠菜，那个袋子里装年糕肉丸子。姐姐戏称我每次回家，都是鬼子进村，大扫荡了。的确有点像。母亲恨不得把她自己，也塞到袋子里，让我带回城，好事无巨细地把我照顾好。

这次回家，母亲也是高兴的，围在我们身边转半天，看着这个笑，看着那个笑。我们的孩子，一齐叫她外婆，她不知怎么应答才好。摸摸这个的手，抚抚那个的脸。这是多么灿烂热闹的场景啊，它把一切的困厄苦痛，全都掩藏得不见影踪。母亲的笑，便一直挂在脸上，像窗花贴在窗上。母亲突然想起什么似的说：“我要到地里挑青菜了。”却因找一把小锹，屋里屋外乱转了一通，最后在窗台边找到它。姐姐说：“妈老了。”

妈真的老了吗？我们顺着姐姐的目光，一齐看过去。母亲在阳光下发愣，“我要做什么的？哦，挑青菜呢。”母亲自言自语。背影看起来，真小啊，小得像一枚皱褶的核桃。

厨房里，动静不像往年大，有些静悄悄。母亲在切芋头，切几刀，停一下，仿佛被什么绊住了思绪。她抬头愣愣看着一处，复又低头切起来。我跳进厨房要帮忙，母亲慌了，拦住，连连说：“快出去，别弄脏你的衣裳。”我看看身上，银色外套，银色毛领子，的确是不禁脏的。

我继续坐到屋前晒太阳。阳光无限好，仿佛还是昔时的模样，温暖，无忧。却又不同了，因为我们都不是昔时的那一个了，一些现实无法回避：祖父卧床不起已好些时日，大小便失禁，床前照料之人，只有母亲。大冬天里，母亲双手浸在冰冷的河水里，给祖父洗弄脏的被褥。姐姐的孩子，好好的突然患了眼疾，视力急剧下降，去医院检查，竟是严重的青光眼。母亲愁得夜不成眠，逢人便问，孩子没了眼睛咋办呢？都快问成祥林嫂了。弟弟婚姻破裂，一个人形只影单地晃来晃去，母亲当着人面落泪不止，她不知道拿她这个儿子怎么办。母亲自己，也是多病多难的，贫血，多眩晕。手有严重的风湿性关节炎，疼痛，指头已伸不直了。家里家外，却少不了她那双手的操劳。

我再进厨房，钟已敲过十二点了。太阳当头照，我的孩子嚷饿，我去看饭熟了没。母亲竟还在切芋头，旁边的篮子里，晾着洗好的青菜。锅灶却是冷的。母亲昔日的利落，已消失殆尽。看到我，她恍然惊醒过来，异常歉意地说："乖乖，饿了吧？饭就快好了。"这一说，差点把我的泪说出来。我说："妈，还是我来吧。"我麻利地清洗锅盆，炒菜烧汤煮饭，母亲在一边看着，没再阻拦。

回城的时候，我第一次没大包小包地往回带东西，连一片菜叶子也没带。母亲内疚得无以复加，她的脸，贴着我的车窗，反反复复地说："乖乖，让你空着手啊，让你空着手啊。"我背过脸去，我说："妈，城里什么都有的。"我怕我的泪，会抑制不住掉下来。以前我总以为，青山青，绿水长，我的母亲，永远是母亲，永远有着饱满的爱，供我们吮吸。而事实上，不是这样的，母亲犹如一棵老了的树，在不知不觉中，它掉叶了，它光秃秃了，连轻如羽毛的阳光，它也扛不住了。

我的母亲，终于爱到无力。

我们的心，开始生了翅膀，朝着一个日子飞翔。

牛皮纸包着的月饼

朋友去北京，给我带回两盒包装精美的月饼。红漆木盒装着，华丽、雍容。

揭开盒盖，不多的几只月饼，躺在质地柔软的丝绒上，是皇家女儿，金枝玉叶着。

洗净了手，和家人带着虔诚的心，切了一只月饼来尝。为此，我还特地拿出宝贝样收藏着的印花水晶盘，把月饼摆成菊的模样。一家人欢欢喜喜拿了吃，鱼翅做的馅，味道怪异，家人都只吃了一口，就放下了。我坚持吃两块，但终究，也受不了那份怪异。余下的，狠狠心，丢进垃圾筒。丢的时候，我祖母似的念叨，作孽啊作孽啊。

便格外怀念起小时的月饼来。是些小作坊做的，用桂花或松仁做馅，外面的面粉，层层起酥，洇着金黄的油。看着就让人垂涎欲滴。

在中秋前一个星期，村部的唯一一家小商店，就把月饼买回来了。散装的，搁在一个大缸里。我们放学时从商店门口过，可以闻得见空气里的月饼味，香甜香甜的，很浓。探头去看，总看到面皮白白的店主，在用牛皮纸包装月饼，五个一包，十个一包。他动作舒缓，在那时的我们眼里，那动作无疑是美的，充满甜蜜的味道。我们的心，开始生了翅膀，朝着一个日子飞翔。

终于等到中秋这一天了。起早祖父就答应了的，晚上，每人可以分到一个月饼。那一天，我们再没了心思做其他的事，只盼着月亮快快升起来。等月亮真的升起来了，我们不赏月，眼睛都聚到门口的小路上。祖父出现了，手里提着用牛皮纸包着的月饼，隔了老远，我们都能闻到月饼的味道。兄妹几个，跑过去迎接，在他身边跳。祖父说，小店里挤满了人，好不容易才买到月饼。语气里有得意，仿佛他做了一件很了不得的事。

煤油灯下，祖父小心地揭开一层一层的牛皮纸，我们得到了向往中的月饼，用小手托着，日子幸福得能滴出蜜来。母亲在一边教育我们，好东西要留着慢慢吃。于是我们把月饼分成一点一点的碎屑，舔着吃。总能把一个月饼吃到第二天，甚至第三天。

大人们也一人一个月饼，但他们多半舍不得吃，藏着，只等我们嘴馋了时，分了去吃。但生活的琐碎和忙碌，会让他们忘掉藏月饼这件事。我祖母有一次藏了一个月饼，等她记起时，月饼上面已长了很长的毛了，不得不扔掉，一家人为此痛心了好多天。

祖母也曾把月饼分送给邻家两个孩子，那两个孩子跟着寡母过活，自是没钱买月饼。中秋时，别人家欢歌笑语，他们家却冷冷清清的。祖母说，可怜啊。遂踮着小脚，给他们送了月饼去。回家来安慰我们，让别人吃掉，比自己吃掉好。那时年幼，不明白这句话，现在想想，祖母说的是帮人的快乐啊。如今那两个孩子早已长大，都出息了，一个在南京，一个在杭州。我祖母在世的时候，他们每年回来，都会去看看她。他们说，忘不了小时候用牛皮纸包着的月饼。

生活或许是困苦的、艰涩的，但心，仍然可以向着美好跑去。

向着美好奔跑

阳光的影子，拓印在窗帘上，似抽象画。鸟的叫声，没在那些影子里。有的叫得短促，唧唧、唧唧，像婴儿的梦呓。有的叫得张扬，啫啫、啫啫，如吹号手在吹号子。

我忍不住跑过去看。窗台上的鸟，“轰”的一声飞走，落到旁边人家的屋顶上，叽叽喳喳。独有一只鸟，并不理睬左右的声响，兀自站在一棵矮小的银杏树上，对着天空，旁若无人地拉长音调，唱它的歌。一会儿轻柔，一会儿高亢，自娱自乐得不行。

鸟也有鸟的快乐，如人。各各安好。

也便看到了隔壁小屋的那个男人，他正站在银杏树旁。——我不怎么看得见他。大多数时候，他小屋的门，都落着锁，阒然无声。

搬来小区的最初，我很好奇于这幢小屋，它的前面是别墅，它的后面是别墅，它的左面是别墅，它的右面还是别墅。这幢三间平房的小屋，淹没在别墅群里，活像小矮人进了巨人国。

也极破旧。墙上刷的白石灰已斑驳得很，一块一块，裸露出里面灰色的墙面。远望去，像一堆空洞的眼睛，又像一堆张开的喑哑的嘴。屋顶上，绿苔与野草纠缠。有一棵野草长得特别茂盛，茎叶青绿，在那里盘踞了好几年的样子。有时，黑夜里望过去，我老疑心那是一只大鸟，蹲在那儿。孤单着，独自犹疑着，不知飞往何处去。他的小屋，没有灯光。

隐约听小区人讲过，他的父母先后患重病去世，欠下巨额债务，家里能变卖的东西，都变卖了。妻子耐不住清贫，跟他离了婚，并带走他们唯一的女儿。他成天在外打工，积攒着每一分钱，想尽早还清债务，接回女儿。

他的小屋旁，有巴掌大一块地，他不在的日子，里面长满野藤野草。现在，他不知从哪儿弄来一把锄头和铁锹，一上午都在那块地里忙碌，直到把那块地平整得如一张女人洗净的脸，散发出清洁的光。

他后来在那上面布种子，用竹子搭架子。是长黄瓜还是丝瓜还是扁豆？这样的猜想，让我欢喜。无论哪一种，我知道，不久之后，都将有满架的花，在清风里笑微微。那我将很有福气了，日日有满架的花可赏，且免费的。多好。

男人做完这一切，拍拍双手，把沾在手上的泥土拍落。太阳升高了，照得他额上的汗珠粒粒闪光。他搭的架子，一格一格，在他跟前，如听话的孩子，整齐地排列着，仿佛就听到种子破土的声音。男人退后几步，欣赏。再跨前两步，欣赏。那是他的杰作，他为之得意，脸上渐渐浮上笑来。那笑，漫开去，漫开去，融入阳光里。最后，分不清哪是他的笑，哪是阳光了。

生活或许是困苦的、艰涩的，但心，仍然可以向着美好跑去。如这个男人，在困厄中，整出了一地的希望。—— 一粒种子，就是一蓬的花、一蓬的果、一蓬的幸福和美好。

第五辑

云水禅心

云水？这个词真是绝妙！云是天上的水，水是地上的云。它们到底谁是谁呢？

云水禅心

好的曲子，是百听不厌的。

比如，我正在听的这首《云水禅心》。佛曲。四五年前，我初遇它，惊为天曲。魂被它一把攥住，满世界的喧哗，一下子退避数千里。

清清爽爽的古筝，配以三两声琵琶，如隔夜的雨滴，滚落在萋萋芳草上。一扇门，轻轻洞开，红尘隔在门外。人已完全做不了自己的主了，像懵懂的幼儿，一步步被它引领着，走近佛，走近禅，走近灵魂最初的地方。竹海森森，有泉水叮咚。有清风徐拂。有白云悠悠。有鸟鸣声交相呼应。鱼儿在清泉里，摇头摆尾。空气是绿色的，你甚至感觉到，有扑面而来的清冽和甜蜜。静，真静哪！这时候，你的心，化作一泓泉水流过去，化作一缕清风吹过去，化作一朵白云飘过去。不，不，还是化作一尾鱼好了，在清泉里，自由自在地游弋吧。

我的窗外，夏天的燠热一步一步逼近。今年的季节有点怪，春天久盼不至，夏天却急不可耐，一马当先，攻城略地——天气猝不及防地热起来。可隔了几年未听，这首《云水禅心》，还是一如既往的清丽。再多的烦躁，在它的轻抚下，也一一平息。

云水？这个词真是绝妙！云是天上的水，水是地上的云。它们到底谁是谁呢？一个，是另一个的影子，相互倾慕，相互辉映。

不记得在哪里看到的一句话了：云飘到哪里，人追到哪里；水流到哪里，人走到哪里。这天与地，原不是太阳的，不是月亮的，而是云的，是水的。

那一日，与几个朋友相约，去几百里外的便仓看牡丹。那里有传说中的枯枝牡丹——紫袍和赵粉，枯枝之上，绽放欢颜，花开七百四十年。驱车途中，一条河在我们一侧，一路跟随。天空晴朗，云朵洁白。突然撞见一个老渡口，有渡船停在岸边。午后清闲，老艄公独倚在船头，望天。隔岸，一个村庄像一幅水粉画，静止在那里。满坡的油菜花，还没开完，将谢未谢，把半条河给染得金黄。黛青的瓦房，散落在菜花间。

我们跳下车，奔过去。同行中，有四十大几的男人，激动得像个孩子，拿起照相机，一通猛拍，嘴里不停地嚷，多好啊，多好啊。

好什么呢？这天！这地！这云！这水！这渡口！老艄公倚在船头，气定神闲地看着我们。他是见多识广的，单等我们说，过河去。

真的过河去了。一人一元的渡船费。我们说，不贵不贵。好奇地问老艄公，你一天要渡多少人过河呢？他答，有时多，有时少。我们笑了，这话，像禅语。

船向对岸划过去，击起水花一朵朵。水里的云影，被搅碎了，又很快缝合。船一靠岸，我们立马扑进岸边那片油菜花地，走小径，过小桥。桥下忽然荡来一条小船，上面载着一些农用物品。船上有三人，两个男人，一个女人，女人头上系着花头巾。他们一门心思撑着小船，从我们跟前划过去，划过去。岸边杨柳青。

我们忘了要去的目的地，在那个小村庄里流连，心里涨满莫名的感动。人生的相遇、相见、相别，是这样的不确定，又是这样的合情合理。佛家说，云水禅心。又，云在青天水在瓶。一切的物与生命，原都以自然的面貌，各各存活在自己的岁月里。像那个老渡口，一河的水，倒映着岸边的油菜花，倒映着蓝天白云。午后的阳光，泼泼洒洒。一艘小船，从时光里，悠然撑过。

月下一支清冷的百合，在乐曲声中，徐徐地开了花。

追风的女儿

《追风的女儿》是陈悦经典的箫笛之作。第一次听到它时，我信了一句话，音乐，会在一瞬间洞开人的灵魂。何况是用箫吹奏的呢？

在所有的乐器中，我一直对箫怀有敬畏。我以为箫是最具灵性的，它与露珠、与风霜、与星辰、与月光、与山谷、与河流连得很近。这首《追风的女儿》恰恰如此，它把日月星辰、山川河流、风霜雨露统统糅合在一起了，天衣无缝。

整首曲子听上去，不像是吹出来的，像是从灵魂深处长出来的。曲径通幽处，月下的藤蔓，伸了长长的触须，向着夜色渺茫处攀去。灵魂这时便像蜿蜒的小蛇，顺着月光的藤蔓，朝着更渺茫的夜空里爬行。那里有什么呢？莽莽苍苍，苍苍莽莽，流不尽的心事，泊不完的思念！

应该是在满月的夜晚，应该是在高高的山巅上，应该是这样一个女子—— 一袭白衣，长发飘飘，手执一管长箫，幽幽地吹。月下一枝清冷的百合，在乐曲声中，徐徐地开了花。风悄悄吹起，月色冷冷而下。她的发飞起来、飞起来，乐曲滑翔，像纤手在寒冬里滑过青瓷。痛也是说不清的，悲也是说不清的，只觉得沁凉入骨。

她或许就是《诗经》里那个站成蒹葭的女子，永远的在水一方，却与爱情隔水相望。她或许就是《汉乐府》里那个被前夫所弃的女人，在前夫另结新欢了，她还跪着长问，新人复如何？心里是一千个一万个放不下哪。夜凉如水时，谁见她独自泪洒枕巾？她或许就是宋词里那个独上高楼的女子，望不尽天涯路，此情无计可消除，才下眉头，却上心头。

乐曲继续滑翔，风继续在吹。我怀疑，千百年来，那风就从没停过。因此追风的女儿，便从远古，一路追了过来，她们涉水而来，踏露而来，为爱百转千回。纵使被伤得千疮百孔。也在所不惜。

原来，这才是女人的死穴，一旦爱上，就再难放下。正如高胜美在另一首《追风的女儿》中所唱的："风来云也到，雨也落了。云一被风拥抱，就哭了。再也忘不了，你对我的好，被你骗到连天荒也老……"

其实，什么都明白的，曾经的好，早已风吹云散，天荒也老。却还是要去追，用尽毕生的热情。即使追成望夫岩，千年固守在山巅上眺望，也还是要追。所以有女子抱守着一句承诺，孤单终老一生。

所以，骄傲如才女张爱玲，在爱上胡兰成后，也不惜低下她高傲的头，倾尽小女子的温柔。最是心痛她说的那句话："见了他，她变得很低很低，低到尘埃里，但她心里是欢喜的，从尘埃里开出花来。"

多傻啊！低到尘埃里，连自己也做不成了。聪明如她，亦逃不过，做一个追风的女儿。

或许这世上，正因了这样的女子，才有了久久长长。因为爱过，所以无悔。

一个中年朋友，跟我描绘他记忆里的故乡，他肯定地说，那是一种声音，黄昏的声音。

故乡的原风景

《故乡的原风景》一曲，是日本陶笛家宗次郎创作的。我是一听倾心，再听倾肺，是倾心倾肺了。

其实，令我惊异的不仅是乐曲本身，还有，演奏乐曲所使用的乐器——陶笛。这是一种极古老的乐器，大约公元前2000年，在南美洲就有了黏土烧制的器具，可以吹奏简单乐曲，被认为是最早的陶笛。十六世纪流传到欧洲，不断得到改造，由一孔发展到多孔，音域随之增加，吹出的声音，更是清丽婉转。上个世纪二三十年代，一个叫明田川孝的日本年轻人，在德国第一眼见到陶笛，立即被它迷住了。他对这种乐器进行加工，制作出十二孔日本陶笛，风靡日本。随着陶笛在日本的风靡，日本出现了许多陶笛演奏家，宗次郎就是其中杰出的一个。

跟明田川孝一样，宗次郎也是第一眼见到陶笛，就被迷住的。后来，他干脆自己盖窑，亲自烧柴，制作属于他自己的陶笛。当我听着《故乡的原风景》时，我总是不可遏制地想，这是泥土在欢唱呢。那些沉默的泥土，那些厚重的泥土，在懂他的人手里，变成亲爱的陶笛。一个孔，两个孔，三个孔，四个孔……孔里面，灌着风声、草声、流水声、鸟鸣声……这是故乡啊，是魂也牵梦也萦的故乡，是根子里的血与水。他给它生命，它给他灵魂，那是怎样一种交融！

我以为，真的没有乐器可以替代了陶笛，来演奏这首《故乡的原风景》的。在远离故乡的天空下，我静静坐在台阶上听，一片落叶，从不远处的树上掉下来。天空明净，明净成一片原野，秋天的。原野上，小野菊们开着黄的花、白的花、紫的花。弯弯曲曲的田埂边，长着狗尾巴草和车前子。河边的芦苇，已渐显出霜落的颜色。有水鸟，“扑”的从中飞出来，在半空中划过一道美丽的弧线。风吹得沙沙沙的。人家的炊烟，在屋顶缭绕。间或有狗叫鸡鸣。还有羊的“咩咩咩”，叫得一往情深、柔情似水。

如果是在月夜，你会听到很多梦呓的声音：草的、虫的、树的、鸟的、房子的……它们安睡在亲切的土地上，安睡在陶笛之上。孩子依偎在母亲怀里，睡得香甜。月光在窗外落，像雪，晶莹的，花朵般的。世界是这样的宁静，宁静得仿若人生初相见。初相见是什么？你的纯真，我的懵懂。如婴儿初看世界，一片澄清。

一个中年朋友，跟我描绘他记忆里的故乡，他肯定地说，那是一种声音，黄昏的声音。那个时候，他在乡下务农，挑河挖沟，割麦插秧，什么活都干。每日黄昏，他从地里扛着农具往家走，晚霞烧红天边，村庄上空，雾霭渐渐重了。这时，他就会听到一种声音，在耳边流淌，欢快的，欢快得无以复加。

他的心，慢慢溢满一种欢愉，无法言说的。“你说，黄昏到底会发出什么样的声音呢?”多年后，他在远离故土的城里，在一家装潢不错的酒店的餐桌上，说起故乡的黄昏，他的眼里，蓄满温情。

我以为，那一定是泥土的声音，那些饱吸阳光与汗水的泥土，那些开着花长着草的泥土，那些长出粮食长出希望的泥土……除了泥土，还有什么，可以让我们如此亲近?

昨日的美好，都曾有过啊，于是人生完满起来。

昨日重现

第一次听到卡伦·卡朋特演唱的《昨日重现》时，我在读高中。年轻的英语老师说，给你们放首英文歌听吧。于是，我听到了卡伦·卡朋特的声音，在碎碎的夕阳里，慢慢地铺开来。如一袭华美的毯子，上面罩满高贵的忧伤。

这是一种逼人的气质。虽然彼时彼地，我根本不知道卡伦·卡朋特是何许人，根本听不懂她唱的是什么，但那声音，却势不可挡地直抵我的灵魂，光芒四射。

重听这首歌，已相隔了十来年。所谓弹指一挥间，也不过是听一首歌的距离。十来年的时间，她的声音还飘荡在那优美的旋律里，一遍一遍地唱道："听到爱情之歌，我会随之吟唱，诵记歌中的每字每句……"而听的人，却已经老了。

她的声音里有我们熟悉的味道，亲切、柔软，是小时吃过的年糕，是居家时枕惯的一方棉布枕巾。我们在红尘中走倦的心，渐渐地在那声音里安静下来，"当我还小的时候，我爱听收音机，等着那些我喜欢的歌。当它们响起，我会跟着一起唱……”你有过这样的好时光么？自然有过，所以，你把她当知己。

舒缓的曲子，醇厚的声音，又像一块方糖融入咖啡，泛起甜蜜的忧伤。幸福的感觉，大抵都有些忧伤的吧。窗外的阳光，羽毛一般，轻轻落下。一盆吊兰，在阳光下舒展。鸟的影子，掠过窗前。时光是这样的安详，所谓的地久天长就是这个样子吧？此生此世，我都在这里。此生此世，爱都守在这里。

曾看过一部老片子。片子中的男女主人公，年轻的时候相遇、热恋。他们一起去野外游玩，野菊花开满山坡。他们坐在山坡上，坐在花丛里，像花儿对着花儿。他们一起去看海，海风把她的发丝，吹扬到他的脸上，他低头凝视她，一眼的对望里，有着山盟海誓。他们一起在风中大声歌唱。一起迎着夕阳奔跑。一起弯腰逗过街角的一条狗。一起数望过满天星斗。

然而，战争爆发了，他去了前线，她留在后方，他们被迫分离。再相逢，都已是白发苍苍。背景是从前的野外，野菊花仍是满山坡地开着。他们四目相对，有泪，慢慢盈满眼眶，却都笑着。许久之后，男主人公忽然一指那些野菊花，对女主人公说：“你看，野菊花们开得还是那么好。”女主人公轻轻答一声：“是啊。”

远方，蓝天，野菊花……故事至此，戛然而止。我以为，再没有什么结局比这更温馨的了。所有的颠沛流离又算得了什么？你看，一切都还没变，野菊花们还在开着，还是昨日的样子，这才叫人感激不已！

陪一个老人太聊天。老太太在阳光下晒太阳，说起她年轻时的事，她核桃般褶皱的脸上，笑出一朵花来。她说：“你不知道呀，我年轻时，手可巧呢，会绣花，在鞋面上绣，在衣裳上绣，在枕头被面上绣，把花都给绣活了。”她浑浊的眼睛，凝望着远方，那里面，渐渐现出绵长的光芒来。

我们不再说话，一任阳光静静地飘落。“所有美好的回忆，再现我的脑海，如此的清晰，使我伤心落泪，犹如昨日重现。”有些惆怅，惆怅得心满意足。昨日的美好，都曾有过啊，于是人生完满起来。

有一刻，总有那么一刻，我们的心，别无所求，纯净得如同婴儿。

无论对于人来说，还是对于狼来说，家园，才是灵魂最后皈依的地方。

布列瑟农的忧伤

这些天，我一直在听《布列瑟农》，马修·连恩演唱的。

这是一首关于家园关于流浪的歌，它的背景是：1992 年，加拿大某些地方政府施行了一项名为“驯鹿增量”的计划，为达到目的，必须大量捕杀狼群。布列瑟农，那个安静的村庄，那个生长着温暖记忆的地方，顷刻间泊满离别的忧伤。

一定是秋冬季节，远山，树木，人家的房屋，应该还有尖顶的教堂。其时，夕阳正落，阳光的影子，一点一点斜了，直至无。薄雾罩下来。星星开始亮了。风吹来晚钟的声音。落叶的味道，寂寥而温暖。流浪的生命——人，或者狼，此刻，就站在那片温暖的天空下，那片他们热爱之极的土地上，做深情回眸：“我站在布列瑟农的星空下/而星星，也在天的另一边照着布列勒/请你温柔地放手，因我必须远走……”

整首《布列瑟农》，曲调深沉，有着厚重的忧伤，像刚刚落下一场浓烈的雾，又像深秋里，飘过一场雨，一日一日在窗外下，下不尽地下着，让人望不到头。别了，亲爱的家园。别了，我的爱。“看着身边白云浮掠，日落月升/我将星辰抛在身后，让他们点亮你的天空”，马修·连恩忧郁的嗓音，舒缓而低沉，把这首曲子演绎得湿漉漉的。淋透了心的，原不是雨水啊，而是泪水。是双眸中的泪。

不忍看那个回眸：光秃的树丫，我爱你。沉默的山冈，我爱你。尖顶的教堂，我爱你。哪怕是人家屋顶上一缕炊烟，也爱，也爱的。那些寻常的，在告别的此刻，都变得那么亲切，那么刻骨铭心。迟缓的脚步，该迈向何处去？四顾苍茫，而一转身，就是关山险阻，天际遥遥。亲爱的家园，再也看不见了，亲爱的你，再也看不见了……

一个听过这首歌的女孩告诉我，她现在最怕听到火车声，一听到火车声，就想起这首《布列瑟农》来，年轻的心，就落满泪。她落泪，是因为亲爱的人，坐了火车去了远方。她想念他，她要在火车的这头，等他回家。

我祝福了她。有爱守着，她的那个人，想来不会迷路。这是人世间最最温暖的守候啊。怕只怕，一别之后，从此魂断梦也断。就像布列瑟农天空下那群流浪的狼。

我想起一个朋友来，朋友因做生意亏了，曾远到大西北去苦钱。走的时候，是怀了绝望的心的——亲情淡泊，朋友疏离，家乡再没有温暖可寻。他几乎是以一种逃离的姿势离开的。但在那个大草原深处，在那些月色浓酽得能让人醉倒的夜晚，他辗转反侧着遥想的，却是家乡。

一日，他终忍不住想念，在静夜里，给我打来电话。草原深处手机无信号，他就借了人家的卫星电话给我打。一分钟，十块钱，他亦是不在意的。他说，他要听听我的声音，听听故土的声音。原来，千万遍阳关走尽，最思念的，还是那个家园，它或许只是几杆青青的竹，或许只是光秃的枝丫上，托着的一个大大的鸟窝……那是根植于生命里的，无论对于人来说，还是对于狼来说，家园。才是灵魂最后皈依的地方。

但愿我们都能回到自己梦中的布列瑟农，但愿所有的灵魂，不再流浪。

二胡幽幽，一枕清水。箫与钢琴的唱和，更使整首曲子，浸染了湿漉漉的哀愁。

睡　莲

我以为贾鹏芳是个女人，且是个长发飘飘、面若芙蓉的女人。导致我产生这样的误解的，是他的音乐。我是第一次听，他的专集《遥》，这是个很容易让人浮想翩翩的名，是山迢迢水渺渺的遥，是望不尽天涯路的遥。而当音乐旋起，这遥，就成了一点青峰，半江残阳，数只寒鸥……心是二胡上的一根弦，不由自主地随着他，跋山涉水，起伏跌宕。我想，这世上，大概只有女人，才能把情，解读得如此细致。

后来看到他的照片，一袭白衫，戴金边眼镜，文弱书生的模样。旁配一段文字介绍：贾鹏芳，1958 年 4 月生，二胡演奏家，中国音乐家协会、日本东洋音乐学会会员。不禁莞尔。

他的《遥》里面，我极喜欢的是一首《睡莲》，能把人的心揉碎。我怕听，又抵制不住想听。于是常于一些微凉的黄昏，或是夜晚，倾听。这个时候，红尘隔绝，只有一泓碧波，荡漾开来。波上散落绿叶点点，圆盘子似的。莲在叶间，风拂来，花轻轻绽开。瓣瓣粉红中，一点素白，上有露珠盈盈欲坠。是心事三两点，不可语。

又或是，月下女子，眉似剪剪风，眸中秋水暗涨，红烛泪落，长夜不成眠。这个时候，可以思，可以忧，可以哭，可以爱……怎么都可以的，折腾到倦怠，也还是一个人的独角戏。红尘里，什么最令人神伤？是门扉紧闭，等待中的那双手，迟迟没有叩响心中的寂寞。一样花开，到底为谁？

乐曲幽怨彷徨，美得冷艳。我想起童话里的睡美人，一朝睡去，纵有千呼万唤，她亦是不肯醒过来的。只等王子到来，在她唇上轻轻一吻，她沉睡的眼，才会张开。爱人啊，我等你，我等的就是你。那一刻，云不飘，水不流，天地亘古成永恒。

我亦想起遥远的童年，乡下，一个爱种睡莲的女子。她在一只水缸里养睡莲，花开的时候，会吸引了我们去看。我们看花，也看她。她有乌黑的长辫子，是我们向往的。她有甜蜜的大酒窝，是我们向往的。我们小小的心里，就有了这样的梦想，长大了，一定也要留像她一样的长辫子。后来，她恋爱受挫，于一个月夜，投河自尽。从此，她家再不见睡莲花。

今日，我于一曲《睡莲》中，想起她，想那时，她若度过那一劫，会不会也有花好月圆？二胡幽幽，一枕清水。箫与钢琴的唱和，更使整首曲子，浸染了湿漉漉的哀愁。仿佛哪里伸出一双手来，就那么攫住你的心，你单凭乐曲沉浮，无能为力，只能眼睁睁看着自己陷进去，化做一朵睡莲花，于午时疼痛开放。有些你以为忘记掉的往事，这时，不可思议地涌上心头，不可思议地，让你想哭。原来，生命中的经历，它不是一袭风，吹过就吹过了，了无痕迹。而是岁月暗生的痣，不知不觉，就长在你的心口上。

那夜空里有什么？茫茫复茫茫的，是流不尽的心事，泊不完的思念！

有时的长相厮守，未必见得幸福。更永恒的爱情，是相见不如怀念。

绿袖子

《绿袖子》是一首地道的英国民谣，流传时间甚广，在伊丽莎白女王时代就被人传唱。后传说在英王亨利八世时，被重新填词，成为英国民歌的瑰宝。

我初见《绿袖子》，不是被它的旋律吸引，而是被它的名字吸引。其时，它正躺在一张 CD 上，不显山不露水的。但我还是一眼就喜欢上了，我想起一句宋词来：玉窗掣锁香云涨，唤绿袖、低敲方响。有无限娇俏的春光在里头。

几百年来，《绿袖子》的演绎版本多不胜数，无论用何种乐器演奏，都遮盖不了它本身逼人的气质。就像一个天生丽质的女子，穿什么，都一样光彩照人。但我，还是有偏爱的，我喜欢排箫演奏的。箫是一种有灵魂的乐器，它演奏的《绿袖子》里，飘满茉莉花香般的忧伤，像穿堂入室的风，从你的袖口里潜入，在你身上每块肌肤上游走。又如绿茵如毯的原野上，徘徊着一个绿蘑菇一样的姑娘，风吹着她的绿袖，她的眼里，蓄着黄昏落日。天地是那么广阔，广阔得没有尽头，何处才是她的家？——这都是让人忧伤得不能自已的事。

音乐背后的故事，更让人惆怅。一说是一个民间水手的爱情。水手和一个喜欢穿绿袖衣裳的姑娘相爱了，每次见面，姑娘都穿着她喜欢的绿袖衣裳，像一只美丽的绿云雀。后来战争爆发，水手参战去了，姑娘日日穿着绿袖衣裳，站在路口等待心上人归来，最后悲伤而死。多年的战争终于结束，满身沧桑的水手归来，却再寻不着他心爱的姑娘，他于是一遍一遍凄凄地唱："啊再见，绿袖，永别了，我向天祈祷，赐福你，因为我一生真爱你。求你再来，爱我一次。"乐曲委婉纤细，是不堪重负的荒野小草，风能读懂它心中的爱吗？最痛的爱情，莫过于纵使相逢不相识，尘满面，鬓如霜。

又一说，是国王亨利八世的爱情。这个在传说中相当暴戾的男人，却真心爱上一个民间女子，那女子穿一身绿衣裳。某天的郊外，阳光灿烂。他骑在马上，英俊威武。她披着金色长发，太阳光洒在她飘飘的绿袖上，美丽动人。只一个偶然照面，他们眼里，就烙下了对方的影。但她是知道他的，深宫大院，隔着蓬山几万重，她如何能够超越？唯有选择逃离。而他，阅尽美女无数，从没有一个女子，能像她一样，绿袖长舞，在一瞬间，住进他的心房，让他念念不忘。但斯人如梦，再也寻不到。思念迢迢复迢迢，日思夜想不得，他只得命令宫廷里的所有人都穿上绿衣裳，好解了他的相思。他寂寞地低吟："唉，我的爱，你心何忍？将我无情地抛去。而我一直在深爱你，在你身边我心欢喜。绿袖子就是我的欢乐，绿袖子就是我的欣喜，绿袖子就是我金子的心，我的绿袖女郎孰能比？"曲调缠绵低沉。终其一生，他不曾得到她，一瞬的相遇，从此成了永恒。

或许，这才是最好的结局。有时的长相厮守，未必见得幸福。更永恒的爱情，是相见不如怀念。一曲《绿袖子》，因此生生世世，经典在一颗又一颗、易于感动的心上。

那在灵魂深处，一声声寂寞的呐喊，如同旷野的风，呼啦啦，呼啦啦，直吹得人的心都起了褶。

寂寞的，孤独的

不知是不是这个世界真的越来越寂寞了，一首名为《Lonely》的歌，甫一面世，竟立即窜为全球点击率最高的歌。

Lonely，汉译为“寂寞的，孤独的”。不要听歌，单单字面上这几个字，就足够引起人的共鸣了。这世上，谁不是寂寞的孤独的？热闹也好，安静也罢，拂去人世浮华，每一个灵魂，其实都是一粒孤独的种子。

创作并演唱这首歌的，是一个叫 Nana 的黑人。他出身于非洲加纳一个富有家庭，他本应有个幸福完满的人生，但父母不合，在他很小的时候，父亲就离他们而去。母亲带着年幼的他，漂洋过海到了德国。在异国他乡那片天空下，他一日一日长大，饱受肤色歧视，世事多的是无奈。成年后，他写下这首《Lonely》，把所有的伤和痛——童年的不开心，少年的失意，青年的爱情失败，全都赤裸裸展露出来。那在灵魂深处，一声声寂寞的呐喊，如同旷野的风，呼啦啦，呼啦啦，直吹得人的心都起了褶。

整首歌的节奏，绵长里，带了明快。仿佛午时阳光正好，水面上跳出点点白的光，咚咚，咚咚，让人忍不住跟着后面想舞蹈。舞蹈？那是怎样一种姿态？只要闭起双眼，一个世界就消失了。远古洪荒。孤独的岛屿。原来，人就是那样一座岛屿啊，四周一片汪洋。“I am lonely lonely lonely”（我是这么这么的孤独），泪水，委屈，无尽的长夜，等待的漫长。

那么，舞蹈吧，淋漓尽致地舞蹈罢。“I am lonely lonely lonely”，女声的伴唱，更像柔软的一把刀子，轻轻划过人的肌肤。是的是的，“我是这么这么的孤独”，在凉爽的六月天，请允许我流一场痛快的泪，请允许我疯狂一回。“我们还是无法离散/我们知道游戏的规则/是永远那么清楚明白”，清楚又如何？不问前世，不问将来，我只要现在，只要当下。当下，你一定要看得见我，你一定要知道我的心，我是这样这样的渴求你的暖。哦，上帝！

歌曲中，还穿插了大段的说唱。Nana 嗓音低沉，絮絮倾诉，呻吟般的。像个无助的孩子，一个人走在荒原里。天是那么高，地是那么广，人是那么小，如何才能找到自己的家园？又像极，秋冬时节，树上落下的一枚叶。叶枯黄，颓败。在风中，兀自地转啊转啊。那份孤独，深入骨髓。

但又不是让人绝望的，他有他心之所往，“穿过午夜孤独的大街/身上带着新添的伤痕/眼含泪水/去寻找光明”，光明在哪里？“黑暗是必经之路/上帝会拯救我”。原来，每个人的心上，都住着一个上帝。

我想起才女张爱玲，很是不由自主地。隔着重洋的美国。一个人的公寓。寂寞的楼层。有电梯声，在楼外悄无声息地上上下下。树荫遮住一个城的繁华。悲欢沉浮的人生，都去了。她轻轻摊开一张天津地毯，地毯上，有大团的花，很艳丽地寂寞着。她把自己慢慢蜷进去，就那样，就那样，慢慢走进她永恒的孤独里。

这是极致的孤独。在这里，死亡散出动人心魄的静美。或许，我们最终所求的，不过是这样一张华美的地毯。

只想轻轻问问所有的人，你有你的斯卡布罗集市吗？如果有，它还好吗？

斯卡布罗集市

这是一个小村庄，在欧洲，或是在美洲。其实在哪儿并不重要，重要的是，有这样一个小村庄，它的名字叫斯卡布罗集市，很美丽很祥和，到处长满芫荽、鼠尾草、迷迭香和百里香，四季有风在和煦地吹。

一个男青年，和一个可爱的姑娘热恋了，在这个到处有草的清香花的清香的小村庄。他们一起步入绿林深处听风吟唱，一起看白雪封顶的褐色山上，雀儿在追逐嬉闹。他们说着天长和地久，甜蜜的爱情犹如花儿盛放。

一定有过美丽的憧憬，憧憬一个家，两个人。而后，有稚子绕膝的欢乐，有坐着摇椅慢慢摇的宁静和安详。可是，一场战争爆发了，男青年告别了心爱的姑娘上了战场，从此一别，便是生死两茫茫。

别时，他答应过她，一定会回来的。而她也含泪答应他，一定会等着他的。然无情的炮火吞没了男青年，他再不能回到他朝思暮想的家乡斯卡布罗集市了，再不能与心爱的姑娘一起享受生活的甜蜜了。他不甘啊，他要信守承诺啊，于是躯体去了，灵魂却不肯消失，一遍一遍向路过的行人反复低吟浅唱：

您去过斯卡布罗集市吗
芫荽、鼠尾草、迷迭香和百里香
代我向那儿的一个姑娘问好
她曾经是我的爱人
……

这是一首地道的英文歌，我的英文不好，第一次听这首歌的时候，我根本不能明了歌中唱的是什么，但听着听着，就想流泪。我完全被那美妙悱恻的旋律震住了，更兼莎拉·布莱曼那天使般嗓音的演绎，使得这首名叫《斯卡布罗集市》的歌，像月下山泉，潺潺而下。又如一袭夜风吹过，山花一朵一朵静静地开了。美丽忧伤得似深潭里的月影啊，沉进去，再也打捞不上来了。

后来我到网上翻找它的译词，才知道它早在我出生之前就流行了，是美国上世纪六十年代最受大学生欢迎的电影《毕业生》的插曲。我在电脑里一遍一遍听它，黄昏的屋子里，泊满了透明的忧伤。我浸泡在莎拉天籁一般的歌声里，不能自已。我的思绪飞到我目力不及的远方，那里就是美丽的斯卡布罗集市啊，蔚蓝的天空下，芫荽、鼠尾草、迷迭香和百里香一定还在的，山风还像往常一样吹着，调皮的雀儿，一定还在山冈上欢快地跳着唱着，可是美丽的姑娘却等不回心上人了。山花竞相开放，一朵一朵浅淡的芳华在风中摇曳，有谁看见凋零的叹息，遗失在《斯卡布罗集市》里了？

在网上，我还找到诗经版的《斯卡布罗集市》：

问尔所之，是否如适。
蕙兰芫荽，郁郁香芷。
彼方淑女，凭君寄辞。
伊人曾在，与我相知。
……

反复吟哦，更是别有一番感伤在心头。莎拉还在我的电脑里低郁地唱着“Are you going to Scarborough Fair（你去过斯卡布罗集市吗）”，而我，只想轻轻问问所有的人，你有你的斯卡布罗集市吗？如果有，它，还好吗？

乐曲不疾不徐，轻轻流淌。似清风，翻开一页一页的书，一页有流水叮咚，一页有窗前好春色。

且吟春踪

一直很喜欢古筝，觉得这种乐器真是奇特，轻轻一拨，就有空山路远的感觉。更何况，它配了优美的音乐来弹呢？那简直，是在人的心上装了弦，每弹拨一下，心，就跟着婉转一回。完全的不由自主。

听《且吟春踪》时，我就是这样的不能自抑。这是初春，阳光晒得人想打瞌睡。街上有了卖花的人，是一种九叶菊，满天星一样的小花儿，缀满泥盆。下面的叶，都看不见了，只看到那锦帕一样的一团碎花。卖花人不叫卖，只管笑吟吟立在一盆一盆的花儿边，看南来北往的人。脸上有春光荡漾。

我笑看着这一切。远方的朋友突然打来电话，他说，春天呢。我笑回，是的，春天呢。他说，给你首有关春的乐曲听。于是，他发来这首《且吟春踪》。在我打开之前，他介绍，这是一首佛乐。

打开的手，就有些迟疑。因为佛乐在我的感觉里，不好听，是重重复复念着南阿弥陀佛的，念得人的心，很苍老。朋友却强调，这首不一样，绝对不一样，它把古筝的清丽幽远和佛的禅意完美结合在一起了。

我将信将疑地打开，立时就被吸引住了。空灵的音乐，加上古筝的绝响，恰似一股清泉，曲折而下，渐渐淹没了我的人，淹没了我的屋子。又似旷野里一捧夜色，把人温柔地沦陷，是地老天荒哪。有一刹那，我不能言语，世上怎会有如此美妙的音乐？它美得让人想落泪。

整首曲子，舒缓潺湲，纤尘不染。是在那高高的山上，流云和青山嬉戏，风吹来花的香。是在那古刹之中，檐角挂着小铃铛，一下一下地，发出清脆的丁零声。有鸟飞过屋顶，成双成对。落光叶的树上，开始长毛毛了，枝条舒展，柔软。远处人家，有鸡在草丛中觅食。蜜蜂该出来了吧？种子在地里欢唱。阳光，如佛光一样的，剔透耀眼。

乐曲不疾不徐，轻轻流淌。似清风，翻开一页一页的书，一页有流水叮咚，一页有窗前好春色。佛前的青莲，在轻弹慢拨之中开了花。那些长夜的祷求，为的什么呢？六根未净，苦海无边，但，终有一天，心，会净化得一尘不染。再厚的重帷，亦挡不住春光。

忽然想起有一年在无锡的锡山，在山上的凉亭里，看到有女子着古装，低眉敛目，在那儿絮絮弹。弹的就是古筝，叮叮咚咚。她的背后，一抹青山，静谧而安详，仿佛永生永世。那景，美得像梦，让人瞬即忘了，山脚下，原还有个尘世的。

亦想起，英国诗人蓝德写的诗来：“我和谁也不争，和谁争我都不屑；我爱大自然，其次就是艺术；我双手烤着，生命之火取暖；火萎了，我也准备走了。”人世中的纷争，原是轻若烟尘的，能够永恒的，只有山川河流，日月星辉。乐曲继续舒扬，阳光正好。空气中，满是春天的味道，清新、恬淡。心，在乐曲的潺谖里，慢慢靠近禅，无求无欲。屋后累积了一冬的冰，开始消融了，听见草长的声音。亦听见，绿们正整装待发，只待一夜春风起，便染它个江山绿透。

《琵琶语》中，少的就是这样的暖。它像隔世离空的花朵，独独一枝，艳，但凄清。

琵琶语

初听林海作的《琵琶语》这首曲子时，我觉得它实在清丽得不行。像玉，那种光洁的，湿润的，戴在女子洁白的腕上，静静滑动着。女子手抚琵琶，低头续续弹，光阴一寸一寸去了，韶华留不住，你会不由自主地想到缘分，这种不可捉摸的事情。该是多少年的风化历练，玉才成为玉，然后又是怎样的错过与重逢，它才戴到一个女子的腕上？

乐曲清扬宛转，淙淙地，如水流过。轻轻一拨响，山高路远，风吹来，狐走来。是的，它让人很容易就想起月下的狐，是一只怀了爱情的狐，为了俗世的爱情，甘愿丢掉千年道行，只愿做那个粗布衣衫的凡俗女子。这，却是行不通的。于是爱情隔绝在烟尘之外。琵琶声声，谁把泪妆换红妆了？

心中怅怅然，仿佛多少前尘往事在交织着。睁眼，窗外阳光正好，俗世里的花朵，开得灿烂而热闹。是一些菊。深秋的色彩，因了那些菊，而变得温暖起来。

温暖？这是一个什么词啊，轻轻一读，心就热乎起来。人生怎能少了这样的暖？握手的暖，拥抱的暖，惦记的暖，甚至一个眼神交会的暖。生命因了这些暖，才有了继续的勇气。《琵琶语》中，少的就是这样的暖。它像隔世离空的花朵，独独一枝，艳，但凄清。

空空的，是叶落下。月亮浮现在云端里。女子抱着琵琶，是不是半遮着面？她坐在月下弹奏，一声一声，弹不尽心中事。多少良辰美景虚度，此念不能有，一有，就是满袖的泪。唏嘘！她只是弹啊弹啊，一任乐曲似檐下的雨，一滴一滴滴落。又似山泉，静静从石缝间流过，叮叮咚咚，在心上。

我想起一个我叫她姨奶奶的女人来，她是我祖母的亲姐姐。一生未嫁。那时，我们兄妹几个，像含苞的花朵儿似的，齐齐朝向她。她笑着看，一会儿摸摸这个的头，一会儿摸摸那个的头，笑得很落寞。

一日，祖母着我去看她。天刚好下雨了，秋天的雨，下得沥沥的。雨顺了她家的屋檐滴落，滴落在檐沟里，“嘀嗒”一声，四散开来。再滴下一滴，又是“嘀嗒”一声，四散开来……如此的，无止无尽。我小小的心，忽然疼痛得要碎裂开来，我怕了那样的冷清。回头看她，她的脸隐在一层幽暗里，如何地拂，也拂不走那层幽暗了。

听祖母说，姨奶奶年轻时是个美人。美人多有两种命运，或幸福，或凄惨。且都与爱情有关。想她，应是被爱情辜负了。最后，老死在幽暗里。

女人一生最大的幸运与幸福，原不是求得锦衣玉食、飞黄腾达，而是相遇到一段真爱，来温暖心。然而，在尘世中，这个愿望，有时近乎奢侈。

这是很久远很久远的一方冬阳了，它挂在一个人童年的天上。

冬　阳

听钢琴，不能不听林海。

林海的钢琴，有种极特别的气质，每个音符里，仿佛都藏着故事。欢喜着，忧伤着，说不尽，人生事。

譬如他的一曲《冬阳》。

《冬阳》是他的专辑《城南旧事》的主打乐曲。随着乐曲铺开，仿佛哪里突然现出一个口子，阳光风似地灌进来。旋律成了无数尾小鱼，争相在碧波上跳跃。活泼，干净，轻灵。

城南。一角。那高高的城墙塌了罢？断壁残垣中，有枯草，迎着风摆。偶有一两只觅食的麻雀飞过。冬天的暖阳，渐渐升起。不远的巷子里，人声渐次游离。卖糖炒栗子的，或是摇着拨浪鼓，挑着货郎担的。货郎担上，有入口即化的酥糖，和彩色玻璃球。还有女人用的针头线脑，胭脂簪子什么的。

太阳是这样落下来的：像小雨，或是雪。轻盈的，长了绒毛似的。这是很久远很久远的一方冬阳了，它挂在一个人童年的天上。那时的女孩儿，不过六七岁罢，她站在家门口，家门口连着一条胡同。一方暖阳，照下来，软软地环抱着她。她身前身后的屋脊上，阳光成群。是了，是成群，如果阳光是长着翅膀的鸟的话。

这个时候，她是快乐的，眼神清澈。远远的驼铃声近了，是驮着煤的骆驼。阳光里，炊烟是看不见的白线线，却让人知道它在，心里踏实。老阿婆坐在檐下拣米呢，米里总是混了些草籽。她一边拣一边唠叨，絮絮的。时光被拉得无限长。冬阳在落。

外头的笑声响起，另一家的孩子，在家门口招手。哪里用得着再三邀请啊，一溜烟，奔去了。两小无猜的光阴。春天的热情，隐在不远处的墙头，那些枯了的叶啊藤的，就要复活了。城外有溪流，轻轻淌过。岁月在成长。只是不知道啊，童年也在跟着慢慢走远呢，再回不来，再回不来了。

整首曲子，除了钢琴外，还辅以大提琴。钢琴部分灵动，大提琴部分厚重。两种琴声交相错出，配合得天衣无缝。一方是孩子灵动的身子，灵动的眼，灵动的心；一方是咿咿呀呀走着的光阴。人生的必然经历和不可逆转！有满满的好，和淡淡的惆怅。

我想起童年时的印花小瓷碗。祖母说，端好啊，不要洒掉啊。那里面盛着玉米稀饭或是芋头汤。而我，更想里面会盛着糖果的。这样的场景，并没有什么特别之处，却令我在成年后，百转千回地想念。

亦想起一个失忆的老人，老人失忆后不记得她生活的种种，却独独记得童年的事儿。冬阳轻落的阳台上，她坐在阳光里，一遍一遍念叨：妈叫我小兰子，妈会烧红枣莲子汤呢。

当人生所有的华丽与热闹不再，幸好还有个童年，可以让我们留恋，让我们偎依，成为我们最后的温暖。

花落，是花瓣雨。一个天地，都被染成粉色的红了，把柔弱，铺成惊心动魄。绝美！

乱 红

在所有乐器中，我以为，笛是最草根的。只要有竹，就能做成。民间多笛。是在元旦时，我曾看过一乡人在城里卖笛，肩上挂满笛，褐红，上面闪着油亮的光泽。让人忍不住想伸手摸上一摸。乡人手里也是一支笛，把一曲《两只蝴蝶》，吹得舞翩跹。

听陈悦的《乱红》时，不知怎的，我想起这个画面来：一些褐红色的笛，挂在乡人肩上。乡人脸上，怡怡然。熙来攘往，满街都有音符在飞。

陈悦的《乱红》，其实是一组曲子，大多以箫为主。《乱红》是其中一首，用钢琴做底子，一支笛吹得花落成河。我是有了偏爱的，虽说箫也是我所喜爱的，但箫的幽怨气浓了些，听多了，心会沉沦得无力自拔。倒是笛，多了几分灵动，忧而不怨，愁而不哀，是轻灵灵飞着的一只小粉蝶，广袤的天地间，自有它的好去处。

我还喜欢《乱红》这曲子的名。它让我想着一阕宋词，是“泪眼问花花不语，乱红飞过秋千去”，又或“烟水茫茫，千里斜阳暮。山无数，乱红如雨，不记来时路”。好一个乱红如雨啊，人世的苍茫，尽在里头了。

整首《乱红》，曲调悠远，是碧云天，黄叶地。钢琴铺就的底子，更像一匹纯白的锦缎，抖开来，在大太阳下，或在如银的满月下，上面闪着水光，粼粼。陈悦的笛声吹起，一些音符，精灵般的，飞离她的唇，带着满身淡的香。音乐，原也是有味道的，淡的，或者浓的，是香气缠绕。它们化作阳光飞泻，化作月影弄花，化作流水叮咚，化作蜻蜓追逐。人世间还要多少的好？良辰美景，花好月圆，是最最祈盼的了。

曲调缠绵，婉转。九曲回肠般的，飘着，飞着，荡着，欲说还休。是杨柳堆烟。是花开花息，一朵又一朵，一瓣又一瓣的，落了。粉红，素白，鹅黄……我想起电影《无极》来，那部片子我不爱看，却喜欢里面做背景的那一树海棠，开着极美极美柔粉的花。花落，是花瓣雨。一个天地，都被染成粉色的红了，把柔弱，铺成惊心动魄。绝美！

笛声继续悠悠，人的心，跟着后面天涯望断呢。是两颗灵魂，偶遇的一刹，惊心惊肺地发现，原来，这个，才是自己要寻的。却错过了，却辜负了。是杜丽娘一声“良辰美景奈何天，赏心乐事谁家院”，情切切，意切切，顿作乱红纷飞。又或是三月桃花天，林黛玉惆惆怅怅地唱“花谢花飞花满天”，落花成冢，谁人与共？这都是让人感伤不已的事。

三十还未嫁出的女友说，她所希望的人生最完满的结局，是在一个爱她的人怀抱中老去。原来，世间女子，怕的不是凋零，而是被忽略，被辜负。所要的，不过是一段俗世姻缘，有时却难得如愿。于是寻常的拥有，便成珍贵。

这世上，本有很多的喜欢，我们根本编排不出理由，仅仅因为喜欢。

长相思

好长时间没有沉下心来听一首曲子了，有时音乐也开着，但多半是它唱它的，我做我的事，难得往心里去。直到遇到付娜的《长相思》。

古筝曲。清幽复清幽。仿佛听见水流声，于空谷之中，流啊流啊，流到瓜洲古渡头了。一江两岸的春草绿了，山长水阔，思绪渺无边。我放下拖了一半的地板，趴到电脑跟前去搜索，“长相思”三个字跳进我的眼。原来，此曲名叫《长相思》。心当下释然，难怪了，唯有相思最绵长啊。

何况，它是用古筝弹出的？

古筝是我喜欢的乐器。我以为，它的每根弦，都充满了语言。如果再相遇到好的乐曲，如果再相遇到懂它的人，它就是诗经，就是唐诗宋词，让你品味不尽。而《长相思》恰恰是这样的曲子，付娜恰恰是懂它的人。

听过付娜不少的古筝曲，都让人过耳难忘。她的纤纤素手，只要一挨上古筝，仿佛就被施了魔法，手下的每根弦，立时生动起来鲜活起来。于是，弹的人心醉神迷。听的人神迷心醉，满天地，只剩下音乐的灵魂在飞，纯洁而美好。

有一段时间，我的电脑里便一直放着付娜的这首《长相思》，放得家人都跟着熟稔了。某天，我关了音乐，在电脑上写作，放学归来的儿子，推开房门，静静在我身边待了会儿，突然要求道，妈妈，放那首《长相思》吧。我惊奇地看着他，问，真的想听？他肯定地答，想听。

音乐声起，儿子微微闭了眼，一副陶醉的神情。年少的孩子，喜欢周杰伦，喜欢马天宇，突然在这样的纯音乐里沉醉，这不能不让我吃惊。我问，为什么喜欢？他答，就是喜欢呗。

我为他的回答欣慰不已。这世上，本有很多的喜欢，我们根本编排不出理由，仅仅因为喜欢。它或许吻合了我们心灵的某种期待、某种渴望，抑或是某种懂得。如同初见一个人，如同初遇一场景，那边还无知无觉，这边早已惊艳，屏声静息，物我两忘，一任心中波涛，兀自澎湃不已。

其实，这首曲子的成功，还有黄江琴二胡的功劳。对二胡，我曾有过误解，我听过阿炳的《二泉映月》，那把二胡，于月夜响起，如泣如诉。我以为，它的底子到底悲凉了些，是不适合演绎人间温馨的。黄江琴却在这首曲子里，撩开了二胡的另一面：清丽婉转，温情脉脉。它与付娜的古筝相配，如同俗世里恩爱着的夫与妻，举案齐眉，现世安稳。二胡原也可以如此欢爱相思，柔情似水的。

这让我想起一个人来，一个做了三十年校长的老先生。初识他时，我被他一脸的威严和不苟言笑，弄得退避三舍。一天，因有事要找他，我不得不硬着头皮推开他家院门，正撞见他陪着几岁的小孙子在玩骑“马”。那么高大的一个人，心甘情愿地匍匐在地上，给小孙子当马骑。祖孙二人笑闹成一团。我这才知道，我对他的认识，原是肤浅的。现实里，我们又犯着多少类似的错误，而失去亲近彼此心灵的机会？

我抚摸着那些埙，我的手底下，远古的风，猎猎而来。

追　梦

我没想到会遇见那些埙，它们躺在一块丝绒布上，像一颗颗守望的头颅。丝绒布摊在一家乐器店里，乐器店在古城凤凰的街上。

这是一种浑身长满故事长满语言的乐器，不过拳头大小，最初是石头的，后有了陶土制作的。人类有多久，它就有多久。刀耕火种时代的渴望，原不过想果腹——它是诱捕禽鸟的辅助工具。

可是，什么时候它发生演变了？它变成一个灵魂，对另一个灵魂的呼唤。我拼尽力气，才能压抑住自己想叫的冲动，我抚摸着那些埙，我的手底下，远古的风，猎猎而来。旷野里，刀耕火种的梦想与爱情哪！

后来，我在沱江边，看到一个吹埙的青年。沱江的夜，璀璨而华丽，他坐在岸边一块石上，一袭白衫。巨大的树影，笼罩着他，看不真切他的人。然声音却一点一点，从他手握之处传出来，洇湿了那个夜晚。我心里一个激灵，是埙！是的，是埙在说话。

他吹的是一首《追梦》。我远远站着听，乐曲如小蛇爬行，莲花灯载着尘世的梦想，一盏一盏顺江飘远。夜满满的沉下去，星星在天幕上闪亮。远古洪荒年代，也是这样的夜晚，也有这样的星星，是谁坐在石头上，吹响石头？世界因此有了另一种声音——那些从灵魂深处发出的呐喊，与呜咽，与祈求。祈求风调雨顺，祈求幸福安康。然大自然里，鲜花与陷阱同在，危险与死亡，是突袭的风暴。人，有时真的很渺小，没有办法，没有办法的。唯一能做的，就是承接。阳光也好，电闪雷鸣也好，幸与不幸运，都是这样的。

心中的梦想，却不肯低头。于是，简单的石头，发出了欢唱。它适时地安慰了那些不安的灵魂，一代一代，延续下来，才有了尘世的生生不息。

再遇埙，是在一个夏夜。雷雨欲来，天空堆满沉沉的黑云。埙在我的音箱里响起，如划过夜空的闪电。又是一首《追梦》！忧戚得让人柔肠百结。风沙漠漠处，有鸟飞过天空，夕阳远远地斜了，可是，还是要等，要等的。等什么呢？等待星星重新布满天空，等待又一个黎明来临。那些守望的头颅一样的埙，每个小孔，原都是眺望的眼睛。

我想起一个如埙一样的男人。纷闹的菜场门口，我去买菜，突然瞥见他—— 一个用脚趾作画的人。他来自哪里我不知道，他双臂失去，两袖空空，却面含坚毅。他用脚画牡丹，花硕大，朵朵怒放。他用脚画丝竹，竹挺立，叶叶饱满。旁边围观的人散去又复来，人人脸上，满满的，都是敬畏的神情。这是生命对生命的敬畏。我驻足，凝望，再三回眸，我把他记在了心里面。

而美丽的沱江畔，我偶遇的那个吹埙的青年，我亦不知道他的故事。但他坐在一方岩石上，吹埙的样子，我永远不会再忘掉。那样一个夜晚，到处灯火闪烁，树影飘摇，埙从远古的旷野吹过来，携着它满身满心难以言说的故事，千秋万代，就那样击中一个陌生人的灵魂。

点点月光，漏进竹的影里。远处有流水的声音，亲切得如同耳语。

竹　舞

听《竹舞》这首曲子时，我的心绪正在秋天里紊乱。朋友说，给你首曲子听罢。随后，他发过《竹舞》来。我点开，可有可无地听着，却渐渐被它摄了灵魂。乐曲在我耳边轻轻吹弹开来，似一滴夜露，掉在碧潭里。又仿若涨潮的水，瞬息间，慢慢退落。月亮升起来，心，宁静成一朵花蕾。风徐徐吹过来，人家的炊烟息了。鸟在窠里安眠。猫在屋顶上缠绵。应该是两只猫罢，一黑一白为最好。这个时候，所有的竹都醒了，风吹，叶动，它们翩翩起舞。

点点月光，漏进竹的影里。远处有流水的声音，亲切得如同耳语。想象开始成繁花盛开：应该是在月亮的窗口，应该是佩戴银饰的女子，手里一管长箫。箫声悠悠，那是从竹的骨子里沁出的声音，像上好的白绸锦缎，在月下抖开来，上面泊满泠泠月色。竹在舞，情在飘。月亮开了花。

这样的时光多么好，适合相思。碧纱窗前，竹们摇曳生姿，那是黛玉的竹。竹叶上有斑斑啼痕，是黛玉落的相思泪。

只是这样的相思注定了无望，她来，只是为了还他眼泪。黛玉与宝玉的爱情，终不能在俗世里，长成一杆青青的竹。

好在俗世里的大多数姻缘，都能成就一段俗世的温暖。我想起我的小姑初嫁时，在屋后流连。那里，生长着一片竹。夏天里，我们全家都坐到竹林里吃饭纳凉。小姑抚抚这根竹，摸摸那根竹，最后对祖母提的要求是，她要挖一些竹根带到婆家去栽。

一年后，我去小姑家，她屋后的竹已窜到屋顶高了。其时她正怀了孕，坐在竹的影里，给肚子里的小宝贝，缝制一件婴儿衫，安安静静幸幸福福着。风吹过，她头顶上的竹叶在舞，摩挲出快乐的声音。

也还记得，两小无猜的光阴，和邻家小男孩，在竹林里掏鸟窝。大鸟啾啾绕林子上空凄凄叫着，那时的我们，哪里知道鸟也有骨肉亲情啊，只管把些小鸟捉下来玩。

长大后，与他却成陌生。偶在家乡的路上遇到，连句问候也不肯说了的。竹林还在，都是依稀时光了。心底里，却永远的竹影婆娑，童年的印迹是永远的温暖。每每外出游玩，遇竹我必去观赏一番。常州有个因竹而闻名的旅游景点叫竹海，我曾追了去看。浙江的普陀山上，则生长一种特别的竹，通身都是紫色，那里的紫竹林寺院，就是得名于那些紫竹。我曾在紫竹林寺院住了一星期，早上四点起床，穿过一片竹林，去看小沙弥们做早课。竹沙沙沙跳着舞，檐角的铃铛在风中兀自叮当。有出尘的感觉。

在桃花岛上，满岛好像都植着竹。竹林里，有竹的房子。世外桃源的样子。许多竹上都刻满字，我一一看过去，刻的都是地久天长恩恩爱爱，新痕压旧痕。是幸福着的爱情。

一阵风来，满岛的竹，一齐舞蹈，相互致意，仿佛都在说：但愿君心似我心，定不负相思意。

君心能似我心吗？难。所以世间许多的爱情，才有了疼痛和无奈。

马儿嘶鸣着，褐色的鬃毛，是黄昏里长出的另一种草，顽强，坚韧，金光灿灿。

天　边

知道贺西格和马头琴，是从一首叫《天边》的曲子始。

怎么来形容这首《天边》呢？当曲子舒缓地铺开时，我只觉得，一个草原，来到跟前，草绿绿的，花艳艳的，风吹得很远。滚圆滚圆的夕阳，在天边游走。马儿嘶鸣着，褐色的鬃毛，是黄昏里长出的另一种草，顽强，坚韧，金光灿灿。也有山峦起伏，上面匍匐着攀缘的目光。“天边树若荠”，如线的炊烟，飘得渺渺茫茫。

暮霭起了，渐渐吞没了草，吞没了花，吞没了马群，吞没了蒙古包，吞没了守望的人。天边成了黑沉沉的遥望，星星在头顶，像灯盏。

我不得不说一说演奏这首曲子的乐器——马头琴。这种乐器，在蒙古语里被称之为“莫琳胡儿”，早在十三世纪就有了。马可·波罗来中国，曾把蒙古人的这种“莫琳胡儿”带回去，据说后来欧洲的小提琴，就是由马头琴演变而来。

却觉得，这两种乐器，根本是两回事。小提琴过于优雅了，是铺着白台布的餐桌，还有斟满红酒的高脚酒杯。抑或是小桥流水上的一轮月，是碧波上泛着的一扁舟。而马头琴，却是猎猎的风里，无边的旷野中，独自行走的灵魂。翻山越岭，四处漂泊，只为寻找它梦中的家园。

这样的乐器，里面浸润着太多草原的汁液、马的灵性，悲怆，深情。而贺西格，这个从小生于草原长于草原的蒙古汉子，他的血液里，奔流的，何尝不是这样的悲怆和深情？十二岁的贺西格，向往同学手中的一把四胡，家里倾出一个人半个月的生活费，托木匠给他做了一把。他人生的跋涉就是从那把四胡开始的么？十六岁，他无师自通拉起马头琴，从此，马头琴成为他生命中的一部分，梦是展翅飞翔的一只鹰。

听贺西格的《天边》时，极易让人想到灵魂，草原的灵魂，马的灵魂，人的灵魂。这真是很玄的东西。谁生来没有梦想？骨子里，都对天边怀着无限向往。小时我曾支棱着下巴，不止一次问祖母，奶奶，你说天边有什么？祖母答，天边啊，是王母娘娘的家，那里住着很多仙女。于是，我的向往，是霓裳一片。

我还想到风。是的，风，很大的风。四野空旷之中，风是孤独的旅人。如果你想流浪，你就跟着风走吧。那么体己的风，你张开双臂，你就可以拥抱它。而后，你们依偎着一起走。天边很远，亦是无妨的，总有一天，你会到达。

想当年的三毛，是不是也受了风的诱惑？她把自己放逐到天边，风吹起她的牛仔衣襟，吹起她墨黑的长发，她跟它们，是如何喁喁私语的？天边不可说，不可说，那么走吧，梦想在那里，爱人在那里。当她终于安顿在撒哈拉大沙漠里，为亲爱的荷西包出一碗一碗饺子时，一生的梦想，只剩下一个字：爱。

我们终生寻觅的，不就是这个“爱”字吗？一直记着一部电影里的一个镜头：一个女孩，站在火车隆隆驶过的铁轨旁，眼光牢牢盯着火车驶去的方向，喃喃语，他在尽头吗？火车轰隆隆兀自开去，遥远的天边，延伸得很远。

布仁巴雅尔演唱的《天边》，则演绎出另一种风情，“天边飘浮的歌声，述说着无尽的爱慕”，他让不可亲近的天边，变得可触可摸。他醇厚而辽阔的嗓音，把一首《天边》，幻化成山川流云，在你的心里缠绵了再缠绵。望尽天涯路。人生所有梦想，在生命里，一一策马走过。